CIEL CRUEL

DU MÊME AUTEUR

La Trilogie de Tora

– *La Véranda aveugle*, Actes sud, 1987 ; Babel, 2000

– *La Chambre silencieuse*, Actes Sud, 1996 ; Babel, 2000.

– *Ciel cruel*, Actes Sud,1998.

Le Livre de Dina

– *Les Limons vides*, Gaïa, 1994 ; 10-18, 2000.

– *Les Vivants aussi*, Gaïa, 1994 ; 10-18, 2001.

– *Mon bien-aimé est à moi*, Gaïa, 1994.

Voyages, Gaïa, 1995.

Fils de la Providence, t. I et II, Gaïa, 1997.

Un long chemin, Gaïa, 1998.

L'Héritage de Karna

– *Mon péché n'appartient qu'à moi*, Gaïa, 2000.

– *Le Pire des silences*, Gaïa, 2000.

– *Les Femmes si belles*, Gaïa, 2000.

Titre original :
Hudløs Himmel

ISBN 2-7427-3331-0

Illustration de couverture :
Edvard Munch, *La Vigne rouge* (détail), 1898

HERBJØRG WASSMO

CIEL CRUEL

roman traduit du norvégien
par Luce Hinsch

BABEL

à Hjørdis – ma mère

1

Il neigeait à Breiland. De grandes flaques traînaient partout comme de la laine mouillée après la tonte. Il fallait absolument effacer quelques traces de pas vacillants entre l'éboulis de pierres et les premières maisons. Les cacher au Dieu d'Elisif. Il avait tant de soucis en tête, là-bas au loin, et jusqu'à présent il n'avait pas montré grand intérêt pour ces traces, mais on ne pouvait jamais savoir. C'est pour cela, et seulement pour cela, que la neige s'entassait. De doux flocons épais qui fondaient à la chaleur du visage. La vapeur du dégel dans l'air autour d'elle faisait fondre les glaçons dans sa chevelure rousse et tordait ses boucles humides autour d'un doigt invisible.

Quelque part, elle tomba sur les genoux pour reprendre son souffle. Ses mains reposaient, rouges et enflées, sur le tas de neige. Elle ne les avait jamais vues. Un éclair dans sa tête lui dit qu'elle avait oublié ses moufles dans l'éboulis. Ou bien les avait-elle perdues en cours de route ? Elle se calma, comme tante Rakel avait l'habitude de le faire quand quelque chose se passait :

"C'est pas si grave que ça, Tora. Personne ne sait que ce sont tes moufles !"

Dans le sac de toile vide, la louche en bois remuait à la cadence de ses pas. Répétant sans cesse la même rengaine ! Qu'elle n'avait jamais creusé dans la terre ou les pierres, et qu'elle ne l'avait pas aidée à accomplir le pire. Et Tora la pria en silence de se tenir tranquille. Quelqu'un pouvait entendre.

— Il neige ! Tout est fini maintenant !

Néanmoins, le bruit du bois contre la toile s'amplifiait comme un écho venant de partout. Elle se remit à genoux, pour obtenir le silence. Ferma les yeux et s'abandonna.

Quand elle rouvrit les yeux tout le marais était recouvert de pâquerettes. Avec un bouton jaune au milieu. Pétales dans le vent léger. Tout le marais oscillait. La lumière des maisons éclairait tout cela tranquillement. Elle sentit quelque chose se rassembler dans sa bouche et dans ses narines. Mais ça ne voulait pas sortir La louche se tenait tranquille maintenant. Une sorte de joie l'emplit lentement. Tout était fini. Et elle existait encore !

Tandis qu'elle traversait un océan de pâquerettes elle se rendit compte qu'elle n'était pas dans son corps. Elle n'entendait aucun bruit, ne sentait pas ses pieds marcher sur la route. Le ciel s'étendait, immense et blanc, au-dessus d'elle. Sur toute cette blancheur, la fumée des cheminées dessinait des signes grossiers.

Bientôt apparurent autour d'elle les piliers des grilles d'entrée bordant la route. Une ou deux fois elle aperçut des gens devant elle. Ils disparaissaient avant qu'elle ne les ait rattrapés. Elle avait envie de courir. Mais elle avait trop de couches de sang coagulé entre les jambes, même si elle ne sentait rien. Elle avait appris que, quand une chose existe, elle existe, même si on ne la sent pas.

Elle tourna machinalement devant la maison de Mme Karlsen. Elle s'était préparée au pire et il arriva : Mme Karlsen était sur le perron en train de fermer la porte d'entrée et lui tournait le dos, vêtue de son manteau brun. Ses bras retombèrent lentement le long de son corps, son grand sac à main marron pendu à sa main droite. Il se balançait comme un pendule quand elle se retourna vers Tora.

Un sourire surpris illumina son visage exsangue quand elle vit Tora.

— Ah, t'étais sortie ? Eh oui, c'est ce que j'ai pensé, comme tu ne répondais pas quand j'ai frappé. J'voulais t'inviter pour une tasse de thé et des petits pains au lait. J'crois bien que tu négliges tes repas. Et tu sors sans bonnet ? Par ce temps ! Mais ma petite, faut faire attention à ta santé. Enfin, ce n'est évidemment pas mon affaire.

Elle fit un geste vers le ciel neigeux et poussa un soupir, presque ravie. Puis elle enfila lentement ses gants.

— Tout est prêt pour l'enterrement. Et j'vais te dire une chose, ça va être un bel enterrement. Un vrai moment de recueillement pour nous tous. Bien sûr, il faut que tu descendes.

Elle brossa un peu de neige sur son manteau qui avait balayé la rampe de l'escalier. Puis elle traversa Tora avec une infinie lenteur et se perdit dans le champ de pâquerettes. Au passage de Mme Karlsen, ce fut comme si une porte s'était ouverte, laissant venir jusqu'à elle un parfum de fleurs.

En fait, elle n'avait jamais regardé Mme Karlsen avant. Elle eut envie de lui courir après pour se réchauffer un peu. Mais sa propre détresse la sauva et elle ne courut nulle part.

Elle monta péniblement l'escalier. Elle savait que le miroir était là et allait tout démasquer si elle se retournait.

Pendant qu'elle fouillait pour trouver ses clés, tout ce qui venait de se passer disparut. Les gens, le champ de pâquerettes, le petit paquet dans l'éboulis, la louche. Tout s'arrêtait à la porte et n'allait pas plus loin.

Parce qu'elle avait décidé de ne pas le laisser entrer.

Tout était imbriqué. Si elle refusait une chose, elle refusait le tout. Elle ne pouvait pas seulement refuser le pire.

Le robinet au-dessus du vidoir à eaux sales dans le couloir coulait goutte à goutte en cadence. Elle chancela dans sa direction. L'épais mur coupe-feu sur lequel était fixé le vidoir était chaud. Elle y posa ses deux mains et son front. Resta debout, penchée en avant. Puis elle se mit lentement à boire l'eau amère. Elle la regardait disparaître à travers les trous. L'eau ferrugineuse avait laissé des taches brunes dégoûtantes sur l'émail de la cuvette. Qui engouffrait sans discontinuer. Envoyant tout ce qu'elle n'arrivait pas à avaler droit dans la mer.

Elle chancela quand elle referma le robinet. Elle s'agrippa au rebord en caoutchouc répugnant de la cuvette. Mais cela ne suffit pas. Elle eut la sensation d'être aspirée par le tuyau d'écoulement. De grosses gouttes lourdes tombaient sur sa nuque et la pressaient vers le bas. Finalement, au bord du trou, elle n'arriva plus à se retenir. Les tuyaux étaient beaucoup plus larges qu'elle ne l'avait imaginé. Elle tombait, tombait. Légère comme un flocon de neige. Il faisait humide et chaud dans le cloaque. C'était presque rassurant. Elle se laissait aller. En route vers la mer. Tout lui était égal maintenant. Elle tombait et flottait.

La chambre se dessinait à travers la porte ouverte. Les meneaux en croix des fenêtres divisaient le plancher en huit ombres grises bien que les rideaux soient tirés. Il faisait presque sombre là-dedans. Seule la lumière des réverbères traversait les vitres enneigées. Elle ouvrit la porte du poêle avant d'allumer. Il y avait encore des braises. Aucune trace de la toile cirée souillée de sang.

Tora se dit qu'il lui fallait apprivoiser les objets pour arriver à tout effacer. Elle s'était retrouvée près du vidoir avec un goût de plomb et de cloaque dans la bouche. Elle n'en avait pas encore fini.

Hésitante, elle trouva le commutateur près de la porte. Un flot de lumière froide se répandit. Comme une condamnation. Les taches de sang sur le plancher ? Pourquoi ne les avait-elle pas vues quand elle avait nettoyé avant de sortir ? Elles montaient vers elle. Tout droit du plancher. Se collaient à ses yeux et l'aveuglaient. Elle trouva une serpillière dans le couloir et les essuya. Rinça soigneusement la serpillière sous l'eau glacée et la remit en place. Comme si personne ne devait s'apercevoir qu'elle s'en était servie.

Puis elle baissa lentement les stores. La pièce devint jaune, comme d'habitude. Cela arrivait chaque fois qu'elle baissait les stores. Maintenant elle y trouvait un grand réconfort.

Elle ferma la porte à clé et se déshabilla lentement. Le bonnet et le cache-nez qu'elle s'était mis entre les jambes étaient tachés de toutes les teintes de rouge possible. Elle tenait cela dans ses mains. Hésitante, devant la porte ouverte du poêle. Puis elle se dépêcha de tout enfourner dans les flammes. Le feu sembla sauter du poêle, se lancer vers elle. Lui brûler le visage et s'installer dans sa tête. Sa tête s'élargissait et devint un ballon qui se mit à voltiger dans la pièce avec tout son contenu.

Tout était dans cette lumière jaune. Qui ne faisait que tourner.

Tora se coucha dans son lit et se mit à penser au mari défunt de Mme Karlsen, étendu tout raide et silencieux à l'hospice où il avait habité plusieurs années. Il était comme le père de Mme Karlsen, pensa Tora. Ou peut-être était-ce seulement la tombe ouverte qui l'avait tant effrayée qu'elle n'avait pas osé descendre l'échelle pour creuser le petit trou nécessaire à l'enfouissement du paquet ?

Le paquet ? L'oisillon ! qui avait glissé hors de son ventre quand elle était couchée sur la toile cirée devant le lit, incapable de résister à ce déchirement. Mais elle avait sauvé le lit. Il était aussi propre et net qu'avant. Et la vieille toile cirée n'existait plus. Les flammes l'avaient consumée. Elle l'avait entendue gémir dans le poêle, longtemps.

C'était la tombe, ou le mari de Mme Karlsen, qui l'avait obligée à porter le petit paquet dans l'éboulis, et à rouler des pierres par-dessus. Et elle avait oublié de remettre l'échelle en place ! Elle avait eu si peur de la tombe béante.

Le fossoyeur de Breiland pataugeait dans la neige fondante jusqu'à mi-mollets et semblait ne rien comprendre aux projets que Notre-Seigneur avait pour l'été. Il s'était probablement attendu à de la pluie, car il n'avait pas recouvert la nouvelle tombe du directeur. Et maintenant la neige s'était accumulée au fond. A part cela, les gens avaient heureusement réussi à survivre, en cette chiennerie de fin d'hiver interminable.

C'était l'espoir d'un printemps précoce qui l'avait décidé à devenir fossoyeur dans un trou pareil. Mais la vie n'était pas toujours simple. Il resta planté là à regarder les vieux crochets sur le mur blanc du cabanon à outils. Vides. L'échelle avait disparu ! Si loin de toute habitation personne n'avait pu avoir besoin d'une échelle ?

Le fossoyeur examinait l'étendue de neige nouvellement tombée comme si l'échelle avait pu voler par-dessus les champs sans laisser de traces. Ce n'était pas un homme peureux – dans la journée. Et tout le monde savait ça : une échelle ne se déplaçait pas toute seule ! Il se frotta le menton et secoua son grand corps dégingandé. Un mouvement qui reflétait une sorte de solitude confuse.

Puis il posa son regard à nouveau sur le cimetière. Comme s'il soupçonnait le vent d'être le voleur. Les yeux plissés vers les cercles de lumière. Avec hésitation, il s'approchait de la tombe ouverte quand son pied buta contre quelque chose de dur qui faillit le faire trébucher. Il finit par voir les carrés sous la neige. L'échelle. Il donna un coup de pied dedans et la glace s'en détacha, laissant apparaître le bois peint en blanc. Tout en la calant sur son épaule, il lança un regard méchant dans la tombe, les sourcils froncés, comme s'il se disait : "C'est pas maintenant que j'vais descendre, même si la neige monte jusqu'au bord ! Y aura toujours assez de place pour un vieux bonhomme décharné et son cercueil."

Le fossoyeur remit l'échelle à sa place et se prit une chique. Puis il s'achemina vers la mairie et sa cantine. Là, les gars eurent droit à l'histoire de l'échelle. Ils échangèrent des clins d'œil sans faire aucun commentaire. Ils connaissaient les histoires d'épouvante du fossoyeur. Et ils connaissaient sa susceptibilité aux critiques. Ce n'était pas le jour non plus de chahuter un vieux fossoyeur boiteux. On annonçait deux ventes judiciaires et en plus le lait et le beurre avaient encore augmenté.

Maintenant, il ne restait plus qu'à mâcher son pain sec sans beurre et sans lait, avec les salaires de misère qu'on avait. Cela suffisait amplement !

2

Les bruits lui parvenaient à travers des voiles de réalité. Des coups à la porte ? La douleur dans une épaule démise. Le goût fade d'une ancienne soif. L'impression que quelqu'un la touchait. Ou bien était-ce la porte ?

Tora ouvrit les yeux. La poignée remuait avec précaution de haut en bas. Puis resta immobile, et quelques coups frappés légèrement remplirent sa tête d'un bruit assourdissant.

Elle essaya de passer la chambre en revue. Le vantail ouvert du poêle qui ne donnait plus de chaleur. L'odeur de renfermé. Le couvre-pied à moitié sous le lit. La descente de lit. Où était la descente de lit ?

— Tu es là, Tora ?

La voix était distincte. Comme si elle-même avait parlé.

Elle aspira une bouffée d'air tout en essayant de remuer sa langue et de faire fonctionner ses méninges. Mais sans succès. Le silence formait un mur entre la porte et elle.

— J'ai préparé quelque chose à manger, si tu veux bien ?

La voix de Mme Karlsen fusait comme un écho dans tous les coins de la pièce.

— Je ne me sens pas bien, vous comprenez...

Sa voix avait porté. Curieux. Elle avait rampé sur le plancher et s'était posée aux pieds de Mme Karlsen. En toute humilité.

La poignée fut à nouveau pressée.

— Tu ne veux vraiment pas ouvrir pour que je m'occupe de toi ? As-tu de la fièvre ?

— Non, je veux seulement me reposer un tout petit peu.

— D'accord. Mais tu ne veux pas que je t'apporte un peu à manger ?

— Je n'ai pas faim... Merci beaucoup !

— D'accord, d'accord.

La voix dans le couloir était sèche et vexée. Mais elle disparut dans l'escalier, emportant avec elle toute Mme Karlsen. Le silence était si bon. Si bon.

Elle ouvrit un battant de la fenêtre coincée par le gel et aspira l'air du soir par grandes bouffées.

Ses mouvements étaient lents et silencieux.

Le lendemain matin, elle laissa entrer Mme Karlsen.

Elle se tenait sur le pas de la porte avec un plateau dans les bras, un être humain. Ni plus, ni moins.

— Mais tu es malade ! constata Mme Karlsen avec fermeté. Sa voix était sèche et confiante, sans trace de soupçon. Tora pouvait respirer. Un parfum de café et de nourriture. Mme Karlsen était allée chercher la cafetière dans la cuisine et l'avait posée sur un torchon à carreaux noirs et blancs près du lit. Elle aurait aimé prendre une tasse de café avec Tora, mais elle avait trop à faire.

Sans compter qu'elle avait un peu peur de la contagion. Oui, Tora ne devait pas se vexer. Mais elle ne pouvait pas être malade au moment de l'enterrement.

— Tu as une lettre ! Et je t'ai monté le journal, dit-elle en lisant d'une voix chagrinée : "Tragédie à Hollywood. Cheryl, quatorze ans, tue à coups de couteau le gangster qui menaçait sa mère Lana Turner !" C'est terrible ce que les gosses sont amenés à faire à Hollywood. Oui, elle n'est pas beaucoup plus jeune que toi. Tu peux dire que tu as de la chance de vivre dans un endroit plus paisible. C'est certain.

Au bord du plateau il y avait une lettre d'Ingrid.

— Tu as de la fièvre ? C'est parce que tu ne te couvres pas assez. Même quand on est jeune, on ne peut pas sortir à moitié nue. Faut pas croire que c'est déjà le printemps. Il fait un froid de canard. Reste couchée ! Tu n'iras pas en classe aujourd'hui ! Je vais leur téléphoner et expliquer que tu es malade ! lança-t-elle du seuil de la porte – et disparut.

Ingrid était là, dans la lettre ! Mais aujourd'hui Tora ne supporterait pas ses mots.

Car à chaque bouchée de pain et de fromage s'allumait en elle une fragile flamme de bonheur. L'une après l'autre, elles s'accumulaient, jusqu'à la faire retomber sur son oreiller et oser se retrouver.

Au cours de la matinée, elle fut obligée de se lever plusieurs fois pour calmer la montée du lait dans sa poitrine. Ça coulait de partout et elle dut mettre une serviette là aussi. Elle se vit dans le miroir du palier : une silhouette gauche et comique, à l'opulente poitrine sous la chemise de nuit. Elle ressemblait à Ole quand, dans les sketches à la fête de fin d'année de l'école, il jouait le rôle d'une matrone après avoir rembourré la robe à fleurs de sa mère. Elle avait tellement envie que ce ne soit pas elle, pour pouvoir en rire. En rire – beaucoup et bruyamment.

A un certain moment elle se retrouva aux cabinets en train de pleurer. Ses seins étaient aussi douloureux qu'une blessure. Elle essaya de se téter elle-même, sans y arriver. Elle les pressait doucement pour laisser couler le lait. De temps à autre l'image du petit être passait devant elle.

Cela lui était insupportable.

En bas, Mme Karlsen ouvrait de temps en temps des portes. Elle devait déménager des meubles. Une fois, elle lui demanda en criant comment elle allait. Et Tora prit sa respiration et répondit. Ça allait bien.

Elle ne monta pas souvent. Cependant ce fut un soulagement quand elle entendit enfin le bruit familier qui indiquait que Mme Karlsen verrouillait la porte d'entrée et allait se coucher.

Tora put alors enfin s'abandonner au sommeil. Tout l'après-midi elle avait eu un mal de tête effroyable. Elle fit un effort pour inspecter la chambre des yeux, contrôler les plus petits détails – jusqu'à la prochaine visite de Mme Karlsen.

Elle se demanda si elle pouvait fermer la porte à clé pour la nuit. Que dirait Mme Karlsen si elle arrivait avec son plateau avant d'aller à la banque ? Mais elle ne put faire autrement. Elle ne supportait pas l'idée qu'on pouvait entrer et la regarder. La couverture pouvait glisser et découvrir les taches sur ses seins gonflés ? Un détail pouvait lui avoir échappé, que Mme Karlsen verrait.

Elle passa la nuit avec Randi à assembler les carrés du couvre-pied que celle-ci lui avait offert. Il était complètement décousu, et Randi la consolait et disait qu'elle allait y arriver, mais Tora était si honteuse qu'elle n'osait pas la regarder. Et, tandis qu'elles étaient assises ensemble, l'oncle Simon arrivait avec une corde épaisse et les attachait ensemble, sans cesser de rire de son bon rire jovial. Mais il y avait quelque chose qui clochait, et quand elle regardait de plus près, elle se rendait compte que la corde était faite de peau tressée qu'elle sentait froide et morte sur les bras. Tout un réseau de veines sortaient de la corde pour pénétrer dans sa tête. Mais les autres ne s'en rendaient pas compte. Finalement, elle n'arrivait plus à coudre du tout. Ses bras restaient paralysés.

Tora se réveilla et alluma la lumière.

Elle rejeta la couverture et regarda le bas de son corps.

Il était quatre heures du matin.

Elle se força à aller jusqu'à l'armoire pour chercher le couvre-pied. Les taches de sang formaient des croûtes foncées dans tout ce rouge. Comme s'il avait été spécialement créé pour envelopper un oisillon mal soigné. Elle le serra autour d'elle. Glissa ses pieds dans ses chaussons de feutre et s'installa devant sa table.

Mécaniquement, son bras se tendit vers la lampe pour l'allumer. Un par un les livres s'empilèrent sur la table.

Et elle se mit à répéter son vocabulaire anglais.

Les invités à l'enterrement investirent la maison avec une voracité incroyable. La voix perçante de Mme Karlsen essayait de les empêcher de pénétrer trop avant. Mais sans grand résultat. Elle était visiblement aussi terrorisée par la famille de son mari qu'Ingrid l'était par les factures dans la boîte aux lettres. Tora se prit de pitié pour Mme Karlsen.

Mais les invités représentaient aussi un danger pour Tora. A tout moment, ils pouvaient surgir sur le palier ou dans les toilettes. Une des femmes surtout se déplaçait comme un fantôme. Sans bruit. On entendait le grincement de ses pas plusieurs minutes après son passage. Dès que Mme Karlsen sortait faire des courses, elle montait à l'étage ouvrir les portes des placards. Tora l'entendait frôler la porte de sa chambre. Puis le silence s'installait. La lueur de son œil méchant traversait le trou de la serrure jusque dans son lit.

Pour la première fois de sa vie Tora se rendit compte à quel point elle aimait peu les gens.

L'étage avait été son domaine privé, sauf quand l'homme qui louait la chambre du fond restait à terre un jour ou deux. Maintenant il était envahi d'êtres crissants, bavards et chuchoteurs – qui n'avaient qu'un but : mettre le vieux Karlsen en terre et faire l'inventaire de ce qu'il laissait dans les tiroirs et les placards. A les entendre discuter, on aurait pu croire qu'ils allaient enterrer Mme Karlsen aussi. Les mots traversaient les murs pour atteindre les oreilles de Tora. Elle avait l'affreuse impression que ces gens projetaient un meurtre.

Un des hommes répétait sans cesse que la maison n'avait aucune valeur, mais que le terrain était une mine d'or. Sa voix faisait le même bruit que la marée montante sous les cabinets de la maison des Mille. Elle léchait les murs par grosses lampées que Tora, couchée les yeux fermés, ressentait sur la peau de son visage. L'angoisse se vidait continuellement par les pores de sa peau.

Les bruits que faisaient leurs corps sur les matelas grinçants, l'eau que l'on faisait couler dans les cuvettes, les voix qui portaient jusqu'à elle sans qu'ils en soient conscients, les ronflements, les respirations – tout la dégoûtait tellement qu'elle avait envie de le partager avec Mme Karlsen quand elle monta le soir pour demander comment allait sa grippe.

Mais bien entendu elle n'en dit rien. Au contraire, avec un pâle sourire elle déclara qu'elle irait en classe le lendemain. Mme Karlsen pourrait-elle lui faire un mot d'excuse ?

Tora bénit les coudes pointus qui sortaient des manches noires de sa robe et la bouche mince dans le visage tourmenté quand elle écrivit le mot avec aplomb, décrivant en détail la fièvre, les maux de gorge et la grippe. Avec la signature : Stella Karlsen, logeuse.

Stella ! Quel nom bizarre. Pour quelqu'un comme Mme Karlsen ! Stella ! N'était-ce pas le nom d'une étoile ? Ou d'un bateau ? Le cheval du pasteur sur l'Ile s'appelait Stella.

— Il vaudrait mieux que tu n'ailles pas au cimetière demain !

La voix de Mme Karlsen fut absorbée par les murs, et son visage grandissait de plus en plus. Tora secoua la tête et avala sa salive. Elle aurait bien voulu dire quelque chose – quelque chose de gentil. Mais elle n'y arrivait pas.

— Il fait trop froid pour toi qui as été malade. Mais descends boire le café. A quatre heures !

Tora referma la porte derrière elle et sortit les vêtements qu'elle mettrait le lendemain. Elle enfila son jean en hésitant. La fermeture Eclair fermait ! C'est curieux comme un corps reprend sa forme. Elle était plantée au milieu de la pièce et considérait le bas de son corps. Elle n'osait pas sortir sur le palier pour se regarder dans la glace. Quelqu'un pouvait venir. Elle était encore chancelante de rester debout trop longtemps. Mais ça irait mieux demain. Bien mieux ! Elle essaya de se voir dans le petit miroir suspendu au mur. Elle avait la tête qui tournait et elle ne se sentait pas bien. Mais la curiosité l'emporta. Elle grimpa péniblement en s'appuyant contre le mur. Le pantalon portait visiblement la marque d'un autre corps. C'était comme si elle l'avait emprunté à quelqu'un plus gros qu'elle de plusieurs tailles.

Tandis qu'elle se regardait ainsi, elle se rendit compte que, mis à part ses seins douloureux et qui coulaient et le fait qu'elle saignait, elle s'en était bien sortie.

Osait-elle y croire ? Elle se tordit un peu, pour voir la taille creuse de son pantalon de profil aussi. Elle descendit de la chaise et s'affala sur le lit sans enlever son pantalon. Les larmes lui vinrent aux yeux. Un flot de soulagement.

Mais le paquet froid et mort dans l'éboulis ?

— Quelle sorte de paquet ?

Loin dans le fjord le dégel arrivait. Humide et trompeur et sans donner d'autre espoir qu'un printemps étranger.

3

En sortant de l'école Tora passa à la coopérative acheter deux paquets de serviettes hygiéniques. Elle les enfouit vite dans son filet en nylon sous ses livres de classe. Une fois dehors seulement, elle se souvint qu'elle aurait dû acheter des provisions. Mais elle fut incapable d'y retourner. Ça sentait la viande avariée là-dedans.

Tout au long de la journée, elle avait regardé à travers les gens. Ils se dissolvaient devant elle.

Chacun possédait son halo de lumière. Plutôt dans des tons bleutés. Mais aussi en rouge et en jaune. Surtout autour de la tête. Cela les rendait inaccessibles et irréels. Tora les maintenait à distance. Un moment, Jon passa devant elle dans le couloir. Il était entouré d'un halo blanc. Elle se sentit mouillée de transpiration et sale. Il leva une main, comme s'il voulait la toucher. Elle se sauva par la porte des cabinets.

C'était une sorte de sentiment de solitude bien connu. Elle resta là jusqu'à ce que la cloche sonne.

Tout le monde faisait partie d'un groupe, ou d'un couple. Une ou deux fois l'idée lui traversa la tête – qu'il suffisait d'entrer dans un cercle quelconque, de faire comme si elle en faisait partie. Mais elle n'y arriva pas.

Les deux premières heures de cours ne se passèrent pas trop mal. Elle avait apporté son mot d'excuse. Les récréations étaient pire. Elle les passa aux cabinets pour la plupart du temps. Elle espérait que la surveillante ne remarquerait pas qu'elle attendait la cloche pour sortir des cabinets.

Mme Ring, leur professeur d'anglais, commenta pour toute la classe que Tora n'avait pas l'air tout à fait rétablie. Ne s'était-elle pas levée trop tôt ? Et la lumière autour de la tête de Mme Ring explosa. Mme Ring lui demanda avec précaution si elle avait fait ses devoirs, si quelqu'un lui avait communiqué les devoirs à faire ?

Tora se racla la gorge et dit qu'elle avait appris trois pages à partir de la leçon de samedi. Elle fut interrogée sur les verbes irréguliers. Répondit. Elle était contente d'être dans le cercle pour ainsi dire.

— Merci ! dit Mme Ring en mettant une annotation près du nom de Tora.

Les murs se penchèrent vers Tora. Longtemps. Quand elle leva les yeux, elle n'était plus dans le cercle. Son temps était révolu. Tous les regards étaient dirigés vers celui qu'on interrogeait après elle.

C'est alors qu'elle vit que les lignes téléphoniques qui reliaient le mur au poteau près de l'entrée étaient couverts de moineaux. Des moineaux ! De tout petits oiseaux qui étaient revenus. Pourquoi ? Qu'est-ce qu'ils voulaient ?

Ne savaient-ils pas ce qui arrivait aux oisillons de nos jours ? Et la lumière autour de la tête de Mme Ring se transforma en un petit nid de serviettes rouges avec un oisillon bleuté dedans. Qui piaillait d'une voix enrouée. Comme s'il n'arrivait pas à respirer.

Tora pensa aux verbes irréguliers.

Les voix dans la classe allaient et venaient, elle voyait les bouches remuer comme une vague. Partant de Mme Ring, pour envahir toute la classe. Mais elle ne pouvait pas entendre ce qu'ils disaient. Elle pensa à Frits. Il n'entendait rien non plus. Elle comprit pour la première fois ce que cela voulait dire. Tous les globes de lampes se balançaient au-dessus de sa tête. En cadence, comme si quelqu'un les avait mis en mouvement. Anne se retourna vers elle, ouvrit la bouche et tout ondulait, et continuait d'onduler. Et ce n'était pas pour elle. Ils possédaient tous leur halo de lumière, leurs ondes.

C'était pendant la dernière heure de cours. Ses yeux : comme du papier de verre contre une peau irritée. Elle traîna longtemps quand la cloche sonna. Attendit que tout le monde s'en aille. Quand elle se retrouva dehors, c'était comme si elle avait lavé tous les escaliers de la maison des Mille pendant des jours et des jours, alors que la porte était ouverte sur le vent glacial et que tout le monde laissait des traces de boue au fur et à mesure qu'elle essuyait.

Elle était revenue dans sa chambre, s'était couchée tout habillée et s'était endormie.

A quatre heures Mme Karlsen monta en robe noire, neuve, pour l'inviter à descendre prendre le café. Tora n'avait pas fermé la porte à clé. Elle jeta un coup d'œil sur elle-même, comme elle en avait pris l'habitude, avant de lui dire d'entrer.

N'était-elle pas encore remise ? La voix de Mme Karlsen avait un ton de commisération distante. Voulait-elle qu'on lui monte des sandwiches ? Tora se força à répondre. Elle s'assit et lui dit à quel point elle regrettait de se sentir malade. Mme Karlsen voudrait bien l'excuser, mais elle ne se sentait pas en état de descendre…

Une dame inconnue, aux yeux durs et fureteurs, lui apporta un plateau. Elle était vêtue de noir, comme Mme Karlsen, et portait de lourds bracelets aux poignets. Elle dit "voici" et "je vous en prie" et essaya d'échanger quelques mots tandis que ses yeux voltigeaient comme des mites dans la pièce – et Tora reconnut la voix. Elle l'avait entendue à travers le mur. Elle ressemblait à l'un des personnages méchants d'*Alice au pays des merveilles*. Ou était-ce à l'une des figures au dos des cartes ?

Elle mangea le contenu de son plateau.

Elle n'avait toujours pas ouvert la lettre d'Ingrid. Elle décida de ne plus jamais retourner sur l'Ile. Tout en mâchant les jolies tartines elle ressassait cette idée.

Puis elle s'installa à la table et sortit ses livres. En prenant son temps. Tout papillotait devant ses yeux. La lettre d'Ingrid sortait du tiroir et se collait à tout ce qu'elle touchait. Pour finir, elle la tira lentement vers elle et l'ouvrit avec une aiguille à tricoter.

Ingrid parlait du temps. De l'arrêt de la pêche qui la laissait sans revenus, si bien que

Tora devait attendre de recevoir l'argent dont elle avait besoin pour vivre. Une semaine ? Les lettres montaient vers elle comme des traces bleues et solitaires dans la neige. Encerclaient ses bras.

Priaient Tora d'économiser pour pouvoir venir à Pâques. Les lettres enveloppaient ses épaules douloureuses qu'elle avait remontées jusqu'aux oreilles. Il fallait qu'elle se protège la tête. Pourquoi lisait-elle ainsi cette lettre ? Elle n'avait aucun rapport avec elle. Elle ne voulait, ni ne pouvait atteindre cette Ingrid.

Elle se changea et s'attela à sa leçon d'histoire.

Au cours de la soirée, ils montèrent l'escalier par groupes et claquèrent des couvercles de valises, transportèrent des choses dans leurs chambres. Elle n'était pas sûre que Mme Karlsen s'en soit bien sortie. Au début, elle ne l'entendit pas. L'angoisse envahit Tora. N'étaient-ils pas en train de déplacer des meubles à travers le hall d'entrée ? N'étaient-ils pas en train de traîner des choses derrière eux ? Le remue-ménage s'arrêta enfin et elle entendit la voix excitée de Mme Karlsen leur souhaiter bon voyage. Puis la porte d'entrée fut verrouillée, tandis que les derniers invités, tels des crabes récalcitrants, descendaient les marches du perron et montaient en voiture. Un peu plus tard, elle entendit quelqu'un siffler *"Love me tender, love me true"*. C'était Mme Karlsen.

Elle était au sommet de la montagne et tombait. Elle se voyait couchée dans l'éboulis. Non, c'était Almar ! Complètement disloqué. Elle courait très vite pour s'en rapprocher et, au moment où elle allait rencontrer les grosses pierres grises, elle vit l'oisillon. Quelqu'un l'avait déterré.

Elle se battit avec ses couvertures un moment avant d'être complètement réveillée. Puis elle se leva pour gagner la fenêtre entrouverte, l'ouvrit toute grande sur la nuit sombre. L'air l'emplit comme une douleur. Un souvenir de quelque chose qu'elle avait connu.

Lentement, elle se réveilla, se calma. Et le champ de marguerites monta avec confiance jusqu'à sa fenêtre au premier étage. Elle en sentait nettement le parfum. En bas, l'eau s'écoulait goutte à goutte de la gouttière.

Quand elle se retourna vers la chambre, ses yeux rencontrèrent le mur au-dessus de son lit. L'affreux tableau d'un bateau dans la tempête. Aux couleurs sinistres. Laid, avec son écume polie et enjolivée. Elle s'approcha du lit, décrocha le tableau du mur et le tint devant la fenêtre, prête à le jeter dehors. Mais il ne passait pas par la fenêtre. Elle resta là, indécise, le tableau au-dessus de sa tête.

L'effort la fit vaciller. Elle baissa les bras.

Elle posa le tableau retourné près de la porte.

Elle aurait dû aller voir l'oisillon dans l'éboulis, mais c'était impossible. Parce que alors il lui faudrait piétiner toutes les marguerites. Personne ne pouvait avoir trouvé la petite tombe. La louche avait fait du bon travail. Chaque fois qu'elle regardait la louche dans le tiroir, elle était rassurée. L'oisillon était bien caché. Personne ne l'abîmerait. Chaque fois qu'elle tombait du ciel à grande vitesse et voyait la petite tombe ouverte, elle arrivait à se réveiller avant qu'il ne soit trop tard.

Le ciel était si ouvert partout. Elle n'aimait pas cela. L'air était si pur. Tout était transparent et reposait sur elle comme un poids. Chaque nuit, elle traversait le ciel vers l'éboulis. Chaque nuit, elle se retrouvait devant la fenêtre ouverte. L'abîme était si grand. Elle sentait le vent sur sa peau. Sur son visage. Elle était vide comme une taie d'oreiller suspendue à une corde en plein vent.

Elle était debout dans la baignoire de Mme Karlsen. L'eau coulait sur elle. De l'eau chaude. Elle vacillait dans l'éternité de l'instant.

Lentement elle se savonna. Les cheveux. Le corps. Se rinça et se savonna de nouveau. Depuis si longtemps elle n'avait pas ressenti un tel bien-être. Quelque chose d'aussi reposant. Les muscles et la peau revivaient. Sous le jet de l'eau. Se réchauffaient. Se désaltéraient. Elle se sentait bien dans sa peau, comme jamais auparavant.

Une ou deux fois, elle sentit le sol se dérober sous elle en voyant l'eau du bain disparaître à gros bouillons dans le trou de vidange. Rose. Elle n'arrivait pas à s'habituer à tout ce sang. Il allait bien s'arrêter un jour. Il n'était quand même pas question qu'elle meure d'hémorragie ?

L'odeur du savon. Elle rinça ses cheveux jusqu'à ce qu'ils crissent de propreté sous les doigts. La vapeur montait comme un nuage vers la petite fenêtre à moitié ouverte haut sur le mur. Le rideau de plastique aux fleurs d'un mauve criard volait à angle droit. Tout était étranger, mais bienfaisant. Comme si elle le voyait pour la première fois.

Elle s'essuya avec soin. Enfila des vêtements propres. Laissa la chemise large flotter sur son jean. Elle avait une serviette propre entre les jambes. Comme s'il ne s'agissait que de règles ordinaires.

Elle ouvrit la fenêtre toute grande à cause de la buée, n'osant pas ouvrir la porte vers la cuisine. Mme Karlsen était seulement sortie faire des courses et pouvait rentrer d'un moment à l'autre. Elle avait obtenu la permission de prendre un bain. Il valait cependant mieux que Mme Karlsen ne la voie pas dans la salle de bains. Même tout habillée. Des traces pouvaient la dénoncer. Inattendues. Catastrophiques. Seulement par un tout petit détail.

Les regards se posaient sur la nuque de la fille de l'Ile quand elle passait dans la cour de l'école, dans les couloirs ou sur la route. Elle n'avait jamais été bavarde. Mais maintenant, c'était comme si elle avait complètement perdu l'usage de la parole. C'était seulement quand elle était interrogée qu'un son étouffé sortait d'elle. Une voix si peu utilisée qu'elle devait chaque fois s'y accoutumer. Les phrases venaient directement du livre, à travers elle et jusque dans la classe. C'était comme si la gamine avait eu une bande magnétique dans le ventre. A part ça, elle ne disait rien.

Anne était celle qui essayait le plus d'établir un contact. Ne pouvaient-elles pas aller au cinéma ? Au café ? Tora possédait une foule d'excuses. Inabordable. Depuis ce jour d'automne où elle s'était évanouie, un halo de mystère l'entourait. Elle ne parlait jamais d'elle. Ils savaient à peine où elle habitait. Elle glissait comme une anguille quand on voulait l'approcher. Assise à son pupitre. Elle sortait aux récréations. Se levait sur commande, comme un soldat, et débitait sa leçon. Faisait des dictées. Tout avec la même attitude de robot.

4

Sur l'Ile, Ingrid attendait une lettre de Tora. Finalement, elle ne vit pas d'autre solution que d'aller à Bekkejordet téléphoner de chez Rakel et Simon.

Avec gaucherie, elle expliqua qu'elle était Ingrid Toste, la mère de Tora. Tora était-elle malade, puisqu'elle n'écrivait pas ?

Mme Karlsen répondit avec amabilité et compassion. Oui, Tora avait eu une mauvaise grippe et avait été couchée, mais il y avait déjà une semaine de cela. C'était sûrement ses devoirs qui l'avaient empêchée d'écrire. Elle ne sortait pas, toujours à la maison, vivant une vie calme et ordonnée. En vérité, la meilleure locataire qu'elle avait jamais eue. C'était agréable d'avoir une présence dans la maison maintenant qu'elle était veuve. Bien sûr, elle avait habité seule pendant longtemps, puisque son mari avait été grabataire à l'hospice de vieillards. Et cela n'avait pas posé de problèmes. Mais c'était un peu différent, maintenant qu'elle se savait seule. Ingrid reposa le combiné après avoir pris congé, timidement mais fermement.

— Qu'est-ce qu'elle a dit ? demanda Rakel en questionnant sa sœur du regard.

— Qu'elle est devenue veuve.

— Veuve ?

— Oui, Mme Karlsen. Mais Tora était sortie. Qu'elle travaillait tellement qu'elle n'avait pas le temps d'écrire... Elle a eu la grippe...

— Mais elle n'a pas dit quand elle revenait à la maison ?

— J'ai oublié de demander. Elle parlait tellement. Ça m'a donné mal à la tête.

Rakel éclata de rire et remplit à nouveau les tasses.

— Bon, enfin, maintenant elle va revenir pour Pâques, alors tu le sauras bien.

Ingrid baissa les yeux sur la nappe.

— J'ai l'impression qu'elle ne viendra pas.

— Et pourquoi est-ce qu'elle ne viendrait pas ?

— Elle n'est pas venue depuis Noël. Elle n'a pas beaucoup d'argent, c'est vrai. On ne peut pas dire que je lui ai bourré les poches d'argent.

— Mais ma bonne Ingrid, elle t'aurait écrit si elle avait manqué d'argent.

— Non, pas Tora.

— Veux-tu que je lui envoie quelques couronnes ?

— Non. Je lui ai envoyé assez pour vivre jusqu'à Pâques.

Rakel prit le bras d'Ingrid.

— Alors tu as fait ce que tu pouvais. Et puisqu'elle n'a de l'argent que jusqu'à Pâques, elle sera bien obligée de revenir.

— Elle n'écrit pas non plus.

— Peut-être qu'elle a un petit ami ?

— Sa logeuse dit qu'elle ne sort jamais. Ça m'inquiète. Je n'arrête pas de penser à ce que fait Tora.

— Ça je le comprends bien.

Quand elles bavardaient ensemble comme en ce moment, Ingrid gardait souvent les yeux baissés. Encore une fois cela eut le don d'irriter Rakel. Mais elle se raisonna. Ingrid avait bien ses raisons.

Et les soucis de Rakel lui semblèrent minimes en comparaison. Il n'y avait pas de quoi se vanter. L'exploitation était florissante comme jamais. Les moutons se portaient bien dans la bergerie et n'attendaient que le printemps et les pâturages de montagne.

Rakel avait moins souffert de douleurs dans le ventre. Elle savait que le mal n'avait pas lâché prise. Mais les médecins lui avaient presque promis la santé et la vie. Elle se rendait régulièrement à Oslo pour suivre un traitement. Du coup, elle avait pris l'habitude de voyager.

Elle faisait semblant de croire qu'il s'agissait de vacances. Elle essayait d'éviter de penser qu'elle allait à l'hôpital subir des rayons, des examens, des prélèvements. Elle passait la nuit à l'hôtel à Bodø avant de prendre l'avion vers le sud. Elle faisait les magasins. Allait au cinéma. Soigneusement caché en elle-même, elle gardait tout ce qui avait trait à la maladie et à la laideur. Mais chaque fois qu'elle se retrouvait devant les grandes portes de l'hôpital, le supplice recommençait.

Pendant le voyage de retour, elle appréhendait déjà la fois suivante. Son désir de Simon était comme un jardin rempli de fruits dont elle n'osait pas se servir. Elle s'imaginait qu'elle en serait punie. Alors elle s'achetait des colifichets et des vêtements au lieu de vivre ses sentiments. Des petites blouses de satin. Des jupes plissées à la mode, avec empiècement sur les hanches. Des chaussures de toutes sortes. C'était comme si plus la maladie avançait, plus elle se consolait avec ces babioles. Elle en était consciente. Sa propre réaction la faisait sourire amèrement.

Mais quand elle était confrontée aux soucis d'Ingrid, sa lutte pour arriver à joindre les deux bouts, tous les siens lui paraissaient minimes.

Elle aurait aimé pouvoir se soulager dans les bras d'Ingrid, y trouver du réconfort. Mais c'était impossible. Ingrid aurait endossé son mal, aurait ajouté son cancer de l'intestin à la longue liste de malheurs derrière lesquels elle s'enfermait chaque jour à la maison des Mille. Si seulement Ingrid avait été un peu plus douée pour la joie !

— Veux-tu que je prenne de ses nouvelles ? Que je téléphone à l'école ? demanda-t-elle avec précaution.

— Non, dit Ingrid, d'un ton las.

— Je trouve que tu ne devrais pas t'en faire. Il y a sûrement une raison, tu verras. Ne t'inquiète pas ! Ça n'arrange rien.

— C'est facile à dire, murmura Ingrid. Elle enfilait son manteau élimé. Inutile de s'inquiéter pour des enfants, pas vrai !

— En effet, tu as tout à fait raison, Ingrid, dit Rakel, les joues en flammes.

Elle était toujours surprise quand Ingrid la blessait. C'était chaque fois le même choc. Comme si elle n'imaginait pas qu'une attaque puisse venir de ce côté-là. Mais elle n'arrivait pas à trouver de réplique. Etait-ce parce qu'elle était sûre que l'autre ignorait avoir dit quelque chose de mal ? Certains ne comprenaient jamais qu'ils pouvaient déclencher des avalanches mortelles.

Et Rakel, qui d'habitude avait son franc-parler, se recroquevillait sur elle-même et cachait ses blessures à son unique sœur.

Elle disposa des tranches de cake sur un plat à fleurs au rebord ondulé. Elle resta à le regarder un instant en le tenant haut devant la lumière. Comme si elle s'assurait qu'il n'y avait pas de poils de chat ou d'autre saleté. Puis elle le reposa d'un geste décidé.

— Henrik, il me dit que c'est comme ça qu'elle me remercie de l'avoir envoyée au collège à

Breiland. Qu'elle fait sa fière. Que rien à la maison ne lui suffit. Il trouve qu'à Noël elle était déjà difficile et récalcitrante, murmura Ingrid.

— Ah bon, Henrik dit ça.

Rakel ne sourit même pas.

Ingrid comprit cependant la pique et baissa la tête. Elle avait appris à baisser la tête. C'est ce qu'elle savait le mieux faire.

— Oui, je sais ce que tu penses d'Henrik. Il est marqué au fer rouge une fois pour toutes. Mais tu pourrais au moins lui reconnaître le droit d'avoir une opinion.

— Mais je lui reconnais tous les droits à Henrik, ma pauvre. Et j'ai défendu Henrik jusqu'à en crever, que ce soit pendant le procès ou quand Simon et moi on se dispute. Alors tu n'as pas besoin de venir m'embêter avec ça. Cela dit, jamais je n'ai vu Henrik faire quoi que ce soit pour rendre la vie plus facile. Je suis bien obligée de le dire, puisqu'on aborde certains sujets.

— Comment ça ?

— Ne fais pas l'enfant ! Il n'a jamais fait le moindre effort pour quoi que ce soit, ni pour toi ni pour Tora. Tu le sais bien. Je ne me mêle pas de ce qui se passe entre vous quand vous êtes seuls... mais je pense que tu devrais le quitter, Henrik !

Elle l'avait dit. Sans préambule. Durement. Sans appel. Le pire, c'était l'écho qui en restait.

Ingrid ne disait mot.

— Oui ! Tu l'aimes peut-être !?

Rakel avait crié cela comme une accusation. Elle avait les mains sur les hanches. La bouche entrouverte. Prête à cracher la phrase suivante. Prête à répondre à Ingrid quand elle se défendrait. A la convaincre. A la sauver d'elle-même.

Pour la première fois, elle fut irritée par le feulement du chat sur la caisse à tourbe.

Ingrid posa sa tête sur la table, en se protégeant de ses bras maigres autant qu'elle le pouvait. Elle pleurait.

Rakel, debout, faisait un retour sur elle-même. Ce n'était pas un sentiment agréable. Elle avait tellement honte qu'elle sentait ses joues brûlantes. Elle ne savait pas ce qui était le pire : sa propre arrogance ou la manière dont elle s'en était servie pour se venger d'une phrase irréfléchie sur le fait qu'elle n'avait pas d'enfant. Elle se dit que peu de gens sans doute savaient être altruistes. Et qu'elle n'était pas une exception. Mais elle n'arriva pas à faire le pas nécessaire pour se rapprocher d'Ingrid. C'était comme si quelque chose la retenait.

Elle traversa la pièce avec hésitation et ramassa les miettes sur le plan de travail, pour gagner du temps.

— Ne fais pas attention à ce que je dis, Ingrid.

— Je ne sais pas ce qui m'arrive, je ne supporte rien…

Ingrid ravalait ses larmes et sortit son mouchoir.

— Tu n'es pas heureuse, Ingrid. Tu as trop de responsabilités, trop de travail. Tu aurais dû avoir un homme qui s'occupe de toi, pas un qui critique le fait que Tora va en classe et qui te rend la vie difficile.

— La vie n'est pas facile pour Henrik non plus…

Rakel ressentit une pénible sensation d'ennui. Consciente d'être obligée de trouver des mots de consolation. De détourner l'attention fixée sur l'absence de Tora et la mauvaise humeur de

Henrik vers quelque chose qui rendrait la journée d'Ingrid plus supportable. Mais elle était là tout bonnement et s'ennuyait. Elle avait la sensation de ne pas pouvoir traiter Ingrid en égale. Elle ne savait pas pourquoi, mais elle se sentait deux fois plus vieille bien qu'Ingrid soit l'aînée et beaucoup plus expérimentée. Elle avait toujours constaté avec étonnement que les épreuves qu'Ingrid enduraient ne lui servaient jamais de leçon. Elle se contentait de redoubler d'application à son travail. Cela n'éveillait en elle aucun désir de révolte, de défi, elle ravalait sa haine et sa rancune – et se laissait battre chaque fois.

Ingrid resserra son vieux manteau sur elle, se leva et se dirigea vers la porte.

Elle posait sur Rakel un curieux regard.

— Bon, faut s'en aller. Il se fait tard...

Sa voix était banale.

Rakel resta sur place.

Elle vit Ingrid ouvrir la grille puis la refermer derrière elle sans se retourner vers la maison ou la fenêtre de la cuisine. La vit descendre la côte. Lentement. A pas réguliers. Tout était dit.

Rien n'avait été dit. Rien n'avait été décidé.

Juste avant qu'Ingrid ne disparaisse dans le petit bois, Rakel reprit ses sens. Elle ouvrit violemment la porte donnant sur l'entrée et attrapa la première chose qui lui tomba sous la main. La veste que Simon mettait pour aller à l'étable. Elle sauta dans une paire de bottes coupées et se précipita en trébuchant à la poursuite d'Ingrid sur le chemin boueux. Elle la rattrapa vite. Sauta sur elle par-derrière en l'entourant de ses bras. La serra fort.

— J'suis une emmerdeuse, Ingrid !

Ingrid passa ses mains gourdes sur le visage de sa sœur.

— T'as seulement envie de mettre de l'ordre partout. De l'ordre…

Rakel accompagna Ingrid jusqu'aux premières maisons. Là, elle fit demi-tour parce qu'elle était affublée de la veste de Simon et des bottes coupées. Elle pointa un doigt sur son costume en riant. Elles rirent un peu toutes les deux.

— J'vais essayer d'en savoir plus sur Tora, et je viendrai te raconter.

Ingrid acquiesça de la tête.

— C'est moi qui m'fais des idées. T'as raison. Y a pas grand-chose qui peut l'attirer sur l'Ile, Tora. J'ai bien failli moi aussi m'enfuir, un jour… Et finalement ç'a été trop tard. C'est comme si tout m'avait étouffée – comme si j'arrivais à exister sans respirer.

Elles levèrent la main en signe d'adieu. Un mouvement lourd. De secrète compréhension. Comme quand elles étaient gamines et s'étaient disputées, mais étaient bien obligées de se réconcilier puisqu'elles n'avaient personne d'autre. Que leurs chagrins personnels. Leurs secrets. Leurs écorchures et leurs rêves.

Malgré tout la neige avait diminué sur les champs. Elle fondait à la lisière du bois et le long des fossés. Mais le gel mordait les oreilles de Rakel.

5

Elle émiettait chaque jour un morceau de pain sur le rebord de la fenêtre. En tout, tout petits morceaux. Puis elle s'asseyait sur un escabeau et attendait. La corneille noire. La pie au plumage brillant. Elles venaient. Et faisaient brusquement demi-tour quand elles l'apercevaient. Comprenant qu'elle montait la garde. Que les miettes ne leur étaient pas destinées. Ce n'était pas leur petit qu'elle avait caché dans l'éboulis. Oh, que non ! Cette fille-là savait bien avec qui elle voulait partager les miettes !

Elle enlevait lentement l'élastique qui retenait sa queue de cheval et secouait ses cheveux. Ainsi elle les aérait tout en montant la garde. C'était probablement un rouge-gorge qu'elle attendait. Ou un pinson. Un oiseau hivernal. Un qui ne recule pas devant l'hiver.

Elle mangeait ses propres tartines et buvait du lait.

Le soleil de l'après-midi vibrait et remuait comme le feu dans un âtre. Roulant la lumière vers elle à lui en donner le vertige. Le ciel était une masse incandescente. Les soirées étaient tellement claires. Sans recoins pour s'y cacher. Son verre tenait en équilibre sur un escabeau près de la chaise. Elle tenait sa tartine à la main. Des miettes tombaient régulièrement sur son chandail. Elle sentait une vague odeur de laine mêlée au goût du pain, du fromage et du lait.

De temps à autre elle se perdait dans ses pensées et oubliait pourquoi elle était là. Se contentant de mastiquer. Mais chaque fois qu'elle commençait à avoir froid, l'oiseau lui revenait en mémoire. N'allait-il pas bientôt venir chercher sa nourriture ? Pas aujourd'hui non plus.

Exactement à quatre heures dix, elle enlevait les miettes du rebord de la fenêtre et la fermait. Juste après, elle entendait toujours Mme Karlsen ouvrir la porte d'entrée.

Il lui arrivait de se souvenir d'Ingrid. Ou de l'oncle Simon et de la tante Rakel. Mme Karlsen avait dit qu'Ingrid avait téléphoné. Qu'elle attendait une lettre de Tora. Elle l'avait dit avec sévérité, juste comme le pasteur sur l'Ile quand elle préparait sa confirmation. Mme Karlsen devint tout à coup comme la marâtre de Blanche-Neige. Les admonestations dont elle submergeait Tora étaient aussi rouges et vénéneuses que la pomme mangée avant de tomber raide.

Agitant une main réprobatrice dans le vide, Mme Karlsen disait :

— Il ne faut pas oublier d'écrire à sa mère !

Alors Tora coupait le son de la voix de Mme Karlsen.

Les compositions trimestrielles de printemps avaient eu lieu durant son absence. Le principal laissa entendre qu'il lui faudrait un certificat médical. Il leur faisait le cours de mathématiques. Tora était assise toute droite, les joues blêmes. Le chandail pendant autour des hanches. La protégeant alors qu'elle n'avait plus rien à cacher. C'était aussi dangereux.

Il avait levé son visage jusque-là penché sur le registre, essayant de capter le regard de la jeune fille. Mais Tora avait déjà fixé les yeux sur la mappemonde qui recouvrait le tableau.

Ce fut Anne qui sauva la situation :

— Tora a apporté un mot d'excuse. De sa logeuse. Il n'est pas dans le registre ?

— Si, mais c'est une absence de plus de trois jours, remarqua sèchement le principal.

— On n'a jamais été très pointilleux là-dessus, tant que la logeuse ou les parents ont signé. Elle ne peut pas aller chez le docteur maintenant demander une attestation de maladie. Puisqu'elle est guérie !

Il y eut quelques ricanements. Tora fut prise d'une sensation de nausée bien connue. Elle voyait les veines bleues autour des narines du principal. Ses yeux froids sans expression. La peur l'envahit lentement. Puis se transforma en une rage qu'elle ne pouvait pas contrôler. Elle sentait ses cuisses trembler sous le pupitre. Un bruit ténu de cloches emplissait sa tête. Comme un bourdonnement. Une impression de réveil après un accès de fièvre. Elle eut un éblouissement. Elle s'agrippa au pupitre pour atténuer son tremblement. Elle perdait tout contrôle sur les commissures de ses lèvres. Sachant à quoi elle ressemblait alors. Cela la rendit encore plus furieuse.

— J'ai pas eu la tête à ça. J'étais pas bien. En plus on ne m'a pas envoyé d'argent... J'crois pas que le docteur à Breiland donne des consultations gratuites.

Tous les visages se retournèrent vers Tora, avec un étonnement respectueux. Ils ne l'avaient jamais entendue parler autant. La gamine avait l'air d'une folle. Comme défigurée. Quelque chose dans la bouche. Une sorte de paralysie.

Le principal plongea d'un air gêné dans le registre. Il ne s'attendait pas à cela. Il avait seulement voulu faire preuve de fermeté.

Il avait tellement besoin d'ordre ce jour-là justement. Et il se retrouvait confronté à un véritable désespoir. Offusqué, il ne procéda pas à l'appel. Il ne sut jamais que Gunnlaug n'était pas à sa place parce qu'elle n'était pas arrivée à terminer ses devoirs.

Mais une fois dans la salle des professeurs, il fit remarquer que cette classe lui semblait quelque peu désordonnée. Il y avait là quelques éléments indisciplinés. Les autres professeurs levèrent à peine les yeux. Restèrent sans réponse. Les tasses de café étaient à moitié vides, à moitié froides. Le réconfort de leur contenu s'était depuis longtemps évaporé.

Le professeur principal était absent. Personne ne se sentait assez concerné pour répondre au principal. A l'atmosphère remplie d'effluves d'aisselles et de fumée de pipe se mêlait une odeur de poussière et d'encre. Chacun avait ses problèmes. Le désordre faisait partie de l'œuvre de toute une vie pour chacun d'eux. De son processus même. Le mot apparaissait presque blasphématoire. Il portait en lui une sorte de complaisance sacrée.

Personne ne demanda plus à Tora de certificat médical.

Mais on lui donna quelques exercices à faire chez elle pour pouvoir lui attribuer des notes trimestrielles. Ce n'était pas bien grave. Elle les emporta dans sa chambre et prit son temps.

Tous les exercices qui demandaient des connaissances ordinaires lui semblaient faciles. Elle avait tant de place dans la tête. Comme si on y avait fait un grand nettoyage et un grand rangement. Ce qu'elle pouvait trouver dans les livres se fixait dans sa mémoire avant qu'elle ait fini de lire le texte. Des phrases entières se collaient à son cerveau et n'en bougeaient plus. Mais tout ce qui demandait un raisonnement et qu'on ne pouvait pas trouver dans les livres lui paraissait impossible à résoudre. Elle avait perdu la faculté de penser par elle-même. Ne pouvait apprendre que mécaniquement. De telle page à telle page. Comme un robot. Résoudre des problèmes mathématiques selon certains théorèmes. Conjuguer des verbes. Répondre à des questions d'histoire pleines de noms et de dates. Les chiffres ! Ils étaient magiques et on pouvait compter sur eux.

Mais cela ne l'aidait guère quand elle devait rédiger une dissertation. De nombreuses pages remplies de pensées personnelles. Elle était fichue d'écrire des choses qui mèneraient à la question du certificat médical.

Les mots devenaient si dangereux.

Cela lui donnait terriblement mal à la tête de les passer au crible. Avec circonspection elle les alignait les uns après les autres. Consciente qu'ils la guettaient. Elle mit des heures à écrire une dissertation sur sa rencontre avec le cours complémentaire communal de Breiland. Tels les glaciers au printemps, ses pensées étaient pleines de fissures. Remplies d'étendues sans fond comme les tourbières autour de la maison des jeunes sur l'Ile.

Elle finit quand même par en venir à bout. Trois pages. Ni plus ni moins. Elle n'essaya même pas d'allonger la sauce par des paragraphes et des intervalles. Ça lui était égal. Elle ramassa un “passable”. Son devoir lui fut rendu le dernier jour de classe avant Pâques. Elle n'en croyait pas ses yeux. Les commentaires du professeur de norvégien étaient virulents. Mais sans allusions qui auraient pu révéler qu'il soupçonnait les raisons de son absence lors de la composition trimestrielle. Tora corrigea les fautes d'orthographe pendant la récréation et rendit sa copie.

Elle avait la moyenne en norvégien. Et par ailleurs, elle avait un bon carnet. Elle s'en était bien tirée. Aucune remontrance ni menace d'avertissement aux parents.

D'ailleurs, elle ne rentrerait pas chez elle. Elle en avait pris la décision. La veille du dernier jour. Pendant qu'elle s'étirait dans son lit et sentait le sommeil l'abandonner, que la lumière du jour se renforçait derrière les rideaux, et rendait la pièce plus présente en soulignant les contours des meubles et des objets.

Elle se sentait presque contente. C'était aussi simple que ça, au fond. De prendre une décision. Ne plus revenir sur l'Ile de longtemps. Peut-être jamais plus. Ne jamais plus LE revoir ! Ne plus monter l'escalier raide de la maison des Mille. Ne plus jamais sentir l'odeur spéciale qui y flottait. Ne plus jamais être obligée d'être à table avec LUI.

Elle allait écrire à Ingrid. Lui dire qu'elle allait passer Pâques ailleurs. Dans un chalet. Avec des amies. Des filles. Autrement on ne lui accorderait pas la permission. Cette idée lui était venue en classe. Elles étaient nombreuses à partir dans des chalets. Et à la maison elles disaient qu'elles seraient avec d'autres filles. Elles se promettaient de se couvrir mutuellement si on posait des questions. Ricanaient nerveusement et se sentaient adultes.

La lettre était courte. Sans détours. Elle ne demandait pas d'argent. Elle la posta sans tarder.

Le soulagement qu'elle ressentit lui fit tourner la tête. Elle resta longtemps assise sur une chaise en métal à la poste après avoir envoyé sa lettre. L'employé la regardait d'un air bizarre et elle eut peur qu'il ne lui demande si elle était malade. Elle ne supportait pas cette question.

Puis elle se rendit à la bibliothèque. Emprunta un filet plein de livres. Elle acheta du pain, du café, un morceau de fromage et quatre œufs. Monta le tout dans sa chambre et s'installa devant la fenêtre ouverte pour donner des miettes à l'oiseau.

Elle n'avait dit à personne qu'elle restait à Breiland pour les vacances de Pâques. Il allait de soi, pour tout le monde, qu'elle retournait dans sa famille.

En sûreté ! Durant des heures elle pouvait rester assise là sans que personne ne sache où elle était.

A quatre heures dix elle ferma la fenêtre parce que Mme Karlsen allait rentrer. La maman oiseau ne vint pas. Tora s'étira, chercha dans toutes les directions avant de refermer la fenêtre. Elle avait balayé les miettes dans la neige. Elles formaient comme des chiffons jaunes dans tout ce blanc. Chaque matin tout avait disparu. Elle entendait les croassements et les grattements des corneilles. Il ne faudrait pas longtemps à Mme Karlsen pour comprendre pourquoi ces deux gros oiseaux gloutons se tenaient si près de sa maison.

Tora rejetait cette pensée. Il lui fallait entrer en contact avec la maman oiseau. Pour lui dire où elle avait déposé son petit.

6

Rakel décida d'aller faire un tour à Breiland. Un coup de tête, pensa Simon. Elle expliqua qu'elle avait besoin de voir du monde parce qu'elle avait la sensation d'étouffer. On était tellement à l'étroit sur l'Ile...

Etait-il en partie responsable ? Elle lui jurait que non. Mais il n'en était pas si sûr.

Finalement elle fut obligée d'avouer qu'Ingrid était au courant parce qu'elle venait de recevoir un mot bref et sec de Tora l'informant qu'elle ne viendrait pas à Pâques mais pensait passer les vacances dans un chalet avec des amies.

Simon trouvait bien que la petite ait des amis. Ce n'était pas un drame si elle ne venait pas pour les vacances. Rakel soupira, d'accord avec lui, mais elle insista pour se rendre à Breiland quand même. Elle pourrait à la fois voir Tora, être un peu seule, aller au cinéma. Son ventre la tracassait, ajouta-t-elle. Alors il se replia sur lui-même, prit un air sombre et ne dit plus rien.

Quand Rakel avait des soucis, il fallait qu'elle bouge. Qu'elle passe à l'action. C'était son tempérament.

Elle cherchait les raisons possibles à la lettre de Tora. Un amoureux, dont elle n'osait pas parler à sa mère ? Non, dans ce cas elle aurait essayé de donner plus de détails, plus d'explications. Elle aurait alors plutôt écrit une lettre gentille, remplie de mensonges convaincants.

Simon amena lui-même Rakel de l'autre côté du fjord dans son petit bateau à moteur. Elle promit de téléphoner dès son arrivée. Elle était là dans son nouveau manteau bleu acheté à Oslo lors de son dernier voyage. Il la protégeait des curieux, les empêchait de voir son corps amaigri par la maladie quand elle se rendait à Været. Ils se contentaient de hocher la tête et de dire : Rakel Bekkejordet est allée s'acheter un nouveau manteau dans la capitale…

Personne ne devait voir que c'était un tribut payé à la douleur.

Simon, lui, était éperdu en la regardant. Il retraversa le fjord tout seul, sentant encore sa présence. Au milieu du sel et des embruns. Il mit le moteur pleins gaz et en sentit toute la puissance.

Le car s'arrêtait à tous les tournants, pensait Rakel. Elle avait déjà décidé un plan d'action pour quand elle arriverait à Breiland. Elle allait téléphoner à Mme Karlsen et demander à parler à Tora. Puis elle irait jusqu'à la maison. Si personne n'ouvrait, elle retournerait à l'hôtel pour réfléchir.

Le ciel était gris sur Breiland. Depuis longtemps, Rakel s'était fait une opinion là-dessus. Elle datait du jour où elle avait appris qu'il lui faudrait aller à Breiland pour des examens médicaux. Il y avait longtemps de cela maintenant. Mais la grisaille persistait. Une fois pour toutes. Elle n'avait aucune intention d'enjoliver les choses.

La tonalité du téléphone était grise aussi. Il sonnait à un endroit qu'elle ne pouvait pas voir. Personne ne répondait. Elle le savait d'avance. Elle reboutonna son manteau, prit son sac de voyage et remercia l'employée de l'avoir laissée utiliser le téléphone.

Elle entra tout droit dans le jour gris de plomb.

Elle trouva facilement la maison. Elle savait à peu près où la situer. C'était éclairé dans l'entrée et au premier. Un timide reflet jaune qui s'étalait sur la vieille neige. En haut, les rideaux étaient tirés. Une plaque de cuivre au-dessus de la sonnette. Somptueuse. L'idée lui vint qu'elle aimerait avoir une pareille plaque. Sur sa porte : Simon et Rakel Bekkejordet. Rien que pour rendre les gens jaloux. Et parce que ça lui plaisait. Un peu plus simple, peut-être. Mais avec une sonnette. Elle eut presque envie de rire.

Personne n'ouvrait. Elle retira un gant et appuya de son index nu. Comme si cela pouvait se révéler plus efficace. Un geste rituel pour faire venir quelqu'un. Elle sentit le son quitter son doigt pour aller s'implanter dans la maison. Jusqu'à la pièce où se trouvait Tora. Un appel, un avertissement, signalant que c'était elle, Rakel. Mais la maison ne renvoyait qu'un silence offensé. Prisonnière d'un enchantement et rébarbative.

Un mouvement du rideau là-haut ? Elle n'en était pas sûre. Elle frappa fort à la porte. Prouvant ainsi qu'elle n'avait pas l'intention d'abandonner la partie, de longtemps. Mais rien ne se produisit. Elle se dit que Tora avait besoin d'un peu de temps pour se ressaisir. Elle trouva un crayon dans son sac et arracha une feuille de son calepin. Et elle y écrivit qu'elle était passée et qu'elle reviendrait. Elle glissa le billet dans la fente de la porte et se retourna pour partir.

En levant la tête une dernière fois, elle aperçut une ombre derrière la fenêtre. Le store s'enroula brutalement. Elle eut l'impression d'en entendre le bruit sec.

Tora était là, telle une ombre crucifiée. L'encadrement en bois était bien réel. Une croix. Rakel leva la main. Esquissa un sourire. Le battant de la fenêtre s'ouvrit lentement. La tête rousse de Tora apparut dans l'ouverture. Rakel ne savait pas à quoi elle s'était attendue.

Peut-être à un sourire ? Une excuse ? Un petit : Coucou ! Mais rien ne vint. C'était comme si Tora ne l'avait jamais vue. Comme si elle regardait un voyageur de commerce quelconque, impatiente de connaître l'objet de sa visite et de le voir partir.

— Eh ben dis donc ! Je commençais à croire que la maison était vide. Je peux monter ?

Toujours le même silence à la fenêtre.

La tête disparut, la fenêtre fut refermée. Une foule de pensées contradictoires se bousculaient dans la tête de Rakel. Et surtout ce refus de Tora de la laisser entrer. Mais elle entendit bientôt des pas à l'intérieur et une clé que l'on tournait.

La personne à l'intérieur était Tora. Sans être Tora. Rakel resta sur le seuil. Ses yeux détaillèrent en un éclair la jeune fille. Puis elle se reprit, avec la sensation d'avoir épié quelqu'un par le trou d'une serrure.

L'épaisse chevelure rousse pendait en mèches sur les épaules. Le visage était ravagé, terriblement pâle. Les yeux la regardaient sans la voir. Le même chandail gris qu'elle portait à Noël. Mais l'allure grassouillette, les rondeurs enfantines, la fraîcheur – tout cela avait disparu. Il lui était impossible de qualifier cet être autrement que de profondément malheureux.

Et c'était cet être qui avait écrit la lettre à Ingrid.

Rakel n'attendait plus que Tora dise quoi que ce soit, elle la suivit seulement dans l'escalier et dans la chambre. Resta un instant à la porte. Silencieuse. Balayant d'un coup d'œil le triste papier des murs, le lit étroit et vieillot, les rideaux sombres, la lumière de la rue traversant avec insolence les fenêtres hautes et stériles. La marque sur le mur laissée par un tableau, la toile cirée aux fleurs criardes. Les vieux fauteuils lourds et le tapis en peluche sur la table ronde. Tout cela avait eu son heure de gloire bien avant que Tora ne soit née.

Rakel accrocha son manteau sur le palier, enleva ses bottillons, se frotta les mains en allant vers le poêle.

— Il fait bon ici ! dit-elle, disparaissant presque dans un des fauteuils monstrueux. Tora s'installa tout au bord de la chaise près du bureau.

Il était couvert de livres. Elle devait être en train de travailler. Dix ou douze volumes de livres empruntés à la bibliothèque étaient étalés sur le lit. A part cela rien ne traînait. Un ordre pointilleux régnait dans cette pièce.

— Tu ne fais que travailler, dit-elle en souriant, et elle passa ses doigts dans ses cheveux pour se recoiffer un peu.

Tora approuva de la tête.

— Tu es seule dans la maison ? demanda Rakel, pour lui tendre une perche.

— Oui. Mme Karlsen est partie passer Pâques dans sa famille.

On entendait enfin sa voix dans la pièce. Tout à fait clairement.

— Et toi ? Tu ne veux pas rentrer chez toi, à c'qu'il paraît ?

— C'est maman qui t'envoie ?

— Grand Dieu non ! J'avais des courses à faire à Breiland. Je me suis envoyée moi-même. Mais fallait que j'te voie.

Rakel prit brusquement une décision. L'honnêteté. Si elle voulait avoir une chance de percer cette carapace.

— Mais j'ai lu la lettre que tu as envoyée. Tu ne vas nulle part, dans aucun chalet, n'est-ce pas ?

Tora fixait Rakel. Dans le visage de la jeune fille, dans son corps, et surtout dans ses yeux

Rakel reconnaissait l'expression des animaux qu'on mène à l'abattoir. Elle avala sa salive.

— Qu'est-ce qu'il y a, Tora ?

— Rien du tout ! Ça m'disait rien, c'est tout. C'est cher et… Tu veux du café ?

On aurait dit que la jeune fille sortait d'une transe. Elle se leva brusquement et se mit à déambuler sans but dans la pièce. Une sorte d'agitation névrotique. A la recherche de la petite cafetière posée sur la table au milieu des livres de classe. Finalement Rakel l'indiqua du doigt. Deux taches rouges apparurent, une sur chaque joue de Tora. Rakel vit la sueur perler sur son front et sur sa lèvre supérieure. Elle se contint, pour laisser Tora en paix. Le souvenir d'Ingrid lui revint à la mémoire, quand elle lui avait carrément dit qu'elle devrait quitter Henrik. Il ne fallait pas en dire trop aux gens. Ça pouvait être la goutte qui faisait déborder le vase pour quelqu'un qui y avait déjà pensé, mais qui en avait abandonné l'idée.

Par beaucoup d'aspects, Tora lui ressemblait. N'empêche qu'elle était la fille d'Ingrid. La honte d'Ingrid. Rakel n'avait jamais été la honte de qui que ce soit !

Tora était déjà sur le palier pour prendre de l'eau. Rakel se rendait compte qu'elle avait abordé le sujet dangereux. Celui qui pouvait tout bloquer et qui dresserait un mur entre elle et la petite.

— Est-ce qu'il va y avoir quelque chose d'amusant ici, à Pâques, qui fait que tu n'as pas envie de rentrer à la maison.

— Non… Si, c'est-à-dire…

Tora lui tournait le dos et il lui fallut longtemps pour allumer la cuisinière. De l'eau se mit à grésiller entre la plaque et la cafetière. Tora restait penchée au-dessus, incapable de lâcher le couvercle coiffé d'un bouton de bakélite rouge.

— Essuie la cafetière, Tora. C'est exaspérant d'entendre l'eau grésiller comme ça.

Tora releva la tête en sursaut et trouva un torchon.

— Oui, dit-elle. Bien après avoir effectué le geste.

La situation était pire que ce que Rakel avait imaginé.

— Tu as un chagrin d'amour, Tora ?

Elle essayait de rendre sa voix chaleureuse et compatissante, mais se rendait compte à quel point cela sonnait faux.

— Non.

— Dis-moi pourquoi tu ne veux pas rentrer à la maison. Ça restera entre nous.

— Pour rien.

— Il y a bien quelque chose. C'est ce qu'on pense, ta mère et moi. Oui, même Henrik le pense.

Les secousses partirent comme du bord de sa jupe. Pour se propager dans tout le petit corps. Les artères de sa gorge se gonflèrent, bleues, en un instant sous la peau. La bouche s'ouvrit et l'une des commissures se mit à pendre. Comme si elle s'était décrochée. La fillette, debout, les bras ballants, tremblait de tout son corps.

Rakel se leva et la prit dans ses bras. Le chandail était moite. La sueur coulait sur son visage, et elle l'essuya timidement, comme des larmes. Les cheveux frisaient à la racine et semblaient lavés depuis peu.

— J'attends quelqu'un – tu comprends...

— Qui est-ce que tu attends ?

— Quelqu'un qui vient chercher à manger. Quelqu'un qui a perdu son petit.

— Quelqu'un qui a… quoi ?

Elles se regardaient dans les yeux. Ce fut Rakel qui baissa les siens.

— C'est une maman oiseau. Elle peut venir d'un moment à l'autre.

— Tora !

La chambre se mit à tourner autour des deux femmes. Lentement, lentement. Le plafond et les murs. Le plancher. Elles étaient ballottées dans le vide. Rakel tendit la main, mais personne ne la prit. Tora avança une patte, mais personne ne la saisit. C'était ainsi. Rakel avala sa salive et aspira un grand coup, puis elle dit, engageante.

— Tu vas me raconter ça ! Tout !

— Non. Faut que tu t'en ailles maintenant.

Une prière dans la voix. Comme une patte de lièvre sur la neige verglacée.

— Je ne m'en irai pas ! Raconte-moi tout.

— Faut t'en aller !

— Non !!!

Rakel perdait complètement la tête et elle secoua la jeune fille au point que tout le lit trembla. Elle lâcha prise brusquement, et resta assise, honteuse, à contempler ses mains. Tora ramassa ses genoux sous elle, rampa vers la tête du lit, entoura ses jambes de ses bras et cacha son visage.

Elle se berçait lentement d'avant en arrière à son propre rythme. D'avant en arrière. D'un côté puis de l'autre. Comme une horloge. Un pendule qui égrenait les minutes entre elles.

— Je vais te chercher un docteur, Tora, t'es pas dans ton assiette.

Tora leva la tête, les yeux fous.

— J'vais très bien. J's'rai gentille. J'ferai tout ce que tu veux, si seulement tu ne…

L'eau du café débordait. Rakel se leva pour intervenir.

En versant du café dans la cafetière, elle répandit plusieurs cuillerées tout autour. Elle s'entendit dire :

— Allonge-toi et repose-toi un peu, Tora. Tu es fatiguée. Je vais boire mon café là et jeter un coup d'œil sur tes livres.

Rakel resta près de la fenêtre à regarder dehors, sans but. Elle plaça la tasse ébréchée sur le rebord de la fenêtre. La lumière de l'après-midi était bleutée. Un mélèze solitaire tâtonnait de ses branches avec inquiétude vers quelque chose que personne ne pouvait voir. Quelqu'un avait dû, il y a de cela longtemps, creuser un trou dans la terre et le planter. Le soigner. Le faire pousser. Comme une gageure envers la nature. Beaucoup trop près du pôle. C'était peut-être grâce à la robustesse de l'arbre. C'était peut-être grâce à l'amour enveloppant de la terre noire pour les racines.

La chose arriva alors qu'elle regardait le mélèze. Un coup fragile sur la vitre. Un toc, toc. Solitaire et ne venant de nulle part, comme l'air qu'elle respirait. Incroyable, comme tout ce qui nous entoure, on le met sur le compte de l'évidence même !

Un pierrot jaune s'accrochait au bord étroit de la fenêtre. Etendait ses ailes et y mettait toute son ardeur. Frappait. Des battements de cœur contre une vitre froide. Toc, toc, toc.

Le visage de Tora se détendit. Le corps se délia et elle fut à la fenêtre d'un seul bond. Elle attrapa les fermetures. L'oiseau se souleva un instant comme s'il avait tout prévu. Une petite hélice tremblotante dans l'air. Tora ouvrit la fenêtre. Rapidement. Comme si elle s'était exercée depuis longtemps. Comme si elle avait graissé les crochets, supprimé toute résistance dans le bois à demi pourri et mouillé de l'encadrement. Comme si la vie s'était préparée à cet instant même. Elle alla au sac à pain, chercha les miettes, revint et en déposa avec précaution quelques-unes sur le rebord. L'oiseau était tranquillement perché dans le mélèze et attendait. Attendait ? Etait-ce possible ? Rakel avait la curieuse impression d'assister à une offrande. Un rite auquel elle avait tout bonnement l'honneur d'assister.

Tora regardait avec un visage rayonnant l'oiseau picorer quelques miettes, voler vers sa branche, revenir prendre quelques miettes encore.

Ce manège se répéta plusieurs fois. Puis il resta sur place en l'air, battant des ailes. En guise d'adieu. Tora leva la main. Et il disparut.

Les miettes marquaient le rebord de la fenêtre au fer rouge.

Les épaules de Rakel retombèrent.

Tora avait réintégré la chambre.

Elle se retourna et regarda Rakel. Hocha la tête en silence. Puis elle ferma la fenêtre avec précaution.

— Il va s'en sortir maintenant ! Tu as vu ?

Rakel essayait de pénétrer dans le monde de Tora. Elle fit un geste imperceptible de la tête.

Elles mangeaient des tartines de charcuterie apportée par Rakel. Arrosées de café. Assises autour de la table ronde. Haussant les bras parce que les accoudoirs étaient bien hauts.

Rakel attendait. Il fallait que quelque chose se passe. Elle savait qu'il lui manquait des éléments pour tout saisir. Mais elle avait quand même l'impression d'être sur la piste.

— Elle a perdu son mari, Mme Karlsen, dit enfin Tora en mâchant rêveusement. Elle avait repris des couleurs.

— Oui, c'est ce qu'on m'a dit. Elle a beaucoup de chagrin ?

— Il était à l'hospice. J'crois qu'elle s'en rend pas compte. Qu'il est mort, j'veux dire.

— C'est souvent comme ça. Quand grand-mère est morte…

— J'crois pas qu'on meure, interrompit Tora. De toute évidence elle n'écoutait pas.

— C'est ce qui nous attend tous, Tora.

— Non, j'suis sûre que c'est faux ! J'crois qu'on est là tout l'temps, même si on est invisible. C'est pour ça que le Dieu d'Elisif se donne pas la peine de faire mourir Henrik. Il s'rait là quand même. Tout le temps.

Rakel reposa sur le plancher le pied qu'elle avait levé en croisant les jambes – comme s'il s'agissait d'un objet. Il resta en l'air un instant. Sa main, en route pour prendre la tasse de café, retomba sur ses genoux.

— Pourquoi Henrik devrait-il mourir ? demanda-t-elle du bout des lèvres.

— Non, il peut pas mourir. Les gens comme lui n'y arrivent pas, à mourir… Mais ça m'est égal – puisque je n'rentre pas !

— Parce que tu n'aimes pas Henrik ?

— Personne n'aime Henrik.

— Ecoute ! Tu n'es pas obligée d'aimer Henrik parce qu'il est marié avec ta mère. Mais, cela dit, tu peux rentrer à la maison. Tu n'as même pas besoin de parler à Henrik. Il t'a fait des misères à Noël ?

— Non c'est moi qui lui ai fait des misères.

— Comment donc ?

— J'posais sa tasse de café si loin de lui qu'il n'arrivait pas à la prendre, avec sa jambe dans le plâtre. Je ne le soutenais pas quand il avait besoin d'aide pour aller aux cabinets.

Tora ricanait. Ses yeux étaient brillants comme dans un accès de fièvre.

— Pourquoi, Tora ?

— Fallait bien que quelqu'un le fasse. Pour lui faire comprendre qu'il allait pas mourir.

L'épouvante suintait des murs et envahissait Rakel.

— Dis-moi pourquoi tu n'aimes pas Henrik. Qu'est-ce qu'il t'a fait ? Il t'a battue ? Menacée ?

— Tout le monde sait qu'il frappe. Moi, je ne rentre pas. Je dois donner à manger à l'oiseau.

Tora entortillait ses doigts dans le cardigan de Rakel, et la regarda dans les yeux en se penchant en avant. Des multitudes de chandelles allumées dans ses yeux. Vacillant dans un courant d'air. Un courant d'air qui venait d'où ?

Comme un enfant. Un petit enfant, pensait Rakel.

Tora lâcha la veste de Rakel. Se mit à rire. On aurait dit des punaises secouées dans une boîte de tabac vide.

— Tout le monde sait ce qu'il fait, Henrik, à *une* chose près.

Tora referma la bouche. Fermement. Les lèvres froncées, elle se balançait d'avant en arrière.

— Et c'est quoi ?

— Il sait pas qu'il a un oisillon. Il sait pas que la maman oiseau vient demander à manger à ma fenêtre ! Il sait rien sur lui-même.

— Qu'il a un oisillon… ?

— T'as bien vu l'oiseau, n'est-ce pas ? Il est venu bien que tu sois là ! Pas vrai ?

— Oui Tora, j'ai vu l'oiseau. Tu peux m'expliquer ce que cet oiseau a à faire avec Henrik ?

— Il est l'père de l'oisillon, voyons… Il est trop gros pour être le père d'un oiseau…

Rakel essayait de mettre de l'ordre dans ses idées. Il y avait un défaut dans le papier du mur. Les raccords au-dessus du lit ne concordaient pas. Les motifs en velours ne concordaient pas. Ses yeux passaient d'un raccord à un autre.

— Cesse de te moquer de moi, Tora.

Tora plissa les yeux, son regard traversa Rakel. Sa voix se fit basse et insistante. Comme si elle racontait un rêve qui l'avait impressionnée. Comme si elle racontait un livre qu'elle avait lu.

— Il était petit, tu sais. Complètement bleu. Personne ne le savait, c'est pour ça qu'il est mort. Mais la mère avait du chagrin…

Elle se raidit tout à coup. Se mit à haleter. Ses poings battirent le fauteuil. Soulevèrent un nuage de poussière. Il en sortit une vieille odeur sèche qui écœura Rakel. Les yeux de Tora débordaient et sa gorge émettait des sons.

Rakel se leva et la tira du fauteuil. Elles tombèrent sur le plancher toutes les deux. Le tapis froissé en gros plis sous Rakel, n'importe comment. La lumière de l'après-midi venait à peine jusque-là. Cela aplatissait la pièce. Repoussait les murs. Le plafond semblait menaçant avec son affreux lustre à plusieurs branches. Ses abat-jour en bakélite fendue par des ampoules trop fortes. Rakel les compta. Six.

Tora ravalait ses larmes, s'essuyait le visage avec sa manche. Reniflait. Elle avait deux ans.

Sur les genoux de sa tante. S'était fait terriblement mal au genou et avait pleuré. Mais il y avait remède à tout. Rakel mettait un pansement sur la plaie. La tante mettait toujours un pansement. Elle soufflait dessus jusqu'à ce que ça ne fasse plus mal. Ça avait toujours été comme ça.

— Là ! C'est là que l'oiseau est sorti ! Et puis il est mort ! Mais j'ai nettoyé le sang. J'ai tout brûlé, tante Rakel. Pas vrai que tout est propre maintenant ?

Elle montra d'abord d'un doigt tremblant le tapis roulé sous elles. Puis elle eut un geste qui englobait toute la pièce et sourit timidement.

— Personne n'a rien vu, tante Rakel !

7

Une paix dominicale et ennuyeuse s'était installée sur Været. La semaine précédant les Rameaux avait été pleine d'attente. Mais comme une poule impatiente de pondre, sans trop piailler. Se contentant d'aller de l'un à l'autre en se dandinant. Le temps passait. Et le nid restait vide.

Les pêcheurs avaient le visage plus tiré que jamais. Certains disaient carrément, avec beaucoup d'amertume, que la pêche à la senne faisait plus de ravages que la pêche au chalut. Ils se remontaient le moral en s'asticotant, comme des petits tigres en train de se disputer un butin impossible à atteindre.

Normalement la pêche durait jusqu'à la mi-avril. Mais pas cette année-là. Les pêcheurs à la senne refusaient d'en endosser la responsabilité, alors même que les journaux avaient reconnu que la pêche avait été bonne jusqu'à "la date fixée pour la senne". En plus, les chalutiers de crevettes ratissaient les fonds de la mer de Barents jusqu'aux eaux territoriales dans le Sud. Des pirates et des bandits ! Faudra essayer le Finnmark après Pâques ! Ils étaient au moins d'accord sur une chose dans les cabanes de pêcheurs, entre les bouffées de tabac et les effluves de tord-boyaux : la limite de douze milles ! Cela ferait des miracles.

Simon écoutait parler les hommes, en ce Vendredi saint. Ce n'était pas si souvent qu'il venait là. Franchement, c'était leur odeur qui le dégoûtait. Mais il se gardait bien de le dire. Alors le bruit courait qu'il préférait rester dans les jupes de sa femme. Ce qu'on disait lui était bien égal. Simon ne daignait pas donner d'explications. Il pardonnait volontiers aux gens d'être bêtes, mais pas de sentir mauvais. Mais il ne confiait cela qu'à Rakel. Elle avait ri, disant qu'il avait pris des habitudes de confort. Fronçant les sourcils, elle l'avait exhorté à ne pas mépriser les siens. Le pêcheur était bien *obligé* de sentir mauvais avant de revenir chez lui ! Bon, bon. Quand Rakel s'y mettait, Simon révisait volontiers ses positions, même sur des choses qu'il n'aimait pas.

Ce soir-là Simon était célibataire. Il avait tourné en rond à Bekkejordet, ne sachant que faire. Finalement il était descendu à Været dans la cabane de Tobias. L'atmosphère n'y était guère celle d'un Vendredi saint. Les pêcheurs au long cours étaient revenus, et ceux qui venaient d'ailleurs étaient repartis. Les gars du pays puaient le tabac aussi fort que les autres, même si la couleur de leurs vêtements était plus fraîche. Sur l'Ile, leurs femmes tenaient leurs affaires en ordre.

Dans un élan affectueux, la cuisinière avait mis sur la table une branche de chatons dans une bouteille. Elle vacillait dangereusement chaque fois que les gars changeaient de coude pour soutenir leur tête bien briquée, ou pour jeter une nouvelle carte et ramasser toute la mise avec le bras.

— Le *Heimen* avec tout le bazar, y compris la sonde et l'équipement, est mis aux enchères après Pâques ! annonça un des gars en se frottant le menton, l'air sérieux. Comme étonné de trouver de la barbe à cet endroit, il y repassa sa main plusieurs fois. Finalement il se mit à tirer sur chaque poil, comme pour les extirper.

— T'arrache pas l'visage, vieux, t'es pas l'seul. On en verra bien d'autres après cette saison ! répondit une voix pleine d'amertume.

Simon n'était pas dans son assiette quand la conversation prenait cette tournure. Tôt ou tard il y en avait toujours un qui désignait un bouc émissaire, responsable de la période de crise.

Henrik était assis près du poêle, la nuque courbée. Il avait retiré ses bottes et était recroquevillé, comme s'il dormait. Mais tout le monde savait qu'il n'avait pas trop bu et qu'il suivait avec attention, même s'il ne s'était guère mêlé à la conversation.

— T'es resté longtemps sur cette merveille ? demanda Håkon, un de ceux que l'on entendait le plus dans la cabane de Tobias.

— Deux ans. Le diable sait comment ça va se terminer, ça servira pas à grand-chose d'aller jusqu'au Finnmark, une fois qu'on aura remboursé le crédit accordé par l'Etat.

— C'est comme Satan, on lui donne le petit doigt et y t'prend les deux mains ! Einar cracha sur le sol. Faut t'enrôler dans l'équipage de Simon, ajouta-t-il en jetant par la même occasion un regard noir à Simon.

— Mon équipage est au complet, dit Simon Mais on trouvera bien une solution. Y peuvent pas prendre les bateaux. C'est comme s'ils mettaient les gens en prison. C'est clair que sans travail personne peut payer ses dettes.

— Tu parles comme un pasteur, grogna Einar.

— Pasteur toi-même, répliqua Simon avec bonhomie.

— Qu'est-ce que t'as fait d'Rakel pour Pâques, du reste ?

— L'est à Breiland, à c'que j'sais.

— Vous avez de la famille là-bas ?

— Non.

Henrik se redressa dans le coin près du poêle.

— Y en a qui sont tellement chic qu'y peuvent pas passer Pâques chez eux. Elle est sûrement à l'hôtel, Rakel ? A faire de la broderie, hein ?

Le visage de Simon s'assombrit. Il n'arrivait pas à répondre. Le silence se fit autour de la table. Les hommes baissaient la tête et évitaient de regarder Simon.

Il y avait là cette soupe au lait de Håkon, une grande gueule, mais à la larme plus facile qu'une femme et toujours là pour donner un coup de main. Etait là aussi le Rayon Céleste, entêté et naïf, pas tout à fait considéré comme un être humain parce qu'il louchait et n'arrivait pas à tenir sa tête en place. Il y avait encore Eldar-Long-Nez qui conduisait le camion de Dahl, tout le temps partout mais jamais à l'endroit où il fallait. Einar de la mansarde, qui, ayant pris l'habitude de chaparder du lard conservé dans le garde-manger du presbytère, avait été mis à la porte par le nouveau pasteur – devenant du coup un voleur. Il lisait des livres et annonçait toutes les catastrophes comme un prophète. Le galopin était là aussi. Il était bien trop jeune pour être en compagnie des hommes, mais on le supportait quand même, il fallait bien qu'on s'en occupe, vu ses difficultés à se trouver une femme. Enfin il y avait Kornelius, sans sobriquet ni particularité, même s'il n'était pas des premiers à rentrer chez lui. Puis encore deux ou trois autres. Et ils étaient tous aussi gênés.

Ce fut finalement Einar qui ouvrit la bouche. A voix basse, tout en suçant une dent creuse :

— Tiens-toi donc tranquille, Henrik. Tu sais, l'est encore si tôt dans la saison que l'fumier risque de geler si on l'étale.

— T'as une langue de vipère, à c'qui m'semble. Qu'est-ce que tu veux dire ? demanda Henrik. Aussi aigre qu'une moufle de laine en service depuis des semaines.

— Seulement que si tu sais pas t'tenir, on te fout dehors. On a pris parti. T'entends ? Pour le Simon. T'as fait de la prison une fois, c'est pas assez ? J'comprends pas comment le Simon arrive à respirer le même air que toi, après cette histoire d'incendie.

Personne ne l'aurait cru. C'est cependant ce qui arriva. Henrik sauta sur le plancher avec une rapidité étonnante. Et planta son poing valide en plein dans le visage d'Einar. Le vieux poussa un soupir avant de tomber de sa chaise.

Henrik était au milieu de la pièce, les yeux fous. Le vieux était tombé comme un sac devant le poêle. Les hommes se levèrent. Un bruit de tabourets et de brodequins de cuir. De curieux sons de gorge. Une sorte de sifflement. Puis, tous ensemble, ils se jetèrent sur Henrik. Enfin ! Ils avaient assez longtemps attendu. L'occasion se présentait enfin. Simon était au milieu de la mêlée sans même s'en rendre compte. Frappant et frappant encore. C'était comme si la vie sur cette terre, le danger de faillite, la mauvaise pêche, les factures impayées – *tout* s'était rassemblé dans leurs poings. Les bras tournaient comme des moulins et marquaient des buts n'importe où.

Finalement ils virent que deux corps gisaient sur le plancher. Einar et Henrik. Ils s'assemblèrent autour, essayant de reprendre leur respiration, les bras ballants. Ils prirent conscience qu'on était Vendredi saint, mais ils n'y pouvaient rien. Il fallait bien avoir sa peau. Enfin ! Le brigand était crucifié. En vérité, il y en avait d'autres aussi. Mais pas de Christ. Alors ils s'étaient chargés à la fois de la punition et du pardon. Comment faire autrement ?

Håkon pleurnicha quand il vit l'état du nez d'Einar. Il adressait des jurons et des reproches à Henrik qui n'était pas en état de les entendre. On alla chercher un seau d'eau et, maladroitement, on commença à remettre de l'ordre.

Simon resta longtemps à contempler le spectacle. Malgré les douleurs, il sentait que cette bagarre lui avait fait du bien. Mais en même temps il savait que cela n'avait pas résolu les difficultés en suspens entre la maison des Mille et Bekkejordet. Qu'importe : quel soulagement cela lui avait apporté ! Les gars l'avaient soutenu. Tout le monde savait à quoi s'en tenir sur Simon – et sur Henrik ! Mais après réflexion il se demanda si Henrik connaissait la raison qui retenait Rakel à Breiland ? Quelque chose que lui, Simon, ignorait ? Un nuage rouge passa devant les yeux de Simon. Il laissa son pied effleurer le corps inanimé. Avec dureté.

Simon refusa de ramener Henrik chez Ingrid, après qu'ils l'eurent péniblement ramené à la vie. Il se sentait lâche. Car la douceur de la vengeance qu'il avait ressentie en donnant des coups le troublait.

Simon se souvenait des fois où il avait frappé. Elles n'étaient pas nombreuses. Une ou deux fois dans sa jeunesse. Alors qu'il lui fallait encore faire preuve d'une masculinité agressive. Le jeune garçon qui avait collé Tora au bal sur le quai. Henrik. Qu'avait-il donc, cet homme ? C'était comme si Henrik, en quelque sorte, dirigeait sa vie. Savait où serrer les pinces. Connaissant les points faibles de Simon. Il avait vu l'expression bizarre qu'avait eue Henrik en revenant à lui. Il y avait presque de la joie dans ses yeux. Du soulagement. Comme s'il avait demandé à être battu. Content de tous les coups reçus… Et les gars – honteux. De braves hommes. Ils avaient quand même été nombreux contre un seul. Un péché mortel.

Les coups avaient rendu Einar malade. Il vomissait un peu. Cela contrebalançait la punition infligée.

Ils l'expliquèrent aussi à Ingrid. Henrik avait donné des coups au vieil Einar. Sans trop se perdre dans les détails. Et Ingrid, n'ayant pas l'habitude qu'on lui fournisse des explications, ne fit aucun commentaire.

Chez Einar, il n'y avait pas de femme. Là, il suffisait de le mettre au lit et d'espérer que tout irait bien. Ingrid promit de s'en occuper. C'était le moins qu'elle puisse faire, pensaient-ils, puisqu'elle était mariée avec un chenapan comme Henrik. Néanmoins, les gars n'étaient pas très fiers quand ils se quittèrent pour rentrer chez eux. L'après-midi et la soirée n'avaient pas été ce qu'ils avaient espéré. Et ils n'en parlèrent guère chez eux. En vérité, ils n'en parlèrent pas du tout.

D'une façon ou d'une autre, tout rentra dans l'ordre. Ceux qui appartenaient à la maison des Mille y furent ramenés, les autres rentrèrent chez eux. Chacun reprit sa place dans sa bauge respective. C'était la morale du métier depuis des générations.

Le printemps sentait fort autour des constructions à claire-voie le long de la route. Une odeur âcre montait du poisson mis à sécher sous le ciel clair. Dans la journée, la neige avait commencé à fondre autour des pierres. Le soir, l'eau gelait, recouvrant d'aiguilles de glace les routes et les brins d'herbe de l'année précédente qui se balançaient au vent.

Simon montait la côte, les mains sur le guidon de sa bicyclette et maudissait l'alcool. Tout allait de travers. Il n'aurait pas dû accepter les petits verres qu'on lui offrait.

Il s'était conduit comme un enfant ! Presque arrivé à la barrière de Bekkejordet une vérité le frappa soudain. Que cette soirée aurait des conséquences pour eux tous. Pas seulement pour Henrik. Mais aussi pour lui-même, pour Rakel, et surtout pour Ingrid.

Même s'il ne comprenait rien à ce qui se passait dans la tête d'Ingrid, il ne désirait pas lui rendre la vie plus difficile qu'elle ne l'était déjà.

Il eut vite fait de rebrousser chemin et de se retrouver frappant à la porte d'Ingrid. Hésitant. Il ne pouvait pas savoir quel accueil l'attendait. Mais qu'importe. Tout cafouillait de toute façon. La voix venant de l'intérieur était faible bien que parfaitement audible. Comme un appel sur la mer en pleine brume.

— Entrez !

Elle s'affairait dans la cuisine. Elle ne se retourna pas tout de suite à son arrivée. Mais Henrik planta sur lui ses yeux sombres et profondément enfoncés dans leurs orbites. Il était en train de retirer ses bottes. Son visage était en piteux état.

— Bonsoir, dit Simon, restant debout en enlevant son bonnet.

— Assieds-toi, dit Ingrid à voix basse sans le regarder. Elle se retourna quand même et avança vers le cône de lumière qui tombait sur la table. De la gaze et de l'iode dans les mains.

Simon s'assit à la table près d'elle. Comme si elle était une alliée en quelque sorte. Il ne savait pas si Henrik l'effrayait maintenant qu'il était seul. En tout cas cela faisait partie des épreuves qu'il fallait affronter quand on était un homme et qu'on voulait garder son amour-propre.

— Il a passé un mauvais moment, Henrik, dit-elle. D'une voix étonnamment neutre. Comme si elle lisait le bulletin météorologique à la radio. Elle humecta un morceau de gaze avec de l'iode. Fit cinq petits pas vers le poêle près duquel son mari était assis. Nettoya la plaie. Sortit deux morceaux de sparadrap de la poche de son tablier et les appliqua en croix sur la gaze. Henrik bougeait à peine. Il se contentait de faire des grimaces comme un gosse au contact de l'iode.

— Oui, j'étais là aussi, dit Simon en se raclant la gorge.

Elle se retourna. D'un mouvement brusque. Comme si elle n'en croyait pas ses oreilles. Leurs regards se rencontrèrent.

— J'ai bien peur de l'avoir maltraité moi aussi...

Simon sentit tout à coup la chaleur de la pièce. Un sentiment d'étouffement paralysa la fin du discours qu'il avait préparé.

— Pourquoi donc ? murmura Ingrid stupéfaite. Elle regarda longuement Henrik et, d'un geste d'automate, déposa en tas sur la table les ciseaux, le sparadrap, l'iode et la gaze.

— Il disait du mal de Rakel, et je l'ai mal pris, expliqua Simon comme s'il s'était trouvé seul dans la pièce avec Ingrid.

Le regard d'Ingrid allait de l'un à l'autre.

— Du mal ? Comment ça ? demanda-t-elle.

— C'était sûrement pas son intention, pas vrai ? reconnut Simon lançant un regard interrogateur vers Henrik. Il voulait qu'il intervienne.

— Qu'est-ce que t'as dit ? demanda Ingrid en regardant Henrik.

Là-bas dehors, les mouettes avaient trouvé une raison de se battre. On aurait dit qu'elles voulaient participer à la discussion elles aussi.

— Tout ça c'est des conneries !

Henrik se souleva et lança ses bottes sous le poêle.

— Enfin, ce que t'as dit ou pas, on aurait dû régler ça autrement, Henrik. Et j'aurais pas dû me mêler à la bagarre dans la cabane de Tobias. Mais y a des jours où t'userais la patience d'un saint. Oui, je l'ai jamais dit. On s'est pas beaucoup parlé depuis l'incendie… Mais de toute façon, j'veux en finir avec ça. J'peux pas continuer à épier les gens pour savoir c'qu'ils ont dans la tête. Nos femmes sont sœurs… On peut pas continuer à leur rendre la vie impossible avec nos disputes. C'est pas normal.

Il était quand même arrivé à débiter son long discours. Soulagé, Simon s'installa plus confortablement sur la chaise. Le globe au-dessus de la table déversait sa lumière sur sa tête dorée.

Là-bas, près du poêle, il faisait chaud, mais la lumière ne parvenait pas. Henrik était un animal qui bougeait dans ce coin sombre. Il leva un peu son bras valide. Une ombre.

Ingrid restait debout. Ne sachant quelle attitude prendre.

— On n'a pas grand-chose à s'dire, à c'que j'sais ! fit Henrik. Mais sa voix le trahissait. Elle manquait d'assurance. On n'avait pas l'habitude, sur l'Ile, que les ennemis viennent dans votre cuisine pour mettre fin à de vieilles histoires. Les paroles avaient du mal à sortir.

— Bon, bon, c'est l'impression qu'on a. Mais j'crois pas qu'tu sois si méchant, Henrik.

— Méchant ! cria Ingrid. Avec une telle véhémence qu'il en perdit presque la respiration. Méchant !? Pourquoi tu dis des choses pareilles, Simon ?

— Parce que j'sais pas quoi dire ! Parce que j'arrive pas à connaître le vrai visage de ce type avec qui tu vis !

Simon avait perdu patience mais il se ressaisit vite. Il voyait clairement la faculté qu'avait Henrik de mettre en fureur les gens autour de lui, tout en restant lui-même spectateur. La colère montait en Simon. L'envie de se jeter une fois encore sur ce type !

— Henrik, j'comprends pas ce que t'as après nous, Rakel et moi ? J'sais vraiment pas c'qu'on t'a fait. Le sais-tu toi-même ?

Aucune réponse ne vint. Les murs avaient aspiré, pompé les mots. Comme s'il était important de les effacer le plus vite possible.

Il se frotta le visage avec découragement. Il se rendait compte qu'il essayait de faire la paix avec quelqu'un qui n'en avait aucune intention. Il regarda la cuisine usée. La peinture déjà écaillée bien avant qu'Ingrid n'ait commencé ses lessivages au savon noir. L'ameublement misérable. Les vêtements élimés accrochés près de la porte. L'odeur d'une maison occupée par de nombreux habitants. Les portes n'arrivaient pas à arrêter les regards et les oreilles des curieux. Des oreilles étaient probablement collées dans la cage de l'escalier et le long des murs. Pour saisir l'instant où ça allait éclater. On pouvait ainsi se consoler de sa propre impuissance en étant témoin de la défaite des autres. Il regarda un instant la famille de Rakel, puis, avec lassitude, se leva pour partir.

Henrik et Ingrid le suivaient des yeux en silence. Chacun de sa place, sans aucun contact l'un avec l'autre. Il trouva un certain soulagement au bruit de ses pas sur le plancher.

— Tu peux – vous pouvez bien m'raconter c'qui a été dit dans la cabane.

Ingrid les regardait enfin à tour de rôle. Un bruit aigu parvenait des tuyaux au-dessus de leurs têtes. Comme pour avertir que le monde continuait à tourner rond – malgré tout.

Simon arrêta ses pas – et, reconnaissant, essaya de rapporter les mots prononcés par Henrik dans la cabane de Tobias. Ce qu'Einar avait répondu. Le coup de poing. La bagarre.

Henrik restait le visage impassible.

— Rakel est à Breiland pour s'occuper de Tora, vous le savez bien, ajouta-t-il.

— Comment ça ? Qu'est-ce que tu veux dire ?

L'inquiétude envahissait Ingrid.

Prête à prendre son élan. Légèrement courbée en deux.

— Rakel a téléphoné pour dire qu'elle ne revenait pas avant demain. Tora était pas bien…

— Elle a pas dit c'qu'elle avait ? demanda Ingrid.

— Non. Seulement qu'elle restait. J'croyais qu'vous l'saviez…

— Non, dit Ingrid.

De ses mains gourdes elle enleva son tablier à fleurs élimé. Le posa, soigneusement plié, sur le bord de la table.

— J'te raccompagne chez toi, Simon, pour téléphoner à Breiland. Faut que j'sache c'qui s'passe.

Henrik leva enfin la tête. Son visage commençait à enfler après les coups reçus. Il n'était pas beau à voir.

— Tu vas nulle part avec lui !

Ils se retournèrent tous deux vers Henrik.

— J'vais téléphoner pour savoir c'qui se passe, t'as pas compris ?

— Il est pas question qu'tu coures à Bekkejordet comme une putain !

Sa voix ressemblait à de vieux troncs de pin craquant sous la tempête. Les uns après les autres. Un appel solitaire. Que Simon avait saisi. Au plus profond de lui-même. Sans savoir pourquoi. C'était seulement ainsi. Il avait fini par découvrir la jalousie qui dirigeait les pensées et les gestes de cet homme.

— Va donc téléphoner, Ingrid. Je reste là tenir compagnie à Henrik en attendant. Tu m'offres le café, Henrik ?

Le visage de l'homme près du poêle s'assombrit. La honte ? Un éclair de chagrin ? Un aveu ?

Ingrid avait l'air affolé, mais elle s'en alla. Quand la porte se referma sur elle, Simon sentit l'effroi l'envahir. Emprisonner toutes ses pensées. Il se força à rester le dos tourné pendant qu'il préparait lui-même le café. Il trouva la boîte de café et versa de l'eau dans la bouilloire. Et en dernier alluma le feu. Tout le contraire de la procédure habituelle. L'eau finit pourtant par bouillir. Et les bruits dans la maison lui rappelaient qu'il n'était pas seul. Finalement, il se força à s'asseoir sur la chaise près d'Henrik, et le regarda, en restant sur la réserve.

— T'es pas très bavard, Henrik. Mais tu sais te faire obéir.

— J'me fous de c'que vous pensez.

— Ça, nous le savons.

Simon avait volontairement dit *nous*. Il se demandait par quel bout commencer.

— Tu crois vraiment, Henrik, qu'il y a quelque chose entre Ingrid et moi, puisque tu nous empêches d'aller ensemble à Bekkejordet ? T'as pas toujours toute ta tête, mon vieux.

— J'me fous de c'que tu penses. Mais nom de Dieu, t'iras pas traîner derrière ma bonne femme.

— Je crois que t'es un peu timbré ! Après toutes tes histoires de soûlerie et d'incendie c'est un miracle qu'elle te laisse encore venir ici, mais ça, c'est une autre affaire. Ça n'regarde personne.

— Ta gueule !

— Bon, bon.

Simon surveillait la bouilloire. Puis il décanta le café. Lentement et soigneusement. Rakel le lui avait appris. Ensuite il trouva deux tasses et les remplit.

— T'es comme chez toi, chez moi, à c'que j'vois, lui lança Henrik dans un ricanement. T'étais souvent ici quand j'étais en taule, hein ?

— Ecoute, j'commence à en avoir assez. Parlons d'autre chose. Pourquoi t'as mis le feu à mon exploitation, Henrik ? J'aurais jamais cru que l'occasion se présenterait de te le demander. Mais ce soir je l'ai. Pourquoi, Henrik ?

— J'ai jamais dit que c'était moi !

— Mais c'était toi ? Le cœur de Simon battait à tout rompre. C'était toi ? reprit-il. La voix basse et essoufflée.

— Oui. C'est arrivé comme ça…

Simon restait assis et regardait l'homme droit dans les yeux. Son regard, là-bas dans le coin, paraissait maintenant éclater. Dans un tourbillon. Sans commencement. Sans fin.

Le mot oui ne voulait rien dire. Mais l'expression de son visage !

L'homme guettait la porte, comme s'il attendait l'entrée de quelqu'un. Pour ensuite ramener ses yeux sur Simon. Ils exprimaient une sorte de prière.

— Mais pourquoi ? murmura Simon. Les fenêtres et les portes avaient des yeux et des oreilles. Toute la maison retenait sa respiration.

Simon lapait son café brûlant, toujours sans quitter Henrik des yeux.

— J'sais pas…

Simon ouvrit la bouche pour continuer, mais se retint.

— Ouais, p't-être que j'suis méchant. Enfin, bon. Ça n'a pas d'importance. Mais j'sais c'que c'est que l'enfer, en tout cas ! T'entends ? Ça j'le sais.

Henrik se leva. Il se tenait recroquevillé et regardait droit devant lui. Puis il se déplaça de côté vers le milieu de la pièce. Comme un crabe blessé, il avançait sur le plancher.

— P't-être que c'est ça que j'suis. Méchant !

Il avait un rire forcé et enroué.

— Raconte-moi, Henrik, ton enfer.

On était toujours au Vendredi saint. L'eau-de-vie clandestine faisait encore son effet.

Henrik attrapa la main de Simon. Resta ainsi debout à se balancer comme un poteau informe que quelqu'un aurait essayé de maintenir droit. Puis il s'écroula sur l'épaule de Simon.

— Personne me parle. Personne m'a parlé avant. Tu sais, espèce d'idiot ? Tu sais ce que c'est d'être celui qui compte pas ? De jamais rencontrer le respect dont on a besoin pour vivre.

Simon se sentait mal à l'aise, mais il tint bon jusqu'au bout. Il l'écouta se plaindre de tout le monde. D'Ingrid qui était une femme volage. De Tora qui l'exploitait. De son enfance et son adolescence. De tous ceux qui l'avaient trahi. La guerre. Le torpillage. La prison.

L'écœurement de Simon diminuait petit à petit. Mais la sensation de vide était pire. Cet homme n'avait aucune jugeote. Il ne se voyait pas tel qu'il était.

— Il t'est jamais venu à l'idée que c'est toi qui es à l'origine de beaucoup de tes malheurs ? dit finalement Simon.

Henrik avait la tête baissée. Sa joue droite pendait presque. Un pauvre type. Voilà ce qu'il était.

Simon ne savait pas ce qu'il avait attendu de cette visite. Soulager sa propre conscience ? Et il se retrouvait empêtré jusqu'aux oreilles dans la vie ratée de Henrik. La voix de l'homme flottait comme des feuilles sèches dans une inondation. Disparaissant dans le caniveau. En partant, Simon ignorait toujours s'il était débarrassé d'un ennemi ou si son hostilité s'était accrue. Mais quand Ingrid revint, il eut conscience de deux choses. Que personne ne répondait au téléphone de Mme Karlsen à Breiland, et qu'il avait racheté ses méfaits dans la cabane de Tobias, à tel point qu'il pouvait maintenant les raconter à Rakel.

Il espérait seulement que Henrik ne passerait pas toute sa rage sur Ingrid quand ils seraient seuls. L'homme eut une lueur mauvaise dans les yeux dès qu'elle se montra. Simon ne comprenait pas les gens. Bien sûr qu'il lui était arrivé plus d'une fois d'être furieux contre Rakel. Mais jamais il n'aurait pu passer sa colère sur elle. Quand il la regardait, tout s'adoucissait. Comme la laine qu'elle tricotait. La laine qui provenait de leurs moutons. Quand elle le prenait dans ses bras, elle était tout ce qui lui avait manqué. Cela le rendait fort ! C'était elle qui colorait sa vie. Elle !

Peut être était-ce parce qu'il était certain d'être exactement l'homme dont elle avait besoin.

Le vent soufflait dur, venant de la baie. Le printemps s'installait. Simon regardait le paysage du haut de la colline. Cela lui arrivait souvent. Il avait grimpé la côte à pied, poussant sa bicyclette, pour la deuxième fois dans la soirée. L'horizon s'éclaircissait. Ses yeux baignaient dans une sorte de crépuscule brillant. Simon n'était pas de ceux qui se laissent émouvoir en s'absorbant dans la contemplation de la nature. Il vivait dedans, et en faisait partie. Mais il lui arrivait d'ouvrir ses grands yeux bleu pâle plus que de coutume – et de *voir*. Cela éveillait en lui un écho qui lui procurait un sentiment de bien-être. Juste comme après un bon repas, avec Rakel en face de lui. Mais il ne se perdait pas en méditations. Ne s'y abandonnait jamais.

Il était là maintenant à contempler les bâtiments de sa nouvelle exploitation. Ils surgissaient dans l'obscurité naissante. Blancs, peints de neuf, sur tout ce bleu et ce gris. Evidents pour tout le monde.

Simon était propriétaire. Il administrait. Il n'était pas fier. Il était allé faire la paix à la maison des Mille même en l'absence de Rakel. Il était là, dans le crépuscule, et il était content. C'était tout.

Néanmoins, une certaine inquiétude le rongeait. Pourquoi Rakel ne rentrait-elle pas ? Etait-ce parce que Tora était malade ? Ou bien désirait-elle prendre ses distances avec l'Ile – avec lui ? Se sentait-elle trop à l'étroit dans le royaume de Simon ? Avait-il passé sa vie d'adulte à attendre la catastrophe qui le précipiterait dans l'abîme ? Car Simon, le bâtard venant de Bø, savait qu'il existait une vie où l'on se sentait de trop, encombrant. Une vie où l'on mangeait toujours trop, faisait trop de bruit, traînait trop. C'était ainsi chez ses parents nourriciers. Jusqu'au jour où, jeune homme, il était venu sur l'Ile parce que son oncle avait besoin de bras forts pour l'aider.

Et l'oncle était mort aussi tranquillement et naturellement que la saison des groseilles revient chaque année. Et Simon était devenu roi en une nuit. Il n'avait pas eu de chagrin, ayant à peine connu son oncle. Il s'était seulement débarrassé des meubles les plus laids et s'était penché sur les comptes. Il n'y comprenait pas grand-chose, mais il les apporta à un comptable à Breiland, qui lui annonça que l'exploitation, son entrepôt et le bateau étaient à peu près libres de dettes. De même que la maison et la ferme. Trois mille couronnes devaient aller à la mission chrétienne, mais tout le reste, la propriété et ce qui restait à la banque, était à lui ! Simon avait vingt ans. Il n'avait jamais oublié que tout cela lui était venu facilement. Il avait donc peur de le perdre aussi facilement. L'incendie était un avertissement.

Le jour qui suivit l'enterrement de l'oncle, Simon avait fait le tour de ses terres, de sa maison, de son étable et de son écurie. En gardant les mains dans les poches. Comme s'il avait eu peur que tout ne disparaisse s'il y touchait. Quelques jours après il était descendu à l'exploitation, réfléchissant secrètement à des projets d'amélioration et de modernisation.

Les miracles se succédaient. Le plus grand de tous avait été Rakel. Elle était montée chez lui avec ses trois moutons et elle y était restée. Au début elle était chaque soir redescendue de Bekkejordet jusqu'à la petite cabane de pêcheur de ses parents, parce que son père l'exigeait. Mais on trouvait des cheveux roux partout. Dans la bergerie, près du poêle, dans le garde-manger et au grenier. Jusque dans le lit de Simon. Et son odeur flottait partout comme celle des fleurs séchées dans l'armoire en automne. Ils étaient si jeunes. Et rien ne leur manquait, au début.

Simon et Rakel avaient préparé un grand mariage eux-mêmes. Sans rien demander à personne. Dans leur propre ferme. Et la mariée n'était même pas enceinte.

La bergerie était pleine d'agneaux chaque année. Aussi sûrement que la lumière revenait sur les îles de la baie. Mais le ventre de Rakel restait aussi plat. La graine ne voulait pas prendre, disait-on. Mais Simon savait. Même si Rakel était allée à Breiland et avait raconté en revenant qu'elle ne pouvait pas avoir d'enfant, Simon, lui, *savait*. Il lui arrivait d'en pleurer. Mais il ne supportait pas de voir Rakel pleurer. Alors il n'osait pas le montrer.

C'était lui qui ne pouvait pas avoir d'enfant, pas Rakel. Il le savait depuis le temps où, pauvre vagabond, il avait pris son plaisir où il pouvait, sans se préoccuper du destin de la fille. Cela n'avait jamais eu de suites. Il en avait parfois été étonné.

Ils étaient l'un pour l'autre à la fois l'enfant, l'amant, le serviteur et le rêve. Ils jouaient comme de jeunes animaux, à l'extérieur comme dans la maison. Jusqu'à ce que le bonheur jaillisse de toutes parts comme des chevaux en chaleur. Parfois ils se fâchaient, pour ensuite se réfugier dans les bras l'un de l'autre et se consoler mutuellement. Dehors et dans la bergerie, tout prospérait.

Simon, debout sur la colline, regardait Været, et le fjord qui s'étirait. Et Rakel lui manquait tellement qu'il en eut les yeux brouillés, ses grandes mains fortes appuyées sur le guidon semblaient inquiètes et vulnérables.

8

Rakel ne savait pas combien d'heures venaient de passer.

En tout cas, Tora et elle étaient maintenant installées dans le grand lit de la chambre d'hôtel. La nuit s'était étendue sur elle comme une bâche mouillée. L'histoire de Tora les avait nouées si fort l'une à l'autre qu'elles ne pourraient plus jamais s'en libérer. Rakel n'avait jamais entendu raconter pareille histoire. Ni dans les cabanes, ni sur les routes, ni dans son imagination la plus folle. Elle serait bien incapable de la redire. Elle l'avait assumée. Parce qu'il fallait que Tora survive. C'était clair.

Pendant qu'elles étaient assises sur le plancher, la réalité avait été plus forte que ce que le cerveau de Rakel était en mesure de supporter, même si elle avait été présentée comme une parabole autour d'un oisillon. D'une certaine manière, Rakel était arrivée à bloquer la perspective du lendemain. Celle des visages qu'elle allait rencontrer. Des situations qui allaient la mettre à l'épreuve – quotidiennement.

Elle regarda l'enfant endormie à côté d'elle dans le lit et s'avoua qu'elle n'arrivait pas jusqu'au bout de cette pensée : Henrik ! La désastreuse sensation de ne pas pouvoir la sauver. Faire en sorte que rien ne se soit passé.

Tora avait de larges cercles de bistre sous les yeux. Elle ressemblait à sa grand-mère maternelle sur son lit de mort. La même peau tendue sur les pommettes. Mais tout son visage et son corps étaient frémissants de vie. Elle se débattait. Refusait de se rendre. Jusque dans le sommeil le plus profond. Tandis qu'elle regardait le visage posé sur l'oreiller, une haine monta en elle, si forte qu'elle étouffait le sentiment de compassion qu'elle éprouvait envers Tora. Etouffait toute pensée logique. Elle endossa ce sentiment de haine. Elle sentait combien il lui donnait des forces.

Ingrid ne survivrait pas à la vérité – et Henrik "ne mourrait jamais". Tora avait raison. Il était damné, il avait fait en sorte que même la mort ne voulût pas de lui. Autrement, il y a belle lurette qu'il se serait noyé, ou aurait été foudroyé par un éclair ! Rakel se promit de lui faire payer tout ce que le bon Dieu avait laissé passer. C'était sa raison d'être en ce monde.

Protéger cette enfant que la vie était en train d'écorcher vive. Que Dieu nous vienne en aide. Elle ne savait pas exactement comment y parvenir. Mais elle y arriverait.

Et, sur cette pensée, elle glissa dans une sorte de sommeil.

A demi éveillées, elles se cherchaient. L'une avait quelqu'un avec qui partager son angoisse. Tora avait ainsi récupéré la moitié d'elle-même. Une moitié vide sur laquelle tout reconstruire. Elle commença en rêve.

Rakel et elle ramaient dans la tempête. Elles avaient un terrible mal de mer. Elles vomissaient dans tout le bateau, qui était aussi un lit.

Mais la mer se calmait juste autour du phare battu par l'océan, là où la baie faisait un crochet et disparaissait derrière le promontoire. Elles flottaient dans l'eau, barbotaient et se nettoyaient. Flottaient dans le soleil. Cela faisait tant de bien. Elle sentait son corps se détendre dans l'eau.

Rakel, elle, avait hérité de la moitié d'une angoisse qu'elle n'avait pas l'habitude d'assumer. C'était autre chose que l'incendie ou le cancer. Elle se sentait maintenant responsable alors que Tora était sur le point de perdre la raison. Rakel imaginait la tombe dans l'éboulis. *Elles* devaient y aller. Elle pensait à tous ces mois pendant lesquels Tora avait porté toute seule ce secret. Des mois ? Des yeux, elle mesura l'obscurité. Et s'il ne s'agissait pas seulement de mois. Et si cela durait depuis plus longtemps ? La nausée l'envahit. Par vagues. Elle dut s'asseoir pour ne pas vomir. Se dégagea doucement des bras maigres de la petite. Resta longtemps assise les pieds pendant hors du lit. La tête courbée, personne ne voyait l'éclat de sa chevelure rousse. Elle fit appel à toute la haine dont elle était capable, pour se ressaisir. Apre et solide. Elle arriverait bien à l'avoir. L'avoir. L'AVOIR ! Même si cela prenait des années.

On bougeait à côté d'elle.

— Tu ne dors pas Tora ?

— Non.

— Tu penses à tout c'que tu m'as dit ?

— Oui.

— Il n'faut pas. Je l'ai pris sur moi. C'est mon affaire maintenant. Et ça restera entre nous. Si tu crois que j'vais me précipiter pour le raconter à quelqu'un et faire arrêter Henrik, tu te trompes. Ça achèverait Ingrid, j'ai bien peur… Et toi aussi tu en as peur, je pense, n'est-ce pas Tora ?

— Oui.

— On va s'organiser, toi et moi. Aie confiance en moi et sois sûre que ce que j'dis, c'est pour ton bien. Tu crois que tu vas y arriver, Tora ?

— Oui ma tante.

Sa voix était un faible souffle, comme le bruit du sucre qu'on saupoudre sur une tartine. Elle avait le droit d'être toute, toute petite dans le lit de tante Rakel. L'obscurité entourait le lit et les enfermait l'une avec l'autre. Tora posa son corps endolori et sa tête vide contre la poitrine de Rakel. Elle fut ramassée comme le ballot qu'elle était. La voix de sa tante coulait sur elle comme de l'eau tiède. De sa vie elle n'avait jamais ressenti un tel soulagement. Et elle se dit vaguement que c'était bien vrai : celui qui n'avait jamais marché sur des charbons ardents ignorait ce que signifiait être soulagé d'une douleur.

Rakel alluma la lampe de chevet. Puis elle alla chercher une serviette près du lavabo et essuya leurs visages. Doucement et soigneusement. En prenant son temps. Borda la couverture sur elles deux et déclara :

— Il faut te trouver une autre chambre. Pour commencer.

— Pourquoi donc ?

— Parce que cette chambre est l'endroit le plus sinistre que j'ai jamais vu. Rien que le papier du mur fait frémir. Tu ne peux pas habiter là !

Elle évitait de dire : C'est là que c'est arrivé.

— Mais Mme Karlsen ? marmonna Tora.

— Elle louera à quelqu'un d'autre. Ne pose pas de telles questions. C'est pas à nous de nous occuper de Mme Karlsen !

— Bon…
— Tu crois que t'es capable de reprendre la classe après Pâques ?
— Oui. Ça fait plus d'une semaine que j'vais à l'école. Ça fait longtemps que j'ai été… malade…
— Comment c'était… comment étais-tu ? J'veux dire… as-tu mal quelque part, après… ce qui est arrivé ?
Tora baissa les yeux. Ça perlait et ça coulait sous les cils. Sans discontinuer.
— Oui. Mais c'est fini maintenant. Je saigne seulement. C'était pire au début. Là aussi. C'était prêt à éclater.
Elle fit un geste rapide vers sa poitrine. Rakel lui tendit la serviette. Elle essuya son visage. Et elles restèrent silencieuses un moment. Mais leurs pensées suivaient le même cours. Quelque part dans la maison une horloge sonna lourdement cinq coups. La lumière se glissait imperceptiblement vers elles.
— On va faire chacune notre part de ce travail, Tora. J'm'occupe de tout ce qu'il y a à faire sur l'Ile, avec ta mère. J'te trouve un autre logement. Et toi tu essaies de vivre ta vie comme si de rien n'était. Tu comprends ? Rien n'est arrivé. C'est moi qui suis responsable de tout maintenant. Juste comme c'était *lui* qui était responsable avant. Que Dieu lui pardonne ! murmura-t-elle.
— Mais ma tante ?
— Oui ?
— J'me sens… détruite. Pour ainsi dire morte.
— C'est justement c'que tu dois ravaler. Morceau par morceau. C'est pas toi qu'es détruite, mon petit. C'est lui. C'est sa honte à lui ! Jamais la tienne ! Tu entends. JAMAIS LA

TIENNE ! Répète-toi ça chaque jour : C'est pas ma honte. Tu vas voir, tout ça finira par s'arranger, même si on a du mal à l'imaginer maintenant. Tora entendait la voix de sa tante venir de la chaire dans l'église. La voix impérieuse de sa tante descendre sur tous les bancs, entre les lustres : "C'est sa honte à lui, jamais la tienne. JAMAIS LA TIENNE !… Ça finira par s'arranger… s'arranger… s'arranger."

Elles restèrent silencieuses un moment.

— Tu sais, Tora, j'crois que j'ai jamais admiré quelqu'un comme je t'admire. T'as fait une prouesse au nom de toute la famille. Au nom de ta mère, de moi, de Simon. Toute seule. J'connais personne qui a réussi un pareil exploit. T'es obligée d'aller jusqu'au bout maintenant. Et tu vas le faire pour toi seule. Pour ta propre vie. Ton corps est *à toi* ! C'est pour ça qu'il faut que tu y arrives.

Tora restait tête baissée.

Elle avait cessé de parler de l'oisillon. Rakel remarquait que les rares mots qu'elle prononçait venaient normalement. Elle se cramponnait à cet espoir. Rakel lança une prière pleine de menaces vers le plafond. En silence. Le regard dur et plein de défi : Mon Dieu, faites qu'elle ne perde pas la raison, parce que alors je n'sais pas c'que j'suis capable de faire. D'aiguiser tous les couteaux à Bekkejordet et de m'jeter sur ce salaud. Entends-tu, Dieu ?

Elle menaçait Dieu. De ce lit même. La bouche entrouverte et les pensées comme du fil barbelé plein la tête. Si jamais elle avait été capable de ressentir de la haine c'était bien maintenant.

9

Les semailles étaient retardées dans le Nordland et on mourait de chaleur à Berlin. Tout allait de travers. La pluie était une punition des cieux qui ruisselait sur les gens de l'Ile, disait Elisif. A Breiland, la pluie avait moins d'importance. C'est l'avantage des endroits où le travail s'effectue à l'intérieur. Les habitants de Breiland trouvaient bien sûr le soleil agréable, comme la verdure et les plantes qui poussaient, mais ce n'était pas une nécessité vitale. Les heures et les jours passaient. Le seul inconvénient, c'était que l'humeur des gens était sensible aux changements de temps et qu'ils risquaient de se mouiller en passant d'une maison à une autre.

Mais il fallait que Rakel plante ses pommes de terre. Sans compter qu'elle se posait des questions. Les douleurs dans le ventre étaient revenues. La nuit, elles la tenaillaient – quand Simon était dans son plus profond sommeil. Pendant quelques jours elle ne fit que traîner entre la bergerie et la maison. Mais elle ne disait rien. Simon le voyait, cela l'inquiétait. Rien n'allait, ce printemps-là.

Rakel ne savait pas elle-même comment elle était arrivée à affronter Henrik à son retour de Breiland après Pâques. Elle était tombée sur lui dès son arrivée quand l'express côtier s'était mis à quai. Il était là comme s'il l'attendait. Elle l'avait regardé droit dans les yeux, fait un signe de tête et avait continué son chemin tout droit. Sachant qu'il se retournait. Elle avait fixé son regard sur l'enseigne de la boutique d'Ottar, et rien d'autre ne comptait. Les mots se pressaient dans sa tête. Elle n'osa même pas laisser passer un bonjour. D'ailleurs, elle lui souhaitait plutôt tous les mauvais jours possibles. Sa nuque et ses épaules s'étaient raidies d'antipathie et de répulsion. Et à la pensée que sa seule et unique sœur vivait avec un pareil individu, mangeait à sa table et partageait sa couche, une nausée l'envahissait.

Mais elle gardait ses pensées pour elle. Pour l'instant. Rakel prenait son temps quand elle avait de grands projets.

Simon était arrivé à bicyclette et tout s'était dissous dans de curieuses retrouvailles. Il avait pesté contre les moutons et la paperasserie qui l'avait obligé à rester sur l'Ile, autrement il serait venu à Breiland. Mais Rakel éprouvait de la reconnaissance pour tout ce qui l'avait retenu. Elle avait assez d'une vie sur les bras. C'était même plus qu'elle n'en pouvait assumer.

Elle avait rencontré Ingrid aussi. Ingrid avec sa voix crissante comme des draps raidis de gel, flottant dans le vent. Ingrid avec toute sa fierté refoulée. Cela avait été le pire. De ne pas pouvoir tout lui raconter. Mais elle savait bien qu'il ne le fallait pas. Cela détruirait tout… risquait de tous les consumer, comme un tas de foin en feu.

Rakel pensait aux mensonges de Tora. Au visage de Tora dans différentes situations, quand personne ne devait deviner. Elle imaginait l'enfer que cela avait dû être. Et sa haine était aussi rouge que le sang du boudin qu'elle n'arrivait pas à préparer et pour la confection duquel elle engageait quelqu'un. La haine la marquait. Elle savait qu'elle ne s'en débarrasserait jamais. Elle l'avait assumée.

Elle rassembla ses forces et planta ses pommes de terre. De vieilles pommes de terre pleines de germes pâles qu'elle déposait avec précaution dans la terre. Puis elle avait chargé un des jeunes à l'exploitation de ratisser par-dessus. Elle était en quelque sorte au bout de ses forces. Elle ne supportait pas grand-chose cette année. Ses pensées et les douleurs dans le ventre l'épuisaient et lui donnaient l'aspect d'une vitre polie.

Simon avait sa manière à lui de l'approcher. Dans le lit, avec ses grandes mains chaudes. Dans la cuisine avec ses grimaces gauches et ses histoires folles. Il faisait le clown. Parfois elle pleurait la nuit sans savoir pourquoi. Alors il se levait, enfilait des vêtements et partait dans la nuit de printemps sans but précis. Elle venait toujours à la fenêtre et l'appelait pour le faire revenir. L'implorait. Avec la douceur d'une queue d'hermine la voix de Rakel passait comme une caresse sur toute la ferme.

— Si-i-mon… Reviens… Simon…

Et il revenait toujours immédiatement dans la chambre. Se laissait réconforter. Il finit par trouver que c'était ainsi qu'il pouvait la calmer, elle. Puis ils s'endormaient comme frère et sœur. Les corps serrés l'un contre l'autre et la bouche posée sur la peau nue de l'autre.

Mais Simon savait que Rakel lui cachait quelque chose.

Il se consolait en pensant que tout irait mieux quand les moutons partiraient en montagne et qu'elle pourrait se mettre à tisser.

Quelques jours avant le 17 mai, Simon proposa d'inviter Ingrid et Henrik à venir prendre un verre à l'occasion de la fête nationale. Henrik s'était convenablement conduit envers lui depuis leur conversation du Vendredi saint.

Il pensait faire plaisir à Rakel en montrant un peu de bonne volonté envers sa famille.

Mais Rakel avait levé un visage exsangue vers lui et répondu... non. Il s'était emporté, parce qu'il ne la comprenait pas. Elle s'était alors levée, et avait chargé comme une chèvre en furie, lui enfonçant sa tête dans la poitrine, grognant qu'il n'avait pas trouvé le temps de l'aider à monter la chaîne, pour qu'elle puisse enfin se mettre à son tissage.

Cela ne tenait pas debout.

Il ne reparla plus de l'invitation.

10

Rakel avait déployé toute son énergie et utilisé toutes ses relations pour trouver un nouveau gîte à Tora. Les perspectives n'étaient pas brillantes, en pleines vacances de Pâques. Mais elle s'était souvenue qu'elle connaissait l'un des médecins de l'hôpital. Oui, c'était même chez lui et sa femme qu'on lui avait appris, au plus sombre jour de sa vie, qu'elle avait un cancer de l'intestin. Il s'appelait Berg, le médecin qui avait prononcé cette sentence derrière un bureau brun d'une propreté irréprochable. Ensuite, elle avait désiré l'oublier. Elle pensait à lui un peu comme à un coupable. Parce qu'il avait été le premier à prononcer le mot : cancer. Qu'il ait fait preuve d'humanité en l'invitant ensuite à dîner chez lui n'y changeait pas grand-chose. Il y avait de cela longtemps.

La famille Berg habitait une grande maison ocre entourée d'un jardin rempli de grands arbres. Certains d'entre eux ne poussaient habituellement pas dans une région aussi septentrionale. Un chêne. Un pommier rabougri qui avait donné des fruits trois fois, aussi loin qu'on s'en souvienne. Une poignée de fruits verts et aigres, immangeables. La première fois que Rakel y était allée la neige commençait à fondre si bien que l'herbe de l'an passé apparaissait. Echevelée et insolente. Et les branches et les brindilles de la dernière tempête d'automne fournissaient des matériaux de construction aux nids de pie et de corneille.

La famille Berg était moderne. Ils n'avaient pas le temps d'entretenir le jardin. On le laissait pousser à son rythme. Mme Rigmor Berg était pharmacienne, et Gunnar Berg, très occupé, était en plus président du Rotary Club et du parti radical.

Le fils aîné suivait des études à Oslo, le plus jeune allait à l'école primaire et le second fils avait presque terminé une école d'agriculture et s'était déjà endetté pour s'acheter une petite ferme. Ils n'avaient absolument pas honte qu'il se promène en salopette avec de la terre sous les ongles. Absolument pas. C'était lui qu'ils nommaient en premier quand ils parlaient de leurs enfants à des étrangers. Il était la bête curieuse de la famille. Celui qui assurait le lien entre eux et la Classe Ouvrière et la Vraie Vie. Gunnar Berg s'était intéressé à Rakel plus qu'il n'est coutume de s'intéresser à un patient. Il évitait cependant de mêler son travail ou ses malades à sa vie familiale. S'il l'avait fait, c'était peut-être parce que personnellement il avait annoncé sa maladie à Rakel. Peut-être était-il plus homme que médecin, peut-être s'ennuyait-il chez lui et voulait-il y amener un peu de nouveauté. Toujours est-il qu'il avait téléphoné à sa femme et lui avait demandé si elle pouvait faire à dîner pour quatre au lieu de trois. Il voulait amener une de ses malades à dîner, quelqu'un "de la campagne". Mme Berg eut un haut-le-corps qui ne dura qu'une seconde avant de répondre que c'était possible.

Et Rakel était venue, portant en elle sa toute fraîche "condamnation". Elle s'était conduite comme une reine et avait affiché au repas le calme qui est dû à une selle de mouton. Elle avait remarqué que la viande avait mariné dans du vin – avant d'être enduite de moutarde. Ses boucles rousses se dressaient comme une auréole autour de sa tête, sa bouche souriait et ses yeux étaient insondables. Elle était habillée à la dernière mode. Sa voix basse et insistante ne laissait en rien deviner qu'elle se sentait suspendue à un mince fil au-dessus d'un gouffre.

Elle leur avait parlé de son métier à tisser, des moutons et des pommes de terre. De Simon, de la pêcherie et de la fabrique de poisson congelé. Des voies de communication avec les Iles. Elle avait parlé de Tora quand ils lui avaient demandé si elle avait des enfants. Elle avait dit que Tora travaillait bien en classe.

Elle ne savait pas grand-chose sur la littérature et la peinture, et n'essaya pas de mentir quand ils abordèrent ce sujet. Mais elle connaissait *Le Cantique des cantiques* et en avait cité des passages, laissant la maîtresse de maison bouche bée. Et elle n'avait pas répondu aux avances évidentes du maître de maison. Mme Berg l'avait remarqué. Elle connaissait l'expression particulière que prenaient les femmes quand son mari les regardait. Cette femme-là, venue de l'Ile, n'entrait pas dans le jeu.

Les épaules de Mme Berg s'étaient lentement détendues et sa voix avait repris un ton normal.

Elle n'avait plus prêté attention au comportement des uns et des autres. Elle avait pris le temps d'écouter et de participer à la conversation. Et Ivar, le fils, avait eu la permission de quitter la table avant les adultes.

C'était une petite femme vive aux cheveux blonds et aux yeux bleus brillants qui, par moments – à son insu –, trahissaient son incertitude et sa solitude.

Rakel l'avait remarqué.

Ce jour-là, Rakel voyait les gens avec une lucidité incroyable. Leur vulnérabilité. Ils n'avaient plus que leur solitude derrière laquelle dissimuler leur peur. Elle connaissait leurs plus profonds secrets. Elle portait leurs pensées. Elle voyait l'herbe qui poussait le long des fossés. Le bleu de glace du ciel, si fragile. Les odeurs venaient douloureusement à sa rencontre. Ses sens étaient aiguisés à ce point parce que le rideau qui séparait la vie de la mort avait été tiré.

Elle savait, sans y avoir spécialement réfléchi, que Mme Berg était quelqu'un qui désirait être à la hauteur – qui désirait se conduire avec sagesse. Y employant tellement de temps et d'énergie qu'elle en oubliait de vivre.

En considérant le couple assis à table devant elle, Rakel avait été frappée de constater qu'ils étaient moins heureux qu'elle, malgré leur santé. Sa pensée était allée vers Simon. Elle aurait aimé l'avoir là. Serré contre elle. C'était comme si elle n'avait jamais su, avant ce jour-là, à quel point elle tenait à lui. Juste maintenant.

Plus tard, pendant que Mme Berg était à la cuisine, Gunnar Berg avait demandé :

— Avez-vous parlé à votre mari de… de la maladie ?

— Non.

— Est-ce volontairement ? Ou bien voulez-vous que je le fasse ?

— Non, je lui dirai ce qu'il y a à lui dire.

— Enfin, bon, il y a différentes façons de dire les choses. Et vous êtes forte.

— Non, pas assez forte pour voir un homme s'écrouler. Je laisse ça à d'autres, en temps venu.

— Et vous-même ? Vous n'avez quand même pas perdu tout espoir ? Je veux dire… nous n'avons aucune statistique qui indique que ce soit la fin – pour vous. Beaucoup de gens s'en tirent – du moins un bon moment. La médecine fait des progrès constants…

— J'ai peur. Si c'est ça que vous voulez dire. Mais je garde de l'espoir. Non. Je ne veux pas m'priver de ce genre d'enfantillage.

Rakel avait un instant caché sa bouche derrière sa serviette. La flamme des bougies avait vacillé sous leurs souffles. Elle avait levé les yeux, presque en colère.

— Vous savez, on se sent un peu vide. C'est sans fioriture. Je m'aperçois de tout ce qui est bon, tout ce qui a été bon dans ma vie. Je sais que je suis parmi les rares qui n'ont pas besoin de faire semblant d'aimer celui avec qui je vis.

Elle le regardait droit dans les yeux, provocante. Il s'était passé la main sur le menton.

Mme Berg était revenue. Le fil avait été coupé. La flamme des bougies s'était calmée.

Plus tard, Mme Berg avait joué du piano. Elle avouait manquer de pratique. Gunnar Berg était allé vers elle pour déposer un baiser sur sa joue, et, se retournant vers Rakel, il avait expliqué quel aurait été son talent si elle en avait eu le temps.

Et Rakel avait approuvé de la tête. En souriant.

— Toute femme doit devenir maître en l'art de vivre. Ça prend tellement d'énergie que tout le reste passe au second plan…

— L'art de vivre ? avait dit Mme Berg avec un peu d'amertume. Je dirais plutôt un esclavage à vie !

— Non, il ne faut pas parler d'esclavage. La vie est une sorte de cadeau qu'on possède un petit moment – seulement.

Elle avait jeté un coup d'œil rapide – presque timide – sur les deux autres. Etonnée, dans l'attente de ses propres larmes qui n'étaient pas venues.

Mme Berg les avait regardés l'un après l'autre. Quelqu'un dans la maison descendait l'escalier. On entendait le vent bruisser dans le tuyau d'aération. Le printemps était en marche.

Et c'était cette soirée-là qui avait procuré à Tora une chambre mansardée dans la maison ocre face au *Café de la Communauté*, du parc et de la place du marché. Avec une cuvette dans un coin derrière un rideau de coton blanc, et un bureau sous la fenêtre, avec vue sur la rue.

Si haut perché qu'elle dominait toutes les autres maisons et pouvait voir un coin de ce ciel capricieux quand bon lui semblait.

Rigmor Berg et Rakel avaient même échangé une ou deux lettres, se donnant de leurs nouvelles en termes prudents.

Ils avaient donc tout de suite accepté. Bien qu'ils n'aient pas songé à louer la chambre de Sigurd, ils ne s'en servaient pas. Elle restait là, vide. Et Sigurd pourrait toujours l'occuper pendant les vacances, car alors Tora n'y serait pas.

11

Tora avait aidé Mme Berg à décrocher les fanions, les diplômes et les photos de footballeurs. Elle avait lentement pris possession des murs. De couleur gris perle, presque blancs. Portant les marques et les écorchures causées par des mains brutales de garçons, des marteaux et des clous. Mme Berg lui avait demandé si elle devait enlever les livres. Mais Tora voulait les garder. Bien qu'étant des livres de garçons qu'elle avait lus depuis longtemps et qui n'étaient plus de son âge, leurs couvertures réchauffaient la pièce. Le lit était un canapé que l'on transformait en lit pour la nuit. La chambre était un petit salon. Avec de vrais rayonnages pour les livres. Une petite table et deux petits fauteuils. Un radiateur qui donnait de la chaleur, sans discontinuer.

Elle pensait au poêle noir chez Mme Karlsen. Il restait froid maintenant. Mme Karlsen avait pleuré quand elle s'était dirigée vers le taxi avec tante Rakel, chargée de tous ses cartons et sa valise. Pleuré ! Cela paraissait incompréhensible à Tora. Mme Karlsen, qui n'avait pas pleuré à l'enterrement de son mari. C'est ce qu'elle disait elle-même, en tout cas. Notre-Seigneur lui en avait donné la force, disait-elle… Et Rakel avait dû à plusieurs reprises préciser que Tora ne déménageait pas parce qu'elle ne se plaisait pas chez Mme Karlsen. Elle déménageait parce qu'elle avait trouvé une chambre chez des amis qui avaient des jeunes à la maison.

La première nuit chez les Berg elle se réveilla, croyant entendre la maman oiseau sur la fenêtre. Elle se leva et tira les rideaux avec précaution. Dehors, le printemps ruisselait. Les arbres se penchaient dans la lumière du matin, les branches enchevêtrées. Mais il n'y avait aucune maman oiseau.

La petite tombe lui apparut. S'ouvrit devant elle. Elle en sentait l'odeur. De terre et de mousse. Autre chose aussi… elle avait oublié. Elle fut prise d'un frisson. Rakel était maintenant à Bekkejordet. Elle n'aurait rien dû dire à Rakel. C'était une trahison. Envers la maman oiseau ?

Rakel n'y avait peut-être en fin de compte rien compris. A ce qui était vraiment arrivé ?

Ce n'est qu'une fois de retour sous l'édredon qu'elle osa poursuivre sa pensée : l'avait-elle compris elle-même ? Et quelque chose explosa dans sa tête. Un énorme poids qui réduisait tout en bouillie. Elle s'assit à moitié dans son lit, incapable de respirer.

La grande vague arriva ! Sur les rochers plats de la baie. Sur les écueils déchiquetés en pleine mer. La grande vague qui avait déferlé une nuit d'ouragan, mettant en miettes le bateau d'Almar. C'était le fleuve qui descendait des sommets pour se jeter dans la baie où l'on rinçait le linge et faisait bouillir la lessive à feu ouvert dans la grande bassine en fonte héritée de la grand-mère. Ça bouillonnait dans la lessiveuse. Ça bouillait et débordait. L'écume s'étalait sur les bords, coulait sur le feu et le faisait crépiter de colère, menaçait de l'éteindre – de le rendre noir et froid.

Elle se leva et tourna le bouton du radiateur. Au fur et à mesure que la lumière entrait chez elle, la nuit s'évanouissait dans le gris des murs et le bleu des rideaux. La tombe de l'oiseau pâlissait dans leurs plis. Se désagrégeait comme un petit fantôme gris de nuit et peureux. Cela ne s'était pas passé ici. Ici, personne n'en savait rien. Elle repartait de zéro. Cette chambre n'existait que pour son corps neuf. Qui se sentait comme un travailleur de force, après un gros effort.

Elle faillit arriver en retard en classe. Son visage resta décomposé toute la journée. Ses yeux brûlaient et ses doigts restaient mous autour de la plume. Mais elle ressentait une sorte de libération, de soulagement, qui ressemblait presque à de la joie.

Elles étaient allées à l'éboulis le jour du départ de Rakel. Elle, marchant devant. Les mouettes criaient. Le vent venait de la mer. Le crépuscule s'agrippait à leurs corps.

Elles avaient dépassé le cimetière sous la pluie. Les congères avaient fondu. L'échelle pendait sur le mur de la cabane à outils.

Rakel avait passé un bras tremblant autour de Tora quand elle s'était arrêtée.

Tora redevint une enfant de deux ans. Dans les bras de sa tante. Mais le visage de tante Rakel lui faisait peur. Il n'avait pas l'air heureux. Comme découpé dans du papier journal avec des ciseaux aiguisés. Les lignes et les signes du visage de sa tante. Ses yeux noyés dans le tout. Tora comprit que rien n'avait pu arriver quand même.

Elles ne dirent pas grand-chose le temps qu'elles restèrent là. Brusquement Rakel l'avait retournée contre elle. Lui tenant les deux poignets. Fondant en elle. Pendant un court instant, intense, elles ne firent qu'un.

— Ça, je m'en charge. Toi, tu n'y penses plus. Tu en as assez fait. Tout n'est que paix. Tu verras, ce que la vie t'a appris te rend supérieure aux autres. C'est ça qui est ton fardeau, Tora. Tu es supérieure aux autres. Tu en sais plus, tu es plus intelligente, que les autres. Tu comprends ça ?

Tora secoua la tête.

— Tu le comprendras quand la blessure sera cicatrisée. C'est la seule chose qui manque. Jusque-là, tu vas chaque jour te dire que ce n'est jamais toi qui l'as voulu. On ne peut t'accuser de rien. Rien ! Tu comprends ?

Tora crut percevoir comme un petit gargouillis venant de l'éboulis. Elle savait qu'elle avait entendu le bruit, mais qu'il n'existait que dans sa tête. Et lentement ses narines se remplirent de sang. Cela coulait goutte à goutte sur la neige granuleuse qui restait de l'hiver. A un rythme régulier, comme si les gouttes en étaient mesurées. Elle avait la tête martelée. Un bruit assourdissant de quelque chose d'inconnu. Cela devait être les gouttes qui tombaient. Ploc. Ploc. Sur la vieille neige grise que la pluie était en train de réduire. Pourquoi était-elle là, puisque tout était fini ? Pourquoi les petits bouleaux, les pierres et le ciel étaient-ils là à la regarder ? Puisqu'on ne pouvait rien changer ? Pourquoi le ciel avait-il l'air écorché ? Le soleil était bien quelque part par là dans la mer. Etait-ce pour démontrer que Rakel mentait ? Que personne ne pouvait la soulager du fardeau ?

Rakel ne savait pas ce que c'était que de sentir un tas de chair glisser hors de son corps, puis de le voir étalé là. Elle n'avait pas vu les veines sous la peau bleutée. Et le sang ? Rakel qui ne supportait pas la vue du sang des animaux de boucherie !

Rakel prit une poignée de neige dans sa main glacée et la maintint sur le nez de Tora un instant. Puis elle la jeta sur le sol. Elle répéta trois fois ce geste. La neige imbibée de sang se posait comme des pétales de rose entre les pierres.

L'hémorragie s'arrêta. Elles descendirent la pente. Suivirent le bord de mer. Dépassèrent le cimetière. Par les champs. Elles marchaient étroitement enlacées. La fumée des cheminées traçait des lignes laineuses dans le ciel quand elles approchèrent des maisons. Puis vint l'odeur. Du coke et du charbon.

Tora avait récupéré son corps. Il lui revint pendant qu'elle déballait ses vieux vêtements pour les suspendre dans le placard sur le palier.

— Tu es bien trop maigre, chère Tora. Mais ça va s'arranger, avait dit Rakel.

Et Tora se regarda. Les courbes de son corps étaient visibles. Bizarre. Comme si elle ne s'était jamais regardée.

Plus tard, dans le magasin, elle avait bien vu qu'elle était maigre. Mais elle s'était aussi rendu compte d'autre chose : qu'elle était une femme. Un sentiment étrange et effrayant. Jusqu'à ce qu'elle comprenne que le temps où elle était seule à se battre était révolu.

Rakel l'avait habillée. Un jean à la taille de son nouveau corps. Un chandail et une jupe. Des chaussures faites pour danser. Tora en transpirait, heureuse et tremblante, quand elles revinrent enfin dans sa chambre. Elle n'avait cessé de remercier, comme Ingrid l'aurait fait.

Et Rakel avait repris son visage ordinaire. Cela transformait la chambre de la maison des Berg en un endroit sûr. C'était comme si elle y laissait son visage en partant.

— Je te téléphonerai. Souvent ! avait dit Rakel avant de monter dans le bus.

— Oui.

— Tu peux m'appeler quand tu veux, Tora. En PCV. Si jamais tu as besoin de moi, je viendrais. Autant que ma santé me le permettra et si Simon veut bien s'occuper des moutons. On ne va d'ailleurs pas tarder à les lâcher en montagne.

La porte du bus se referma sur une grande pétarade. Puis il s'éloigna sur la route avec fracas, emportant sa tante avec lui. Les routes formaient de vilaines cicatrices dans le monde.

Les marguerites qui peuplaient ses rêves se transformèrent *ce* jour-là. Elles devinrent des roses rouges gelées dans la neige. Une fois ou deux pendant la nuit elle avait dû se lever et se pencher au-dessus de la cuvette pour ne pas être étouffée par un saignement de nez.

Elle avait par moments l'impression de se prendre par la main. Elle y avait été obligée après le départ de tante Rakel. Elle entendait ses propres pas à côté de ceux de Tora. Elle ne savait plus si Tora et elle ne faisaient qu'un, ni même si elle existait tout simplement. Mais le bruit des pas était là. Elle avait l'impression d'avoir eu de la fièvre, longtemps. Les bourdonnements d'oreille. La lumière éblouissante. L'air qui pressait sur les paupières comme du papier de verre. Elle pouvait rester à la fenêtre à contempler les veines de ses mains. Elles étaient apparues ces derniers temps sous la peau. Bleutées. Comme des fils traversant le dos de la main. Entrecroisés. Comme des serpents.

Cela lui rappelait quelque chose. Quelque chose qu'elle avait peut-être rêvé.

Et elle se souvint alors qu'elle n'avait pas emporté avec elle la louche en bois quand elle avait quitté la maison de Mme Karlsen. Elle pouvait y rester. Le couvre-lit tricoté aussi.

Sa tante n'avait pas dit que c'était dommage de laisser ce beau couvre-lit. Elle ne s'était même pas retournée et ne l'avait même pas regardé.

Tora, elle, l'avait fait. Elle s'était retournée.

Elle l'avait vu, alors.

Que le couvre-lit avait été fait pour rester là.

A cet endroit précis.

12

Une certaine agitation régnait toujours dans la maison des Berg. Pour une raison ou pour une autre, ils montaient parfois chez elle. Le maître de maison, lui, l'appelait en général dans la cage de l'escalier, agitant un journal en attendant qu'elle apparaisse sur le palier. Pour elle, il était irréel. Il avait toujours la même expression. Tora pensait qu'il ne voyait pas les gens qu'il rencontrait. Il ne voyait en tout cas pas ceux qui habitaient la maison. Un jour elle le croisa dans la rue. Elle fut alors étonnée qu'il la reconnaisse et la salue. Presque irritée. Car elle avait cru qu'il était comme elle. Qu'il tenait les gens à distance. Qu'il gardait certaines choses pour lui. Mais il était comme les autres. Elle cessa de penser à lui.

Rigmor Berg avait un nom et un visage, et une cicatrice sur le pouce gauche dont on voyait la marque blanche quand elle jouait du piano. Parfois elle ressemblait à Ingrid. Par exemple le matin, quand elle donnait des consignes à son mari ou à son fils avant d'aller travailler. Tora entendait sa voix dans l'entrée. Portant sa crainte de la journée à venir, la solitude de sa nuit. Elle organisait souvent des réceptions. Mais elle riait rarement.

La plus grande qualité de Rigmor Berg c'était qu'elle jouait du piano. Tora se glissait sur le palier pour mieux l'entendre. Elle jouait de la musique que Tora n'avait entendue qu'à la radio. C'était beau. En comparaison, le vieil orgue de l'église sur l'Ile ne valait pas grand-chose. Ni les psaumes ressassés et les voix pitoyables. Ça n'avait rien à voir. Pour Tora cette musique venait d'endroits qui n'avaient pas de nom. Des mélodies qui aidaient Rigmor Berg à supporter les réceptions ennuyeuses, le gamin turbulent et le mari derrière son journal.

Le jeune garçon l'avait une fois surprise à écouter, assise sur le palier. Il était allé le dire et Rigmor Berg était venue la chercher pour qu'elle vienne écouter au salon. Elle avait un air tellement gêné que Tora en avait oublié que c'était elle qui avait été surprise en flagrant délit. Elle alla droit au piano et resta debout. Il y avait là des partitions portant des noms entendus à la radio. Mozart, Smetana, Mendelssohn, Schubert. Tout un monde de musique ! Rigmor Berg faisait souvent des fausses notes. Elle baissait alors les yeux, comme si on l'avait interrogée au cours complémentaire communal de Breiland, et qu'elle ne savait pas sa leçon. Puis elle expliquait qu'elle ne travaillait pas assez son piano.

Mais quand elle avait joué toute une partition sans s'arrêter, elle renversait la tête en arrière et fermait à demi les yeux. Elle n'avait pas l'air de remarquer la présence de Tora.

Il lui arrivait souvent d'appeler Tora quand elle jouait. Surtout quand elle avait travaillé un morceau et le maîtrisait. D'autres fois on pouvait entendre Rigmor Berg frapper le piano de doigts coléreux. Alors, elle ne l'appelait pas. Et cela n'avait pas d'importance. Ces jours-là, la musique manquait de magie.

Le jeune garçon s'appelait Ivar. Tora ne supportait pas l'idée de le laisser s'approcher d'elle. Il montait parfois pour lui demander de l'aide pour ses devoirs. Il avait tout de suite découvert que Tora pouvait l'aider en calcul.

Au début, elle ne savait pas comment s'en débarrasser. Elle n'aimait pas qu'il agite bras et jambes dans tous les sens. Comme si tout son corps le démangeait. Elle commença par dire qu'elle avait beaucoup de travail elle-même et qu'elle n'avait pas le temps. Et c'était vrai. Il avait eu l'air penaud et perdu en partant. Elle n'avait pas bien travaillé ensuite. Mais elle s'était arrêtée de transpirer en sa présence.

C'était la manière qu'il avait de la regarder. Comme s'il voyait à travers elle, ou la suppliait de quelque chose.

Il avait des yeux si malheureux. Il avait au moins deux ans de moins qu'elle. Son acné la dérangeait profondément. Elle ne le supportait pas.

Quand il la quittait, elle pensait toujours à Frits. Frits sans voix. Frits au long cou et aux pouces bien tournés. Elle était contente qu'il ait disparu de son horizon. Il avait aussi des yeux qui voyaient. Mais il avait une mère plus heureuse que celle d'Ivar.

Parfois, Tora se demandait à quoi ressemblaient les autres fils de la maison. Elle désirait leur présence. Elle aurait peut-être pu parler avec eux. Mais elle se souvint qu'elle ne pouvait même pas communiquer avec Jon. Finalement, elle était contente que les choses soient ce qu'elles étaient.

— Entraîne-toi à rencontrer des gens ! avait dit Rakel. Elle en prenait chaque fois la décision. Mais n'allait jamais plus loin que le piano de Rigmor Berg ou la cour de l'école.

Par moments elle s'imaginait que ça allait continuer comme ça éternellement. Qu'elle resterait toujours seule enfermée dans sa tête. Et cela ne lui faisait même pas peur. Elle se consolait en pensant qu'elle avait tout ce dont elle avait besoin et que le radiateur sous la fenêtre lui tenait les pieds au chaud. Satisfaite de son destin, elle s'abandonnait à une sorte de fatigue.

Seul le piano de Rigmor Berg pouvait la toucher. Il lui arrivait alors d'avoir envie de pleurer.

Elle se déplaçait avec lenteur. Réfléchissait bien avant de dire ou de faire quoi que ce soit. Quand elle s'installait avec ses devoirs l'après-midi, elle regardait toujours d'abord l'heure qu'il était. Puis elle commençait par les mathématiques et les exercices écrits. Et terminait par les textes à apprendre par cœur.

C'était comme si elle était obligée de tout réapprendre. Comme si on avait tout balayé de sa tête. Elle s'était aperçue qu'elle n'avait rien retenu de ce qu'ils avaient appris avant Pâques. Elle avait beaucoup à rattraper. Elle revenait en arrière dans ses livres tout en apprenant la leçon du jour. Assise près de la fenêtre, elle reconstruisait sa tête en partant de la base. Elle ressentait le vide et le froid, comme si du vent traversait continuellement la pièce.

Parfois elle avait l'impression d'être entourée d'une membrane opaque. Comme si la lumière venant des tubes fluorescents du cours complémentaire de Breiland n'arrivait pas à percer.

Tora voyait les visages et les corps. Entendait les voix dans la cour. Elle jouait un rôle difficile dans une pièce de théâtre où les répliques lui étaient étrangères. Mais c'était la seule pièce de théâtre qui existait pour elle. De temps en temps, elle *voyait* des yeux qui ressemblaient à ceux de quelqu'un qu'elle connaissait. Mais elle n'en était pas sûre. Elle sentait tout le temps qu'elle n'avait pas appris un seul mot qui pouvait servir. Quelqu'un les avait prononcés avant. Quelqu'un les avait appris pour elle. Quelqu'un lui commandait de dire ceci ou cela.

Les visages lui montraient quand elle avait bien récité sa réplique. Surtout ceux des professeurs. Leurs visages reflétaient ce qu'elle disait.

Certains jours n'étaient pas trop mauvais. Elle allait sur les quais pour se régaler de lumière. Les couleurs se ravivaient presque de jour en jour. Le dégel était arrivé pour de bon.

Le printemps avait une autre odeur à Breiland que sur l'Ile. Ça ne sentait pas aussi fort le poisson et la terre. Il s'y mélangeait un relent de tourbière et de feuillage pourri dans les jardins. Sur les quais, cela sentait les caisses et l'essence. La fibre de bois et la mer salée. L'odeur d'algues en était pour ainsi dire éliminée. Tout comme l'odeur du poisson.

Quand elle rencontrait quelqu'un de l'école dans l'après-midi, elle se sentait brusquement perdue. Elle cherchait ses mots. Commençait par un : salut ! Mais c'était comme si les mots qu'ils disaient se dissolvaient dans l'air entre eux. Et leurs yeux s'éteignaient et se vidaient, de sorte qu'elle ne pouvait rien voir dedans.

Ils voulaient qu'elle les accompagne au *Café de la Communauté*. Mais ils n'insistaient jamais quand elle disait qu'elle ne pouvait pas. Il arrivait qu'elle leur trouve l'air solitaire et craintif. C'était comme si elle se voyait dans une glace. Cela lui rappelait tout ce qu'elle avait promis de manger à tante Rakel. Une bouchée chaque jour, jusqu'à ce qu'elle ait tout avalé. Pendant ce temps, les bourgeons des bouleaux commençaient à éclore. Les parfums. La lumière. Les couleurs. L'allée de bouleaux qui menait à la porte d'entrée se balançait vers elle, en elle. Tremblait légèrement sous son regard venu de là-haut. De minuscules éclairs de verdure. Que ses yeux arrivaient tout juste à capter. Une ombre de bonté qui lui était envoyée de quelque part. La méritait-elle ? Qui était-elle, Tora ? Pourquoi était-elle différente de tous les autres ? Pourquoi était-elle entourée de cette membrane ? Comme d'une clôture. Une barrière peinte en blanc, aux planches écaillées. Pointues au sommet comme une flèche. Plantées tout droit en l'air. Exprimant clairement les choses. Jusque-là, mais pas plus loin. Je suis à l'intérieur. Une personne suffit.

Il lui arrivait d'avoir envie de rencontrer des gens. Mais elle savait à quel point c'était dangereux. Il ne fallait pas perdre encore plus d'elle-même. Il fallait monter la garde devant ce qu'elle possédait. Se construire. D'une pensée à une autre. D'une bonne note à une autre. D'une matière à une autre. Remplir sa tête de choses qui n'allaient jamais pouvoir la rendre ni tout à fait heureuse ni tout à fait malheureuse. Qui lui permettraient de sentir que le thé est trop chaud pour être bu. Que ses yeux sont fatigués de lire. Qu'il faut allumer la lampe. Qu'elle doit mettre de la vaseline sur ses lèvres craquelées par les gerçures. Qu'elle a faim et qu'il serait sage de manger une tartine avant de se mettre à ses devoirs. Qu'elle doit aller aux cabinets.

Elle était comme un animal plat et informe couché sur un champ, et qui essaie d'en recouvrir toute la surface. Aussi hermétiquement que possible. Et en même temps quelque chose essayait de la soulever dans l'air. Vers les montagnes. Vers le ciel. Et l'animal se disait : "Reste là ! Recouvre bien tout de ton corps et de tes pensées. Ne laisse rien à découvert ! Car c'est dangereux."

Alors toutes ses aspirations tournoyaient autour de sa tête comme une pluie d'étincelles.

Les fenêtres du cours complémentaire étaient grandes ouvertes toute la journée maintenant. Le ciel et le soleil gênaient les élèves dégoûtés de l'école. Les règles de grammaire allemande et les déclinaisons flottaient dans l'air saturé de sueur, de poussière de craie et d'antipathie. C'était pareil pour tout le monde. Mais pas pour Tora.

Elle recouvrait toute la surface. Elle se pressait sur le sol autant qu'elle le pouvait. Les jours ne portaient plus de blessure. Ils tenaient bon. Comme des pieux.

L'examen approchait. Il y avait de la place dans la tête de Tora pour tout ce qu'elle apprenait, elle s'était presque mangée elle-même. Tout ce qui avait été elle. Et ce qui était indigeste, elle l'avait aplati sous elle dans son ardeur à tout recouvrir.

13

Ingrid avait écrit à Tora. Un curieux assemblage de mots gauches, soigneusement calligraphiés. Concernant des choses ordinaires. De l'argent. La lettre sentait les pièces de monnaie et le savon noir.

Tora ne redoutait plus les lettres d'Ingrid. Elles étaient inoffensives et pleines d'inquiétude. Elle les parcourait rapidement et les oubliait. Elles venaient de quelqu'un qu'elle avait connu autrefois, mais qui ne la concernait plus. Dans ses réponses, il était question d'école, de notes, de professeurs. De sa jolie chambre chez les Berg. Mais pas de la vue sur le ciel. Ou du fait de revenir seule tous les jours dans la lumière indiscrète.

Il était arrivé à Tora d'imaginer ce que Rakel avait pu dire à Ingrid. Mais elle avait repoussé cette pensée. Rakel téléphonait souvent. Un jour, elle dit qu'Ingrid était au désespoir parce que Tora ne revenait jamais à la maison pour les vacances.

— J'sais pas comment on va s'y prendre ? On va pas se mettre à en discuter au téléphone, mais si tu m'écris comment tu aimerais arranger ça, j'vais essayer de faire quelque chose. Hein ?

— J'ai pas l'temps de v'nir à la maison, dit Tora d'un ton étonnamment décidé.

— T'es bien sûre ? Tu pourrais habiter chez nous. J'trouverai toujours une raison…

— Non.

— Bon, très bien.

Sa voix s'éteignit et Tora sentit que Rakel avait accepté. Dans son désir de comprendre, elle repoussait tout ce dont elle ne percevait pas le sens. Tora ravalait ses larmes, debout dans l'entrée des Berg.

Toutes les entrées avaient un miroir, pensa-t-elle. Ici, il était près du téléphone. Pas sur le palier à l'étage, comme chez Mme Karlsen. Elle tourna le dos à la glace pour ne plus être témoin de ses réponses. Son visage lui semblait être une étoffe de laine non décatie dans l'encadrement du miroir. Se déplaçant çà et là dans un cercle. Sans arrêt, comme un balancier.

Ce soir-là, Tora se rendit au *Café de la Communauté*. Elle commanda un verre de sirop au comptoir et trouva une place à une table. Un couple de lycéens y étaient déjà installés. Ils ne lui adressèrent pas la parole. Mais ils la regardaient. Tora eut la désagréable impression qu'ils avaient entendu sa conversation avec Rakel. Qu'elle était inscrite sur ses vêtements. Qu'ils se demandaient aussi pourquoi elle ne rentrait jamais chez elle.

Exactement comme les Berg.

— Tu ne rentres pas souvent chez toi, Tora ? avait dit Rigmor Berg.

— Tu travailles mieux que nos fils et tu ne t'octroies pas beaucoup de temps libre ? avait dit Gunnar Berg. Et ils la regardaient d'un air scrutateur.

Tora luttait toujours contre la tentation d'expliquer. De trouver une excuse. Qu'elle oublierait plus tard. Pour se retrouver ensuite dans un embrouillamini de mensonges. Elle ne le pouvait pas. Qu'ils pensent ce qu'ils veulent. Elle répondait oui ou non à leurs questions. Ou bien : "Il se trouve que c'est comme ça." Petit à petit ses réponses venaient automatiquement. Elle n'avait plus qu'à supporter leurs regards avec fermeté – et fournir une réponse brève qui n'invitait à aucune confidence ni à poser d'autres questions.

Le souci de ses notes lui tenait lieu de bouclier.

Ils allaient voir à l'examen ! Ils verraient à quoi elle avait employé son temps, au lieu de rentrer chez elle.

Il lui sembla n'être pas venue au café depuis des années. Les tables de Formica aux pieds métalliques. La décoration de Pâques oubliée sur le globe au-dessus du comptoir. Les impressions criardes des rideaux. Les traces de semelles boueuses sur le linoléum. Le garçon enrhumé dans le coin, qui ne cessait de se moucher dans la manche de son chandail. La lumière pâle sur la surface de la table portant des traces de verres et un cendrier à moitié plein.

Pour échapper au local, elle regarda par la fenêtre. Essayant de trouver une raison à l'état actuel des choses. Elle aperçut sa propre image dans la vitre comme une vague ombre planant au-dessus du Formica, sans pieds ni corps. Un visage oublié entouré de cheveux. Comme la tête de la poupée de sa mère posée sur la commode à la maison des Mille. Avec laquelle

Tora n'avait jamais eu la permission de jouer. Car elle était en porcelaine. Elle avait toujours su qu'elle était inutilisable, n'avait pas de corps. Etait-elle elle aussi dépourvue de corps ? Inattaquable ? Ce n'était peut-être pas si dangereux de rentrer à la maison ? Même si *lui* était là ?

Elle enroula un fil qui sortait de la manche de son chandail. Pensa qu'il lui faudrait trouver une aiguille pour mieux l'arrêter. Mais elle n'arrivait pas à se lever pour partir.

Elle n'avait pas encore bu la moitié de son verre de sirop. On était mardi et il n'y avait pas grand monde. Le mercredi et le samedi étaient jours d'affluence. Cela n'avait du reste aucune importance.

Un couple à l'autre bout du local parlait tout bas. Les têtes toutes proches l'une de l'autre. Le garçon écarta les cheveux du visage de la fille et lui donna un baiser rapide sur le nez.

Tora baissa les yeux. Puis elle avala une grande gorgée et regarda à nouveau par la fenêtre. Au-dehors une boue grasse s'étalait partout. Des traces de pneus découpaient la route en long. De profonds sillons. Les bouleaux dans le parc portaient des millions de bourgeons verdissants. Ils s'étaient cachés longtemps. Apeurés, comme s'ils attendaient.

Il se trouva tout à coup devant la porte. La lumière jaune sale des globes au plafond affrontait mollement l'assaut du printemps à travers la porte ouverte.

Il se tenait en plein dans le duel des lumières. Incolore et sans visage. Puis il ferma la porte derrière lui et marcha vers le comptoir.

Jon.

La dame derrière le comptoir formait comme une pleine lune. Son sourire lui entourait la tête. Les globes au plafond s'ouvrirent et se mirent à ressembler aux lustres de la salle à manger de l'hôtel. Ils cliquetaient. De plus en plus fort.

Tout s'écroula quand il se retourna et la vit.

Il hésita et jeta un coup d'œil circulaire. Comme s'il cherchait un prétexte pour lui parler. Puis il traversa la salle, une bouteille de Coca dans une main et un verre dans l'autre. Il ne portait pas le verre renversé sur le goulot de la bouteille, comme les autres. Il se servait de ses deux mains. Elle l'avait souvent rencontré dans les couloirs et dans la cour de l'école, sans cependant en être consciente. Qu'il existait. Pas avant maintenant.

Il resta debout devant la table. En attente. Finit par lui adresser un signe de tête et se laissa glisser sur la chaise libre qui protesta avec vigueur quand il la repoussa pour accueillir son grand corps. Il se versa à boire avant de parler.

— On te voit rarement – au café.

— Oui.

— Tu travailles ?

— Oui.

— Tu vas bien ?

— Oui.

— T'en as vraiment pas l'air. Je t'ai regardée. T'as l'air d'avoir des chagrins d'amour – au mieux !

Tora changea de couleur. Sentit qu'elle transpirait sous les bras et sur le dos. Il y avait trop de vapeur dans ce café.

— Qu'est-ce que tu fais quand tu travailles pas ?

— Je travaille.

Il se mit à rire. Son visage se fendit avec bonhomie.

— Je lis des livres, balbutia-t-elle. En même temps, elle se raidit. Parce qu'elle sentait qu'il se moquait d'elle pour se donner une contenance.

— Si on allait au cinéma ?

Il était sérieux tout à coup. Il se passa la langue sur les lèvres et déplaça ses mains avec gaucherie sur la table. Prit le verre pour boire. Mais changea d'avis et le reposa.

— Qu'est-ce qu'ils jouent ?

— J'en sais rien, mais on peut aller voir l'affiche ! Plein de ferveur, il leva les yeux vers elle.

Le printemps lui donnait un coup en plein ventre.

Simplement. Sans faire d'histoires. Comme si tout avait été décidé depuis longtemps. Avant la fête de l'école. Avant – avant tout…

Ils allèrent lentement jusqu'au cinéma. Sans se toucher. Il était tellement plus grand qu'elle. Jetait un coup d'œil vers elle de temps en temps. Avec précaution, d'un regard oblique. Pour s'assurer qu'elle était bien là. Sans dire grand-chose. Attendant que les choses viennent d'elles-mêmes. Et elles venaient. Surgissaient miraculeusement du sol boueux. Dansaient comme de petites taches bienveillantes dans le ciel clair, par-dessus les toits et au bout de la rue, là où la mer et l'horizon se disputaient la place dans le lointain. Elle en aspirait la saveur. Une preuve qu'elle était quand même un peu plus qu'une tête de poupée.

Jon lui prit la main quand la lumière s'éteignit dans la salle et le film commença à défiler sur l'écran.

Elle ne savait pas trop ce qu'elle voyait. Lui non plus d'ailleurs. Un train vrombissait entre l'écran et elle. Longtemps. Il les emportait. Ils partaient ensemble. Sur l'écran. Tora n'avait jamais vu un train en réalité. Un lourd animal d'acier grondant, suivi d'une longue queue.

Ensuite, dehors, il faisait terriblement clair.

— Viens chez moi !

Il avait dit cela comme s'il avait longuement réfléchi à la manière de formuler la phrase.

— Non.

— Pourquoi pas. On mangera une tartine et on écoutera des disques.

— Non. Faut que je revoie la leçon d'histoire pour demain.

— T'es trop consciencieuse. Je parie que c'est parce que tu ne veux pas.

Il restait planté là, les bras ballants. Le visage nu dans le vent. Ses cils étaient sombres et se recourbaient sur sa joue.

— C'est pas ça…

— Bon ! Il s'interrompit lui-même et lui passa le bras autour des épaules.

Ils se dirigèrent vers la maison ocre où Tora habitait.

— Pourquoi as-tu quitté Mme Karlsen ? C'était pas bien chez elle ?

— Si. Mais c'est mieux chez les Berg. Ils sont moins curieux. Mais ils ne m'invitent pas aussi souvent à dîner.

Ils riaient ensemble.

— J'peux voir ta chambre ?

— Pas maintenant.

Tora s'était exercée à cette réponse. Elle savait qu'il allait le lui demander.

— T'es têtue. Comme un mulet. T'as l'intention de te payer un vingt dans toutes les matières ?

— Exactement, répondit-elle avec simplicité. Sauf en gymnastique.

Il riait à nouveau, pensant que c'était ce qu'il fallait faire, puis à nouveau sérieux comme un pape :

— J'ai réfléchi à la manière de t'aborder. Comment faire pour te rencontrer. J'en avais presque perdu l'espoir. Et tout d'un coup, t'étais là. T'imagines un peu le courage qu'il m'a fallu aujourd'hui !

Une pauvre joie envahit Tora. Elle donna un coup de pied dans une pierre.

— Pourquoi étais-tu comme ça quand je suis venu dans ta chambre ? T'avais si peur de moi que j'ai eu peur moi aussi.

— J'sais pas. Y a si longtemps, avança-t-elle.

— Tu m'glisses entre les mains, tout le temps. Tu veux pas parler. Pourquoi ?

— J'ai pas l'habitude de parler de tout.

Elle le regardait avec désespoir.

— *Essaie* au moins. Autrement, on n'arrivera jamais à se connaître. Si tu crois que je te cours après juste pour t'embrasser, tu te trompes. J'ai besoin de quelqu'un à qui parler. Sans ça, j'deviens fou ! A la maison ils vont et viennent comme dans un moulin et *font* des tas de choses. Ma mère, mon père, Tove et Erik. Mais personne n'a le temps de *parler*. Quand j't'ai vue dans la cour à la rentrée, j'ai pensé que t'étais quelqu'un avec qui on pouvait parler. T'étais pas en train de ricaner et de faire des simagrées comme les autres filles. Tu regardais. Ecoutais. Je crois que c'est pour ça que je suis tombé amoureux de toi. Parce que tu écoutais.

Il s'arrêta.

— Parle-moi, Tora ! murmura-t-il.

— J'vais essayer. Parole d'honneur.

Elle se hissa sur la pointe des pieds et lui passa les bras autour du cou. Serra fort. Très fort. Ensuite, elle n'osa pas le regarder. Elle fit quelques pas en arrière et leva la tête vers les fenêtres. Mais non. On ne voyait aucune tête bouger derrière les rideaux. Chez les Berg, ils avaient autre chose à faire.

Elle ne travailla pas ce soir-là. La lumière au-dehors était trop forte.

Il avait des creux profonds aux joues. Des yeux insolents qui pouvaient s'éteindre si vite. Elle sentait ses mains sur elle, là assise à sa fenêtre.

Le ciel en face était écorché et en sang.

Elle avait envie de casser quelque chose. De jeter quelque chose par la fenêtre. Etait-elle ainsi faite que la joie n'était pas pour elle ? Qu'elle n'arrivait pas à la retenir quand elle lui tombait dans les bras ? Parce qu'elle ne durait jamais, de toute façon.

Qu'est-ce qu'il avait dit, déjà ? "Je crois que je suis tombé amoureux de toi… parce que tu écoutais."

Elle décrocha le miroir du mur et le posa sur un des fauteuils, pour se voir en entier. Puis elle leva les bras au-dessus de sa tête et regarda. Une jeune fille mince et menue en jean, avec d'épais cheveux roux entourant un visage pâle. Un grand nez. Mais elle l'acceptait. La bouche était plus mince que nécessaire, parce qu'elle la tenait toujours fermée. "Parle-moi !" Il était amoureux d'elle. *Amoureux d'elle !*

Si elle avait eu une radio, elle l'aurait mise à plein volume ! Ça, c'était sûr !

14

Le journal était déplié sur la table du salon. Rigmor Berg était très excitée. Elle tournait sur elle-même comme une poulette qui n'arrive pas à décider où elle va pondre son œuf.

— Regarde ! criait-elle. Sa voix était haussée de trois tons.

Tora voyait. Elle cherchait à travers les photos et les titres ce qui avait fait crier Rigmor Berg dans l'escalier. Ses yeux scrutaient avec inquiétude la page, de haut en bas : "Le roi Olav sacré à Trondheim." "Magnifique veillée de la Saint-Jean."

Tout à coup les lettres s'élargirent et vinrent à sa rencontre : "Découverte du cadavre d'un enfant dans un sac en plastique près de la route. L'enfant étant vivant à la naissance, il s'agit donc d'un meurtre !"

Le buffet orné de ses photographies retombait sur elle. Des visages. Des visages encadrés. Des veines bleues s'entortillaient d'un mouvement rythmique tout autour. Une applique au mur était fixée de travers et elle la recevait en plein ventre.

Il fallait qu'elle remonte vite dans sa chambre avant qu'il ne soit trop tard. Elle glissait lentement, dans un mouvement interminable.

Rigmor Berg avait donc tout découvert. C'était la fin maintenant. Elle se sentait presque soulagée. Mais elle avait mal au cœur.

— Ivar, amène un gant de toilette ! Trempé dans de l'eau froide ! Et un verre d'eau !

Rigmor Berg contemplait avec perplexité la jeune fille sur le plancher. Etait-ce possible d'être émue à ce point ? Elle devait bien le savoir. Pouvait-on à ce point réagir à ce qui était écrit dans le journal ? Elle releva la tête de Tora pour lui donner à boire.

Le garçon, Ivar, se contentait d'être le témoin pâle et désemparé de cette scène.

Pleine de fierté, comme s'il s'agissait d'elle-même, Rigmor Berg lut ensuite à haute voix : "Une élève du cours complémentaire de Breiland s'est distinguée par la mention «très bien» dans toutes les matières où il est possible de l'obtenir. Il s'agit de Tora Johansen, habitant la région. Ses professeurs n'hésitent pas à affirmer qu'elle est un sujet doué."

Les mots atteignaient Tora par vagues. Les murs en renvoyaient l'écho. Elle s'assit et vida le verre d'eau avec avidité.

Elle avait entraîné le journal avec elle dans sa chute. Il avait laissé des marques sur son bras. Des ombres noires sans contour. Elle se força à relire la page : "Découverte du cadavre d'un enfant dans un sac en plastique. Dans une maison près de la route aux environs d'Oslo. L'enfant étant vivant à la naissance il s'agirait donc d'un meurtre !"

Elle restait couchée en chien de fusil, le menton dans le verre froid. Elle voulait se relever. Mais le plafond la pressait par terre. La lumière était très forte. Un meurtre… pensa-t-elle. C'était donc un meurtre ? Ils le mettraient dans le journal. Que c'était un meurtre.

Quand le Dr Berg rentra chez lui, elle était toujours couchée sur le plancher. Il était impossible d'en tirer un mot.

Il lui administra un calmant. Et établit son diagnostic : surmenage. Il l'aida à remonter dans sa chambre et recommanda du calme et des soins sur le ton qu'il employait à l'hôpital.

Rigmor Berg se glissa dans sa chambre. Lui caressa les cheveux, elle lui murmurait des mots gentils. Ivar lui apporta un cornet de glace. Lui dit que son père lui avait interdit d'apporter des livres. Tora ne devait absolument pas lire.

On prit contact avec Rakel et on lui raconta toute l'histoire de l'entrefilet dans le journal. Il ne fallait pas s'inquiéter, avaient-ils dit. L'école était fermée. Tora était en vacances.

Rakel resta longtemps le téléphone à la main, avant de raccrocher. Puis elle ouvrit le journal et lut l'article concernant l'élève Tora Johansen et ses remarquables résultats.

Comment était-il possible d'obtenir de tels résultats scolaires après avoir vécu ce qu'elle avait vécu ?

Son regard tomba plus bas sur la page. Se fixa sur le cadavre d'un enfant dans un sac en plastique.

Par la pensée, elle volait déjà vers Breiland. Pourquoi mettre de pareilles choses dans un journal ? Pourquoi livrer le malheur des gens à la connaissance de tout le monde ? Les journalistes croyaient-ils que la vie des gens était un film inconsistant ?

Elle se rendit compte finalement que ses mains avaient pétri le journal en une boule grise.

Et elle alla chercher sa sacoche de voyage.

15

Rakel n'allait pas bien. Mais ce n'était pas un voyage à Breiland, pour prendre des nouvelles de Tora, qui ferait empirer son état. C'était ainsi qu'elle raisonnait.

Simon n'était pas de cet avis. C'était à Ingrid d'aller à Breiland. Il n'en démordait pas. Avant qu'elle ait pu l'arrêter, il avait déjà pris la porte pour avertir Ingrid qu'il fallait aller voir Tora.

Rakel ressentait de la fatigue et de la colère – autre chose aussi s'en mêlait. Le désir de partager le fardeau avec quelqu'un de fort.

— Attends, cria-t-elle au moment où il allait refermer la porte.

Il se retourna. S'arrêta. Mais avec une expression décidée sur la bouche. Les sourcils froncés.

— C'est pas ton affaire. C'est plutôt la mienne, dit-elle.

— Ce que je sais c'est que tu ne vas pas bien, que tu fais des allées et venues entre la maison et l'hôpital, que tu te débats avec tes moutons et une famille impossible. Ça suffit maintenant. C'est la fille d'Ingrid, pas la tienne !

Elle le regarda fixement. Il avait frappé juste. Elle ressentit une subite faiblesse. Une capitulation ? Il la protégeait, ce Simon. Depuis toujours. Mais elle avait été tellement occupée par le côté enfantin chez Simon, qu'elle ne l'avait pas tout à fait compris. Ce n'était pas parce qu'il voulait la garder pour lui qu'il avait réagi ainsi. Elle le savait bien.

Elle tendit les bras vers lui.

— Bon, d'accord, dit-elle la bouche enfouie dans la chemise à carreaux.

Elle recevait la chaleur de son corps.

Mais Ingrid ne pouvait pas partir à Breiland. Elle s'était engagée dans son travail en équipe. Ils venaient de recevoir un lot de poisson qu'il fallait expédier en l'espace de deux jours. Elle avait l'air d'un chien battu, pensa Rakel tout en la plaignant sincèrement. Elle était tellement lasse de toutes ces histoires.

Terriblement lasse.

Elle téléphona à Breiland et put enfin obtenir Tora au bout du fil. Elle crut entendre des bruits de déclic, désagréables. Les dames du central téléphonique qui écoutaient. Ou encore Josef au standard qui interrompait continuellement de ses "allô, allô" !

Ce fut une conversation plutôt décousue. Rakel pestait contre tout, essayant en même temps de dire à Tora qu'elle avait vu le journal. Toute la page. Qu'elle était fière de ce qu'ils écrivaient sur Tora. Son nom dans le journal ! Et finalement :

— Pense pas aux autres choses qui étaient écrites.

Il y eut un silence à l'autre bout du fil. On entendait à peine un souffle. Une sorte d'étincelle de vie qu'elle percevait malgré la mer et la terre qui les séparaient. La voix de Rakel s'enroua, elle ressentit des picotements dans le nez. La fatigue était comme un plomb au bout d'une ficelle. Un balancier qui vous renversait. A chaque coup.

— Pense pas à ce qu'ils disent du sac – du sac en plastique... C'était pas pour nous. C'est seulement des idiots et des fous qui écrivent des choses pareilles. C'était pas comme ça pour toi, aucune comparaison. Faut seulement retrouver la santé et rentrer ici. On aura bientôt besoin de toi pour la fenaison à Bekkejordet.

Tu pourras coucher dans la mansarde, Tora. Soigne-toi, maintenant.

— Oui... fut-il murmuré dans son oreille. Ce n'était pas grand-chose. Pas de quoi y puiser un réconfort. Mais Rakel l'interpréta comme un spécialiste interprète un document précieux. Elle le conserva en elle, longtemps.

L'oisillon de Tora !

Rakel s'étonnait de pouvoir penser à cela comme à un problème ennuyeux, mais ordinaire, auquel il faudrait trouver une solution. La véritable laideur, l'horreur, ce qu'on essaie de cacher à tout prix – c'était peut-être le secret que tout le monde portait. Et qu'elle était probablement la seule à avoir traversé la vie sans une seule plaie, sans une égratignure. Et que finalement, tout lui tombait dessus en même temps.

Elle emporta le chat avec elle dans son lit. Elle se vit dans la glace au-dessus de la commode. Dépeignée et pâle. Son visage s'était en quelque sorte ratatiné ces derniers temps.

C'était à cause de son intestin. A cause de Tora. Du doute qui la rongeait. Que fallait-il faire ? Elle ressassait tous les problèmes. Le chat en eut assez de la chaleur du lit. Il se mit à miauler, voulut sortir. Il griffait la vitre. Sans aucune intention de s'arrêter. Rakel sortit péniblement du lit, alla à la fenêtre et l'ouvrit. Elle resta là à regarder le corps souple du chat s'éloigner sur le pavé herbeux de la cour. Son pelage noir étincelait. Ses moustaches vibraient. Comme s'il flairait quelque chose. Puis il se dandina jusqu'à l'entrée de la bergerie. S'enroula paresseusement. Leva la tête et émit un léger bâillement. Il était libre. Libéré du giron de Rakel.

Et si elle courait chez Ingrid et lui déballait toute l'histoire ? Si elle les confrontait, Henrik et Ingrid, à tout ce qui s'était passé ? En les convoquant à une sorte de procès ? A qui cela profiterait-il ? A Tora ? Sûrement pas. Tout le monde y perdrait. La vie était ainsi faite : le pire mal que l'on puisse se faire les uns aux autres ne laisse jamais aucun gagnant. Tout le monde est perdant. Et si elle portait plainte contre Henrik, Ingrid serait entraînée elle aussi dans la tourmente.

Et elle, Rakel ? Pourrait-elle assister à l'avalanche qui emporterait tout le monde, quand elle l'aurait elle-même déclenchée ? Non. Il ne lui restait qu'à endosser sa responsabilité. Garder le secret de ce mensonge. En espérant rester en assez bonne santé, et même en vie, jusqu'à ce que Tora prenne ses distances. Elle se rendit compte qu'elle n'avait guère eu le temps de penser à ses propres misères. Cela la fit presque sourire.

Elle ne retourna pas au lit. Elle se força à se regarder dans la glace et à se frotter les joues pour raviver quelques couleurs. Puis elle se déplaça péniblement entre les escabeaux de la cuisine et le plan de travail. C'était comme si le diable et tous les saints s'étaient alliés pour la faire tenir debout.

Elle-même y contribuait en prenant des calmants.

Elle arracha son tablier et sortit sur le perron dans le soleil de l'après-midi. Le fjord brillait. De minuscules étincelles dorées. Les champs : d'un vert somptueux tout au long de la pente. La porte de la bergerie était grande ouverte pour en chasser l'hiver. Elle remarquait ces choses, Rakel.

La brise d'été l'enveloppa. Désireuse de jouer. Tout doucement, comme pour la consoler ? Pourquoi fallait-il absolument penser à sa propre mort parce qu'elle venait de lire un entrefilet sur un enfant mort dans le journal ? Pouvait-on le lui dire ?

Elle se retourna et avec fureur rentra en tapant des pieds. Elle remit son tablier et alla décrocher du mur de l'appentis le grand pétrin en bois. Se préparant à faire du pain.

Elle pétrissait à en faire voltiger la farine autour de ses oreilles quand Simon entra. Elle l'avait entendu poser sa bicyclette contre le mur de l'appentis et marcher sur le gravier jusqu'à l'entrée, mais elle ne leva pas les yeux. Sa présence dans la pièce soulignait en quelque sorte la solitude dans laquelle elle se trouvait avec tous ses problèmes.

Comme de coutume, il se plaça derrière elle. Referma ses grosses mains sur ses seins et enfouit sa bouche dans sa nuque. Reniflant, tous les sens en éveil. Il était tout spécialement de bonne humeur aujourd'hui. Il venait de recevoir l'autorisation d'acheter une voiture. Il avait pensé acheter un camion Ford, deux tonnes et demie, avec plan hydraulique basculant qui servirait à rentrer les foins ! Il n'avait pas l'intention de claironner la nouvelle dans tout Været, mais il imaginait qu'un beau jour on hisserait tout simplement le camion sur le quai. Et quand les gens demanderaient à qui il appartenait, il se mettrait au volant en riant, et démarrerait.

Il remonterait du quai sur la route couverte de gravier, il changerait de vitesse et grimperait la côte à grand bruit qu'on entendrait de partout. Voilà comment ça se passerait.

Il s'était exercé pendant tout l'hiver sur le camion de Dahl. Eldar-Long-Nez considérait ce camion comme le sien, puisque c'était toujours lui qui le conduisait. Il était flatté qu'un homme de l'importance de Simon vienne lui demander de lui apprendre à conduire.

Le permis, c'était le but à atteindre, disait Simon. Il lui fallait assez d'expérience pour pouvoir aller à Breiland passer son permis. Eldar-Long-Nez le regardait de travers. Vous m'en direz tant ! Le permis ? Et quoi encore ? Se croyait-il vraiment supérieur à tout le monde ? Supérieur à Eldar-Long-Nez qui lui avait appris l'art de conduire une voiture ? Pourquoi fallait-il aller à Breiland passer le permis ? N'était-ce pas suffisant de savoir conduire ?

Simon expliqua, avec la gravité de circonstance imprimée sur le visage, que c'était nécessaire. On n'avait pas le droit de conduire sans permis.

Eldar lança un crachat à travers la fenêtre du camion. Laissant une traînée brune sur la porte brinquebalante de la cabine. Ah bon, alors Simon pensait qu'Eldar-Long-Nez n'était pas en règle parce qu'il n'était pas allé jusqu'à Breiland demander la bénédiction d'un idiot quelconque pour conduire un camion, hein ?

Il y avait de la menace dans sa voix. Il s'était rangé légèrement sur le côté de la route et s'était arrêté. Mais ce n'était pas parce qu'il était en colère. Non, loin de là ! C'était pour laisser passer la jument du pasteur, avec sa cargaison de fumier et le garçon de ferme et toute la clique. Car il était un chauffeur assez expérimenté pour faire la différence entre les chevaux, les gens et les voitures. Il savait qui devait céder le passage. Et ce serait à *lui* d'aller à Breiland chercher un papier ! A Breiland ! Où ils ne savaient même pas ce que c'était que de transporter sur le verglas des caisses remplies de blocs de glace, de glace prise dans le lac de Kjerring, et de faire ensuite une marche arrière sur le quai pour livrer cette glace qui servait à congeler le poisson. Hein ? A Breiland ! Où ils n'avaient même jamais vu un poisson avec sa queue, et encore moins quelqu'un qui savait vraiment conduire un camion de glace !

Simon se racla la gorge et se tut. Il savait bien que l'amitié est une chose fragile. Surtout quand elle repose sur des leçons de conduite. Il offrit une cigarette qui fut refusée avec une telle ostentation que cela lui fit l'effet d'un seau d'eau froide sur la tête.

Il avait néanmoins décidé de passer son permis après la fenaison. Mais il n'en parlait plus. Ni de l'achat d'un camion.

Il proposa à Eldar-Long-Nez de lui payer les leçons. Mais l'homme cracha d'un air menaçant et se tassa, les yeux mi-clos, fixant la ligne verte tracée par les herbes folles au milieu des graviers de la route. Le trèfle et autres herbes y poussaient comme si on leur avait donné de l'engrais. Puis il gronda :

— Faudrait-y que j'sois payé pour être dans le camion dans lequel j'suis déjà assis ? T'as déjà vu des gens s'faire payer en plus par un passager, alors qu'ils sont déjà payés pour le travail qu'ils font ? Va au diable ! J'ai pas l'temps d'discuter de conneries !

Simon avait une autre difficulté à résoudre. Rakel n'était pas informée de son intention d'acheter une voiture. Et il avait déjà signé le contrat. Elle souriait quand il revenait de ses leçons, racontant les progrès qu'il faisait. Elle versait distraitement du lait dans la coupe réservée au chat. Elle arrosait les fleurs, s'affairait sans cesse. Simon n'aimait pas cette manière qu'elle avait de dire les choses sans les dire. Il valait mieux qu'elle dise : Simon, tu te conduis comme un gosse. Mais non. Elle ne disait rien. Elle lui gratouillait la nuque comme s'il était l'un de ses pourceaux, et lui demandait à quelle vitesse il avait conduit. Comme s'il pouvait le savoir, dans un camion qui n'avait jamais eu de compteur de vitesse tout le temps qu'il avait roulé sur l'Ile.

Mais aujourd'hui il en avait pris la décision, alors il lui posa un baiser sur la nuque et déchargea tous ses projets sur ses épaules, comme il aurait déposé les armes. Les bras en train de pétrir s'arrêtèrent brusquement. Les épaules qu'il entourait se raidirent sous ses doigts. Elle retourna la tête sur son cou, comme sur un pas de vis. Et elle siffla :

— Peuh ! Tu rigoles !

— Mais c'est vrai, Rakel. Il va arriver avec le prochain bateau. C'est chouette, non ?

Il la lâcha et, s'agrippant à un volant imaginaire, roula dans la cuisine l'air concentré, les genoux courbés :

— Br-r-r-r.

— Assieds-toi espèce d'idiot.

Elle posa un linge propre sur la pâte et alla se laver les mains sous le robinet.

Simon s'assit. Il se dit qu'il avait dû commettre une faute quelque part en cours de route.

— Qu'est-ce qui t'a pris de commander une voiture comme ça tout d'un coup ? Une *voiture*, j'te demande un peu ! Et qu'est-ce que tu vas en faire, s'il m'est permis de poser des questions ?

— J'vais m'en servir. Pour transporter le foin, les appâts, les gens, le charbon.

— Les appâts, les gens et le charbon ! T'as pas toute ta tête. Et comme ça, qu'est-ce qui restera à Eldar-Long-Nez ? Le foin ? Tu vas pas acheter une voiture seulement pour transporter quelques malheureuses balles de foin. Et qu'est-ce que tu feras de tes dix doigts, mon garçon ?

Simon expliqua tristement le système hydraulique de la plate-forme. Il ne comprenait pas que les femmes puissent à ce point manquer de notions techniques. Car Rakel s'en fichait pas mal et se fâchait. Depuis quand avait-il besoin, lui Simon Bekkejordet, de faire basculer une plate-forme ? Elle aurait bien aimé le savoir.

Le chat était très inquiet. Il se promenait en miaulant. Se frottant d'abord aux jambes de Rakel, puis aux grands pieds de Simon.

— On fait peur au chat, dit laconiquement Simon, voulant changer de sujet. Cela ne servait à rien de faire appel à la jugeote de Rakel quand elle était de cette humeur-là.

— Eh bien, console-le donc, le chat ! Mais tu vas me faire le plaisir de décommander ce camion, et ça, tout de suite !

Quelque chose déborda sur la cuisinière. Rakel repoussa la casserole. Puis elle se mit à couper des dés de viande à toute vitesse sur le plan de travail. Le couteau travaillait comme un hachoir entre ses doigts minces.

Simon resta un moment à la contempler. Puis il sembla prendre une décision brusque. Sa bouche s'amincit et son front se plissa comme un vieux tapis.

— Non, je ne le ferai pas, dit-il.

— Si, tu vas le faire, répondit-elle.

— Non !

— Sois raisonnable Simon. Tu es quand même assez grand. On a besoin de notre argent pour d'autres choses.

— Quoi donc ?

— Oh, beaucoup de choses à acheter. Un nouveau plancher dans la bergerie. Et… Et puis j'aimerais bien avoir un petit hors-bord, pour pouvoir me promener entre les îlots – avant que…

Elle s'arrêta. Son regard se voila. C'était comme si elle avait oublié Simon, le camion et… le reste.

— *Toi*, tu as envie d'un *bateau* ? Je ne savais pas. C'est seulement quelque chose que tu dis.

— Non, répondit-elle tout à coup avec une tout autre voix. D'un air rêveur. J'ai toujours eu envie d'un bateau qui serait à moi. Qui me servirait à faire des promenades en mer et le long de la côte… depuis que je suis toute petite.

— Mais pourquoi tu ne l'as jamais dit ?

— Je n'en sais rien. Peut-être que j'avais peur que tu te moques de moi.

— Pourquoi me serais-je moqué de toi ?

— Les bateaux sont pas pour les bonnes femmes, dit-elle en riant.

— Et qu'est-ce qui t'empêche, *toi*, d'avoir un bateau, même si aucune autre bonne femme n'en possède un ? Est-ce qu'il est écrit que tu ne peux pas être la première à avoir un bateau sur l'Ile ?

Rakel riait. Encore une fois, la générosité de cet homme la frappait. Elle alla vers lui et lui tendit la main.

— Pardonne-moi, dit-elle tendrement.

— Pourquoi ?

— Parce que je suis une mégère.

— T'es pas une mégère. T'es seulement emportée et peu raisonnable. Et puis tu préfères que je reste dans tes jupes toute la journée au lieu de me balader sur les routes en voiture.

Il souriait de toutes ses dents. Il la tenait maintenant.

— Et alors ? demanda-t-elle.

— Quoi donc ?

— Tu me l'achètes, ce bateau ? Petit, élégant et facile à manier pour une dame ?

La pâte à pain leva beaucoup trop ce soir-là. Elle déborda du pétrin jusque sur le plan de travail. Personne n'avait allumé le four non plus.

Dans la chambre, deux corps étaient enlacés sous un léger drap. Une odeur de trèfle parvenait par la fenêtre ouverte. On brûlait des herbes quelque part dans le coin. Une faible odeur de fumée rappela à Rakel qu'on était toujours en plein jour. Et voilà que Simon et elle se trouvaient au lit. Elle n'avait pas mis les pommes de terre sur le feu. Ils auraient eu l'air de quoi, si les voisins ou quelqu'un d'autre étaient arrivés à l'improviste.

Elle aspira son odeur à lui avec l'odeur de fumée venue de l'extérieur. Les soirées de la Saint-Jean et les bals, le vent salé de la mer. Toutes les soirées passées avant même qu'elle ne s'en rende compte. Et les nuits… Les nuits avec Simon.

Est-ce que c'était vraiment si vite passé ? En un éclair. Qu'est-ce qu'il en restait ?

Elle l'entoura de ses bras et se colla à lui comme un enfant effrayé. Il repoussa l'attaque dans un demi-sommeil. Puis il laissa ses mains glisser sur ses cheveux et la caressa avant même de se réveiller tout à fait et de la regarder dans les yeux.

— Mais t'es en train de pleurer, petite ?

Il s'assit et la prit contre lui. La berçant d'avant en arrière, le visage enfoui dans sa chevelure.

— Oui, un peu…

— Pourquoi donc, Rakel ?

— J'en sais rien. Un peu parce que je t'aime tellement et qu'on est si bien. Y a une belle lumière et ça sent bon et tu es si près de moi… Un peu parce que j'ai peur de ce que va devenir Tora.

— Mais Rakel, faut pas pleurer parce qu'on est bien ensemble. Comment saurais-je alors quand quelque chose ne va pas ? Et Tora est bonne élève, et elle peut compter sur nous.

— Elle peut compter sur toi, Simon ?

— Qu'est-ce que tu veux dire ? Bien sûr qu'elle peut compter sur moi ! répondit-il, presque vexé.

— Elle peut compter sur toi si quelque chose nous arrivait – à nous autres ?

— T'es quand même drôle.

Il la regardait d'un air interrogateur. La tenant à bout de bras un instant. Puis il l'embrassa longuement.

Elle se plaignait que la pâte avait perdu tout sens des proportions, et grondait tout en la pétrissant pour en faire des pains. Il l'encombrait et avait encore la bonne sensation d'être près d'elle, en elle, autour d'elle. Il se sentait immensément riche, Simon. Il ne cessait de la toucher. Elle grondait, disant qu'ils n'étaient pas près d'avoir du pain ce jour-là. Il était pire qu'un gosse. On n'aurait pas dit qu'il était adulte. Non, vraiment pas. Et si les pains ne levaient pas, ou étaient brûlés, on saurait bien pourquoi. C'était à cause de ce vaurien qui aimait bien trop les femmes.

— Non, disait-il près de la table. Les femmes n'apportaient que du désordre. Maintenant, par exemple, j'aurais pu ranger les quittances et les factures de toute la semaine, si t'étais pas venue te frotter à moi, à tel point qu'il a bien fallu faire ce que tu voulais et aller au lit !

Elle le poursuivit, les mains pleines de pâte. Cria et lui colla des boules de pâte sur les joues.

— Tu vas voir un peu, espèce de barbu impossible, criait-elle en faisant semblant d'être fâchée.

Ils jouèrent ainsi jusqu'au soir. Une ou deux fois, elle dut baisser la tête et cacher son visage parce que son corps était traversé de spasmes de douleur malgré l'effet calmant des médicaments – et malgré la présence physique de Simon. C'était comme si tout devenait plus clair. Comme si la douleur et la tendresse se mêlaient, sans limites.

Elle savait qu'elle n'était pas honnête envers lui. Elle mentait. Parce qu'elle ne lui parlait pas de son angoisse. Mais elle en était incapable. Elle avait besoin de son rire et de ses bras. De sa bonne voix chaude, qu'elle emporterait avec elle. Ainsi que l'image du visage de Simon reposant sur l'oreiller, quand il dormait.

Elle le regarda traverser la cour. Un homme de haute taille, aux boucles blondes. Un gamin. Un amant. Un ami ? Non. C'était ce qui faisait la différence entre l'amitié et l'amour. Un ami peut supporter ton angoisse et ton corps pourrissant. Un amant en serait déchiré, et passerait le reste de sa vie à essayer d'oublier la laideur de la fin.

Elle avait tellement besoin de sa stabilité. C'est pourquoi elle le trahissait.

Quand il rentra, elle se jeta à nouveau dans ses bras, comme si elle ne l'avait pas vu depuis plusieurs jours. Il la reçut. Un instant elle eut presque l'impression qu'il savait. Ses mains étaient tellement attentives. Son regard tellement présent. D'une certaine manière, il reflétait son propre chagrin. Mais non, il ne savait pas.

C'était seulement de l'amour.

16

Le ciel entier se déversait goutte à goutte, en cadence. Tout droit. Une grosse pluie sans détour. Son anorak bleu était tout trempé avant même d'avoir franchi la passerelle.

La boutique d'Ottar était d'une couleur sale et écœurante. Une bâche recouvrant un tas de caisses absorbait l'humidité autant qu'elle le pouvait. Ça sentait malgré tout le soleil et le goudron. Une odeur impertinente et optimiste qui caractérise tous les petits embarcadères exposés aux intempéries, car c'est seulement sous la pluie que l'on sent vraiment l'odeur des rondins ou des bateaux goudronnés chauffés par le soleil.

Tora tenait son bagage en carton des deux mains. D'un mouvement d'épaule, elle essayait de chasser de son visage des mèches mouillées. Attendant qu'on fixe l'amarre. Elle reconnaissait tout. Et cependant il y avait du changement.

La silhouette grise sur le quai, c'était Ingrid. Courbée sous l'auvent que formait le toit de la boutique.

Tora était contente qu'il pleuve. Cela effaçait tout avant même de commencer. Ingrid leva la main. Un mouvement qui resta en suspens, à peine esquissé.

Elle revoyait Ingrid se mouvoir tout au long de son enfance. D'un endroit à un autre. Par images saccadées comme dans un film. Qui aurait été composé de fragments usés pris au hasard. Ces mains maigres et noueuses de travailleuse, si proches, si proches. Avant même de pouvoir distinguer le visage d'Ingrid sur le quai, elle ressentait la sécheresse de sa poignée de main. Et elle faillit étouffer d'antipathie.

Lui n'était pas là. Elle ne s'y attendait pas, du reste. Néanmoins c'était un soulagement. Elle avait imaginé comment ce serait. Mais elle avait oublié certains détails. Des odeurs, des visages, des bruits. Elle avait oublié que l'Ile se contentait d'être ce qu'elle était.

Le camion jaune s'arrêta au bord du quai dans un crissement agressif. Simon sauta de la cabine. Il ressauta sur le marchepied, passa la main à travers la vitre baissée et donna des coups de klaxon répétés qui perçaient les oreilles. Et les gens n'avaient d'yeux que pour Simon, tous autant qu'ils étaient. Il y avait quand même des limites à tout. Ce Simon ! Il était retombé en enfance depuis qu'on avait débarqué son camion, quelques jours auparavant. Et maintenant le bruit courait qu'il allait partir à Breiland passer son permis !

Il klaxonnait en son honneur. En elle, cela résonnait comme un chant. Simon, brûlant, en manches de chemise et sans couvre-chef, lui faisait oublier l'ombre d'Ingrid trempée de pluie.

Ils s'entassèrent devant. Tora était au milieu. Elle sentait la chaleur de Simon à travers les vêtements humides. Il parlait du camion. Est-ce qu'elle ne le trouvait pas beau ? Il lui posait des questions sur l'école et sur son nouveau logement. Lui tirait les cheveux et lui posait un baiser sur le nez en plein virage. Ingrid ne disait rien. Elle souriait. Timidement. On ne pouvait guère deviner ses pensées. Elle s'était contentée de faire part de ses inquiétudes pour le carton qui risquait d'être trempé sur le plateau du camion. Mais Tora l'avait rassurée en disant qu'il ne contenait que des vêtements. Les vêtements supportaient l'eau.

Tora remarquait le corps noueux et puissant de Simon, alors que celui de Jon était élancé et frêle.

La différence entre un adolescent et un homme. Elle brûlait intérieurement et en ressentait de la honte. Tout à la fois.

Il se retourna et la regarda de ses curieux yeux bleu clair. Elle sentait son corps s'alourdir et ne savait que faire de ses mains.

Ils allèrent à la maison des Mille. Rakel avait promis qu'elle n'y dormirait pas. Tora se demandait ce qu'elle avait pu dire à Ingrid. Elle n'osait rien demander. Elle attendait. Elle avait conscience d'être de retour sur l'Ile.

Cela pouvait se comparer à la sensation qu'on a lorsqu'on arrache la croûte d'une grande blessure au genou…

Il arriva pendant qu'ils buvaient le café. Simon et Tora étaient assis à table. Ingrid était allée au salon chercher une jupe confectionnée pour Tora, dont elle voulait lui faire la surprise.

Il enleva son bonnet et l'accrocha près de la porte. C'était là qu'il l'accrochait depuis des années, autant que Tora pouvait s'en souvenir. La peinture était écaillée autour de la patère en cuivre jaune. Un halo pâle d'usure s'était formé autour de cette patère en cuivre jaune appartenant à Henrik. Il en avait hérité d'un certain Brinch, autrefois propriétaire de la maison. Il avait toujours prétendu que c'était sa patère à lui. Si quelqu'un par mégarde accrochait quelque chose dessus, il entrait dans une telle fureur à son retour qu'il lançait ses vêtements dans tous les coins de la pièce.

Tora le regardait. Un grand corps lourd dans son bleu de travail. Le pantalon laissait apparaître des chaussettes grises. Cela avait l'air idiot. Tora le mesurait du regard, mais évitait son visage. Il avait toujours le visage comme recouvert d'une membrane.

Une fois son bonnet accroché, il dit bonjour.

Simon lui rendit son salut. D'un ton léger et bon enfant, tout en mangeant sa gaufre.

Tora regarda l'homme dans les yeux. Elle s'y força.

La pièce rapetissait autour d'elle.

Le robinet coulait. Depuis combien de temps ce joint était-il usé ? Un an ? Cinq ans ?

— Tu t'es acheté un camion à c'que j'vois, dit Henrik d'un ton neutre.

Elle ne s'attendait pas au son de sa voix. Une voix profonde. Presque belle. Elle n'y avait jamais prêté attention. Avait-elle seulement jamais *entendu* sa voix ?

— Oui. Tu trouves pas qu'il est beau ?

— Si, ça on peut l'dire. Ça t'a coûté cher ?

— Pas trop. Mais t'as pas vu qui je vous ai ramené ?

— Bien sûr que si. Bonjour Tora ! Il se planta devant elle et s'inclina.

Etait-ce si simple que cela ?

Le robinet coulait.

Simon avala son café. Dénudant un instant sa gorge brune en buvant. Il posa ses mains sur la nappe et des roses brodées se mirent à surgir entre ses doigts. Puis il sourit à Tora. Un sourire entendu, tout en faisant place à Henrik autour de la table mise par Ingrid.

Elle avait dû l'entendre arriver, car elle prenait son temps dans l'autre pièce. Et, quand elle revint, elle n'apportait pas la jupe, et elle avait un air tout différent, pensa Tora. Elle versa du café à Henrik sans le regarder, et s'assit au bord de sa chaise.

C'était comme ça, depuis toujours.

Simon se dépensait et implorait de son regard clair. Comment en avait-il le courage ? pensa Tora.

— Tu n'as pas apporté la jupe, dit tout à coup Tora.

— Non c'est vrai, le regard d'Ingrid allait, hésitant, de l'un à l'autre.

— J'ai hâte de la voir, de l'essayer.

— Elle est dans la chambre, je m'en souviens maintenant. C'est là que je couds, tu comprends.

Tora y suivit sa mère. Elle resta un instant sur le seuil de la pièce.

Le lit était le même. Ingrid avait seulement mis dessus une couverture de laine. Il était clair que la pièce ne servait pas seulement à la couture. Ingrid y dormait aussi. Ses vêtements étaient accrochés au mur. Pas des vêtements mis de côté, mais ceux dont elle se servait journellement.

Donc Rakel avait bien dit que Tora dormirait à Bekkejordet ! Rien n'était préparé pour elle dans la chambre cette fois. Le soulagement qu'elle en ressentit lui fit presque mal. Parce qu'elle regardait Ingrid.

C'était une jupe verte, en coton. Faite de trois volants froncés, avec une mince dentelle à l'ourlet. Une vraie jupe pour danser pendant l'été. Elle referma la porte derrière elles et l'enfila. Elle était un peu trop large à la taille, autrement elle lui allait très bien. Ingrid la regardait avec admiration.

— Merci ! Tora enlaça sa mère un instant. Elle sentait à quel point cela lui était difficile. Elle savait bien que c'était parce qu'*il* se trouvait entre elles. Ingrid n'était jamais arrivée à leur faire une place à tous deux ensemble, ni à sa table ni dans son cœur. Tora le savait depuis si longtemps que ce n'était plus qu'un vague sentiment, une pensée tellement usée qu'elle en avait oublié l'origine.

Elle enleva la jupe et la replia soigneusement dans le papier. Ingrid l'avait empaquetée dans le papier qui avait enveloppé l'étoffe quand elle l'avait achetée. Pour bien montrer qu'elle était neuve.

— Tu ne vas pas nous la montrer, cette jupe ? demanda Simon en regardant Tora quand elle revint dans la cuisine.

Tora se sentit prise dans le vieux piège. Pourquoi n'était-elle pas allée montrer la jupe à Simon ? Bien entendu parce qu'*il* était là. Parce qu'il avait encore le pouvoir de tout lui gâcher. C'était bien cela qu'elle avait décidé de changer. Ça lui était égal qu'il la voie dans sa nouvelle jupe. Ce n'était pas sa honte à elle. Rakel l'avait dit : Ce n'est pas ta honte, Tora !

Elle retourna vite dans la chambre et enfila la jupe, les mains gourdes.

Simon siffla admirativement et se leva. Puis il s'inclina devant elle et l'entraîna dans une valse sur le plancher de la cuisine. Elle évitait ainsi de voir ses yeux *à lui*.

— Moi qui croyais que Rakel était la plus adroite des femmes, je vois que pour la couture tu n'as rien à apprendre de personne, Ingrid !

Simon n'avait pas remarqué le silence qui régnait autour de la table, avant de voir leurs têtes. Muets. Comme s'ils venaient de subir une humiliation. Il ne les comprenait pas. Il poussa Tora du coude et dit :

— Je m'inscris sur ton carnet de bal ce samedi ! Ne m'oublie pas, même si je suis vieux.

— Ouais, t'as le champ libre maintenant, dit Henrik en ricanant. Tu vas l'emmener avec toi à Bekkejordet pour qu'elle vous aide, à c'qu'on dit.

La nausée submergea Tora, comme si on l'avait forcée à avaler une bouchée de fumier. Elle avala sa salive. La colère l'envahit tout à coup – en présence d'une ordure.

— Arrête tes conneries mal placées ! T'as jamais donné à qui que ce soit un seul moment heureux ! T'es tellement dégoûtant que même la mort veut pas de toi !

Elle s'était levée. Penchée au-dessus de lui. Un mince filet de salive giclait de sa bouche avec les mots qui en sortaient.

— Sans maman, tu serais tombé plus bas que terre !

Le silence. Le robinet qui coule. En cadence. Le regard vide.

Les réflexions faites par Henrik ne semblaient pas mériter une telle violence de la part de Tora. Tout le monde avait l'habitude de ses plaisanteries maladroites. Mais personne ne connaissait la fureur de Tora.

Ingrid se mit à débarrasser la table avec découragement.

Simon regardait Tora comme s'il la voyait pour la première fois.

Henrik ? Il s'agitait sur sa chaise. Quelque chose l'avait atteint.

— C'était dit sans mauvaise intention… dit-il finalement.

Elle ne savait pas comment ils étaient partis. La maison était remplie de mines, où qu'elle posât le pied.

L'été était aux aguets quand ils prirent la route de Bekkejordet. Simon sifflait. Sa chemise déboutonnée sur la poitrine.

Tora croyait sentir une odeur de peau. Mais c'était celle de l'été. Du trèfle. De l'herbe. Des ruisseaux coulant des deux côtés de la route. Des fleurs. De la bruyère brûlée par le soleil. D'un lointain vent marin, d'algues – et d'engrais depuis longtemps enterrés et recouverts de plantes.

Elle se tenait à la portière dont la vitre était baissée. La joie était comme un voile léger recouvrant tout ce qu'elle regardait. Une joie éphémère et timide à laquelle elle n'osait jamais s'abandonner. Il y avait bien longtemps qu'elle en avait pris conscience. Elle revenait de loin, bien loin au plus profond d'elle-même.

Ce sentiment était si fort que chaque bonheur qu'elle s'octroyait était gâché par une souche pourrie : la faiblesse d'Ingrid envers Henrik. Sa mère n'avait jamais essayé de s'en aller. C'était bien pour cela qu'elle ne pouvait pas sauver Tora. Car elle n'avait jamais essayé de se sauver elle-même.

Maintenant qu'elle était en sûreté à Bekkejordet, elle pouvait l'affronter. Elle allait lui montrer. Le tourmenter au point qu'il en oublierait d'être mauvais. Elle se disait parfois qu'il était l'être le plus peureux qu'elle connaissait.

Elle ne savait pas où elle avait pris ça.

Les champs de Bekkejordet s'étendaient. C'était beau, on aurait dit une photographie. La maison blanche apparut derrière le bois. Une surprise. Qui lui était réservée. Tante Rakel était dehors. Comme dans les contes où le roi attend sur le perron.

Elle faisait de grands signes en agitant un torchon, et ressemblait tout à fait à elle-même.

Dans les contes, les méchants sont punis et tous les autres vivent heureux le restant de leurs jours.

Et sa haine contre Henrik, nourrie d'une solide amertume, prit une telle ampleur que cela lui permit de la mettre en réserve afin de s'en servir quand elle le désirerait.

Bien sûr, elle se rendait compte que Rakel avait maigri et pâli, et qu'elle avait quelque chose d'étranger dans le regard. Mais elle n'eut pas le loisir d'y penser car le gigot arriva bientôt sur la table. Des mûres jaunes cueillies l'année précédente reposaient dans une grande coupe sur la table, brillant de tous leurs feux à côté de la crème fouettée. Le fumet du repas et la paix emplissaient la cuisine. Les impatiens et les fuchsias tremblotaient sous la brise du soir qui entra brusquement par la fenêtre ouverte. Une légère vapeur odorante comme le myrte recouvrait le repas et se collait aux petits carreaux des fenêtres.

Elle avait trouvé la sécurité. Rakel savait. Elle était sa complice. Sa protection. Elle se réfugiait dans le rire chaleureux de Simon, en train de raconter l'arrivée du camion sur l'Ile. Ses yeux clairs étaient continuellement posés sur elle.

Des gaufres en forme de cornet étaient posées dans la haute coupe à pied d'argent. Il y avait aussi des verres à liqueur. Comme à Noël. Tora était revenue chez elle – et cependant restait une étrangère. Elle allait dormir dans le lit blanc de la mansarde, et malgré cela elle se sentit tout à coup très vieille. Comme si, revenue sur terre cent ans après sa mort, elle constatait à quel point tout arrivait vraiment trop tard.

Alors elle fit appel à la haine qu'elle *lui* portait. S'y réchauffa. Se fit invulnérable et forte. Elle sentait cette haine la dépasser, traverser fenêtres et portes, descendre sur les champs et traverser l'enclos, piétiner les fougères d'un vert vénéneux entre les arbres. Bien à plat, et sans laisser de trace ! Pour finir par l'atteindre comme la pointe d'un soulier en pleine figure, jusqu'à ce que le sang coule. Le repas était si bon. Elle prit une grande cuillerée de mûres et de crème. Elle mordit dans sa gaufre et se mit à mâcher. Mêlant tout dans sa bouche en une bouillie sucrée et vengeresse. Puis elle avala le tout. Y compris le visage grisâtre d'Ingrid.

Les rayons bas du soleil couchant faisaient briller les couverts en argent. Un reflet paresseux et omniprésent. Le chat noir de Rakel était un bouddha sur le rebord de la fenêtre. De ses yeux minces et critiques, il suivait les gens dans la pièce, restant son propre maître et attendant que le soleil se montre derrière le rideau. Il ne lui venait pas à l'idée de se déplacer.

Le chat ne pendait pas à une barrière en bois, comme dans les souvenirs de l'enfance démolie de Tora.

Le chat était couché sur le rebord de la fenêtre et se léchait les babines.

Tora renversa la tête en arrière et rit. Avec les mûres jaunes, Rakel offrait à Tora tous les étés du monde sur une assiette, et mettait de la crème par-dessus.

17

Ingrid resta longtemps assise à table après leur départ. C'était comme si elle venait d'effectuer une lourde tâche. Elle avait besoin de souffler. Tora avait franchi la porte et avait dégringolé les escaliers comme un tourbillon. Elle s'en était bien rendu compte. Qu'elle l'avait perdue. Rakel l'avait maintenant, comme elle avait tout le reste. Toute sa vie, Rakel avait tout eu.

Ingrid faisait virer la tasse sur la soucoupe. Un bruit perçant atteignit ses oreilles. Mais elle n'y prêta pas attention, continuant à tourner et retourner la tasse. Le bruit était si désagréable qu'elle en faisait des grimaces. Néanmoins elle laissait la tasse grincer sur la soucoupe, encore et encore.

Henrik revint de la cour. Il s'était absenté longtemps. Elle était comme aveugle et sourde. Il jeta un coup d'œil sur elle. La laissant tranquille encore un moment pendant que, debout, il bourrait sa pipe.

Il eut un instant une expression d'impuissance sur son visage. Comme une paroi de bois sans peinture sous la pluie. Puis il se reprit. L'air fermé, considérant la pièce en plissant les yeux.

— Bon, voilà qui est fait ! Tu commences pas à préparer le dîner ?

Elle arrêta au beau milieu d'un tour la main qui tenait la tasse et leva les yeux. Ils se regardaient rarement. Cela faisait un bon moment qu'ils vivaient en paix. Elle avait depuis longtemps déménagé dans la chambre de Tora. Elle ne supportait pas ses ronflements, cela l'empêchait de dormir, avait-elle expliqué. Il avait bien pris la chose. Elle avait vu qu'il était peiné. Mais il n'avait pas frappé.

Il s'était passé quelque chose en lui ce soir de Pâques, quand il était resté seul avec Simon après la bagarre dans la cabane de Tobias. Il lui arrivait de tirer une bordée, mais il revenait toujours à la maison et se mettait au lit sans trop d'histoires.

Elle en était reconnaissante chaque fois. De cette manière, elle trouvait la vie supportable. Il était calme pendant les repas, et ne l'accablait pas d'injures quand elle avait été à Bekkejordet. Il donnait même parfois l'impression d'avoir envie de l'y accompagner. Mais ça, il ne le pouvait pas. C'était bien compréhensible.

Elle aurait donné beaucoup pour savoir ce que les deux hommes s'étaient dit. Du reste, elle ne comprenait pas Simon. Qu'il ait tant pu supporter de la part de Henrik ! Quelqu'un d'autre aurait envoyé, non seulement Henrik, mais toute la famille au diable. Simon ne faisait jamais ce qu'on attendait d'un homme. Rakel formait les gens comme s'ils étaient de cire.

Mais elle n'était pas arrivée à former Henrik. "Lui, personne n'en venait à bout !" pensa Ingrid avec une amertume mêlée d'une certaine joie – malgré tout. Elle se leva lentement et se mit à laver des pommes de terre. Pourquoi Henrik, qui s'intéressait si peu à elle, devenait-il fou chaque fois qu'elle parlait à quelqu'un d'autre ? Quand elle riait avec Jenny, la vendeuse du kiosque, ou bien l'aidait à monter les enfants et les provisions jusqu'à son grenier ? Ou encore quand elle taillait une bavette avec Ottar, près de son comptoir ? Pourquoi s'était-il fâché à ce point quand les ouvrières de la fabrique l'avaient choisie comme déléguée pour participer aux réunions de la direction ? Pourquoi ? Puisque, de toute façon, elle ne lui servait pas à autre chose qu'à faire la cuisine et tenir le ménage. Il y avait si longtemps qu'il l'avait approchée qu'elle ne savait plus s'il était encore un homme.

Elle avait autrefois rêvé que tout allait s'arranger, un beau jour. Qu'elle aussi aurait droit à sa part de tendresse. Mais il y avait de cela longtemps. Les jours, les semaines, les années, le labeur harassant – une ronde qui l'avait entraînée. Comme la tasse sur la soucoupe. Le bruit faisait mal, mais elle le supportait.

Il lui arrivait d'imaginer comment tout aurait pu être. Si elle ne s'était pas mise en ménage avec Henrik. Mais c'était impensable. C'était comme de souhaiter être née à une autre époque, à un autre endroit sur la planète. Il lui arrivait d'évoquer l'image d'un autre. Moins souvent, pourtant, maintenant qu'elle voyait si rarement Tora. Elle avait en quelque sorte réussi à arracher complètement tout ce qui pouvait lui rappeler le contact d'une peau, le fait d'exister pour quelqu'un d'autre.

Aujourd'hui Tora était partie pour de bon. Simon l'avait emmenée. Rakel aurait dû avoir des enfants, mais elle n'en avait pas. Il fallait donc qu'elle prenne Tora. En réalité, Tora avait toujours été à elle. Elle l'avait totalement achetée, corps et âme. Avec l'argent et la position de Simon. C'était comme ça ! Et Ingrid se sentait encore plus ratée, encore plus démunie.

Aujourd'hui ils avaient dévoilé leurs batteries. Ils la lui avaient prise sans même s'excuser.

Elle versa de l'eau sur les pommes de terre.

Elle réchauffa les croquettes de poisson dans la poêle et coupa des rondelles d'oignon blanc qu'elle fit revenir. Ingrid faisait les choses sans y penser. C'est pour cela qu'elle avait l'air de ne pas penser du tout. Elle mit la table sur la toile cirée après avoir retiré la nappe brodée.

— Pourquoi on peut pas manger sur une nappe nous aussi ?

Il avait dit cela en ricanant, mais elle avait saisi l'amertume du ton. Elle refoula tout de suite cette pensée.

— Mais c'est une nappe à thé. Et puis, on n'est que mercredi.

— Tu crois que ça ferait quelque chose si on mangeait sur une nappe un mercredi ? Tu crois, par exemple, que quelqu'un pourrait en mourir ?

Il s'approcha, menaçant, tout près de son visage. L'iris de ses yeux papillotait. Il avait trouvé une bonne raison pour la torturer.

— Ça s'pourrait bien, répondit-elle avec calme.

— Tu trouves plus important d'servir le Simon et la gamine sur une nappe, que moi – que nous. Le Simon c'est Dieu en personne pour toi !

Elle était debout, la tête baissée, s'appuyant sur la table de ses deux mains. Elle ignorait même qu'elle était là, à attendre qu'il frappe. Elle était toujours prise d'une sorte de paralysie quand il s'y mettait. Elle savait qu'il ne se vengeait pas toujours immédiatement. Mais qu'il pouvait sortir et revenir soûl et finir par la battre. Mais il y avait longtemps de cela. Elle ne savait pas ce qui arriverait si elle se rebiffait. Elle savait seulement ce qui pouvait arriver quand elle ne le faisait pas.

Il avait dû ruminer les paroles de Tora. Il ne s'était pas vengé immédiatement, parce que Simon était là.

Ingrid, pensa-t-elle, tu es bien trop abrutie pour aller jusqu'au bout. Pour le mettre hors de lui jusqu'à ce qu'il te tue.

— Tu sais pourquoi Tora veut plus habiter ici ? demanda-t-elle brusquement.

Il leva les sourcils. Elle sut alors qu'elle l'avait atteint. Il lui fallait toujours rechercher le moindre signe prouvant que ses paroles étaient enregistrées. La plupart du temps elle avait l'impression de s'adresser à un mur.

— Non, comment j'le saurais ?

— Parce qu'elle ne peut pas te voir ! Elle peut pas habiter ici quand tu y es. Elle est assez grande maintenant pour décider. Tu l'as entendue, pas vrai ?

Les murs se refermaient sur elle. La maison était attentive. Toutes les oreilles se penchaient vers ce bruit. Comme un bourdonnement le silence balaya les couloirs et les escaliers : "Chut ! Il y a de la dispute quelque part. Chut ! Ecoutons ! Peut-être bien que ça en vaut *vraiment* la peine. Ça peut être pire qu'avant. Chut ! On aime bien les disputes, à condition de ne pas y participer..."

— Et pourquoi elle peut pas me voir ? siffla-t-il.

Mais ses yeux roulaient dans leurs orbites.

— Parce que tu ne fais qu'amener la discorde. Tu n'as que de la haine envers tout le monde.

— Ah bon !

Il agitait sa main valide, mais la laissa retomber. Tout d'un coup, comme s'il se souvenait brusquement qu'il avait autre chose à faire.

— C'est elle qui t'a dit qu'elle pouvait pas me voir ?

— Non, elle l'a dit à Rakel.

— Et tu crois tout ce qu'ils te racontent à Bekkejordet ? Tu vois pas ce que ce sale eunuque veut – en plus de ta sœur, il veut ta fille ? Hein ? Ils lui ont montré qu'on peut faire autre chose que de s'éreinter, crever de faim et être emmerdé par des bonnes femmes acariâtres, ça c'est sûr. Mais elle verra bien que c'est pas tous les jours fête, même à Bekkejordet. Qu'est-ce qu'elle lui a dit à c'te Rakel ?

Il avait retardé la question, comme s'il ne s'agissait que d'un détail, mais il était crispé en attendant la réponse.

— Elle a dit qu'elle ne viendrait pas à Pâques, et qu'elle ne viendrait pas maintenant non plus parce qu'elle voulait pas habiter la même maison que toi.

— Elle a seulement dit ça ? Mais c'est pas une raison.

Il s'assit. Son visage se détendit. Comme si elle lui avait annoncé une bonne nouvelle.

— J'trouve que c'est suffisant comme raison. Je sais comment tu l'as traitée. Elle t'a servie de bouc émissaire chaque fois que tout allait mal.

— C'est pas vrai !

— J'ai plus rien à faire ici. Elle reviendra pas, murmura-t-elle plus pour elle-même que pour son mari.

— T'aurais pu lui dire qu'elle devait rester à la maison !

— J'peux pas forcer une grande fille. C'est plus une enfant.

— T'as parlé avec elle ?

— Non. C'est Rakel…

— La Rakel par-ci, la Rakel par-là ! J'comprends pas que tu la laisses faire la pluie et le beau temps avec ta gosse.

Il était tout à coup un autre. Montrant de l'intérêt envers Tora, envers elle-même, voulant aider… C'était tellement bouleversant qu'elle se mit à pleurer.

Elle ne faisait que sangloter. Elle mouilla plusieurs fois un linge au robinet pour le mettre sur son visage.

— Arrête de chialer ! dit-il, mais la dureté dans sa voix n'était pas véritable. Elle le ressentit comme un cadeau qu'on lui avait mis dans la main. Il lui parlait !

Elle le regarda. Les traits lourds de son visage. La chevelure noire et drue. Les yeux enfoncés, qu'elle avait autrefois trouvés si beaux. L'épaule abîmée, qui avait fait de lui un clown raté aux yeux des gens. Le corps trapu et lourd qui l'avait autrefois tellement attirée. Et elle fit abstraction de toutes les nuits d'angoisse et de sa puanteur d'ivrogne, de toutes les bagarres, de tous les mensonges et de tous les billets de cent couronnes disparus de son porte-monnaie. Il apparut comme un homme nouveau, pendant quelques instants. Elle le comprenait, parce qu'elle le connaissait mieux qu'il ne se connaissait lui-même. Et parce qu'elle comprenait, il n'y avait rien à pardonner. Il était le seul qui lui restait. Elle était restée fidèlement à ses côtés, à travers la honte et l'humiliation.

Il savait qu'elle avait tenu bon. Ils étaient naufragés, mais ils n'étaient pas morts.

— Oui. J'vais arrêter de chialer, dit-elle d'une voix sèche et décidée, ça ne sert à rien. J'crois qu'il faut sortir prendre l'air tant que j'en suis encore capable.

— Tu peux emmener tout ton bazar avec toi et aller à Bekkejordet toi aussi. Comme ça on aura la paix.

Le son de sa voix ne correspondait pas à la dureté de ses paroles. Il avait peur qu'elle ne le prenne au mot.

— Non, ça je n'le peux pas, et tu l'sais bien.

— Alors quelle direction tu prends ? Celle du château du roi, ou quoi ?

Il se tapait sur les cuisses en essayant de rire. Cela grinçait comme une cuve à ciment en train de mélanger ses ingrédients.

— Amène la bouffe ! Faisons la paix !

— Non.

— Le diable t'emporte, t'es pas dans ton état normal ! Amène la bouffe !

Elle se souvint tout à coup de l'histoire du troll qui voulait forcer la princesse. Elle ne savait plus de quel conte il s'agissait. Mais c'étaient les mêmes mots : Amène la bouffe ! Un monstre étranger la dominait et tout à coup elle sortait de l'ensorcellement. La première pensée qui lui vint fut de se trouver un refuge. Quelque part devait bien exister un grenier de libre.

— Tu peux aller chercher à manger toi-même.

Elle tourna le dos pour se diriger vers la chambre.

— Où tu vas ?

Il la suivait. Il était sur ses talons. La poêle à frire grésillait. L'odeur de croquettes de poisson devenait étouffante.

— J'vais faire mes paquets, si tu veux savoir. Et puis j'vais demander à Simon ou à Dahl s'ils ont de la place dans une des cabanes. Elle sentit sa main comme une pince sur sa nuque. Serrant comme un étau. Tu peux toujours me tuer. Ça m'évitera de faire mes bagages. Mais dépêche-toi ! Elle attendait le coup fatal. Frappe donc ! Frappe fort comme ça, ça m'évitera encore un déménagement dans ce monde, dit-elle avec dureté.

Il la repoussa brutalement.

En essayant de garder l'équilibre pour ne pas tomber, elle balaya un vieux pot hollandais qui se trouvait sur le plan de travail. Il gisait sur le sol. Cassé en deux morceaux. Qu'on pourrait très bien recoller. C'était le seul objet qu'il avait apporté avec lui, autant qu'elle s'en souvenait. Le décor bleu ressortait de quelques millimètres en épaisseur.

Elle voyait tout dans un brouillard. Tout s'était embrouillé pour elle. Le pot avait laissé une marque claire sur le plancher.

Elle souleva la poêle du feu et ouvrit la fenêtre pour aérer. Elle sauva les pommes de terre et vida l'eau de cuisson. Puis elle tordit un chiffon sous le robinet et s'essuya le visage d'un air distrait, comme si elle ne savait pas pourquoi elle agissait ainsi.

Il avait cessé de pleuvoir. Le soleil passait par la fenêtre. Capricieux et accablant.

Après avoir mangé une croquette de poisson et une pomme de terre, il prononça quelques mots.

— C'était la seule chose qui me restait de ma mère, dit-il plaintivement. Pourquoi fallait-il que ce soit justement ça que tu casses ?

Si tout n'avait pas été aussi irréel, elle en aurait ri.

Et quand il chercha ses mains pour les mettre sur son visage, elle se sentit tout à fait libérée. Il ne pouvait jamais être sûr d'elle. C'était elle qui avait le dessus. *Lui*, il avait peur de nouvelles blessures. Elle, elle en était arrivée à considérer tout changement comme une libération. Elle n'avait plus peur de ses poings !

Quand elle comprit qu'il voulait l'entraîner dans le salon où se trouvait le lit, elle le laissa faire. Et quand il commença lentement à la déshabiller en silence, elle ressentit vaguement quelque chose qui aurait pu devenir du désir – si elle ne s'était pas retranchée en elle-même.

18

L'été s'étirait paresseusement sur l'Ile. Avec son foin sec battant au vent et ses fleurs le long des chemins. Les nuages étaient blancs et se frangeaient de rayures au cours de l'après-midi. De temps en temps, ils se rassemblaient et l'orage grondait et jetait des étincelles. Pour, quelque demi-heure plus tard, laisser passer le soleil, comme s'il n'avait jamais été sérieusement question de lâcher une goutte d'eau. Tout tremblait de lumière et de chaleur. Les gens étaient écrasés et n'avaient la force de faire que le strict nécessaire.

Rakel n'était pas aux foins cette année. Elle avait la peau d'une blancheur de lait et fragile comme une toile fine, elle accomplissait ses tâches comme à tâtons. Simon en était conscient et essayait de la protéger. Elle n'arrivait pas à manger tous les jours.

Elle avait fait un voyage vers le sud, pour un contrôle. Il n'avait pas tiré grand-chose d'elle à son retour. Mais elle lui passait la main dans les cheveux. Et il la conduisait à Været quand elle avait envie de rencontrer des gens. Autrement elle passait le plus clair de son temps entre les îlots dans le petit bateau qu'il lui avait offert. Il lui avait appris à manier le moteur. Il exigeait qu'elle emporte une ceinture de sauvetage, parce que ses brasses n'étaient pas suffisantes pour la maintenir en surface, si quelque chose arrivait. Mais elle s'en moquait. Elle ne sortait que par beau fixe, disait-elle. Quand il lui demandait ce qu'elle faisait là-bas, dans l'archipel, elle répondait rêveusement :

— J'admire l'ouvrage que Dieu a accompli. Je renifle tout ce qui est en ce monde.

Quelquefois elle revenait avec des petits lieus noirs. Fière et gloussante comme une poule. Plaisantant et prétendant que ça lui était bien égal que les Islandais se bagarrent pour conserver une zone de pêche, et que les Anglais se défendent avec des barres de fer et de l'eau bouillante quand les Islandais arraisonnaient les chalutiers anglais à l'intérieur de la zone des douze milles. Ils pouvaient bien s'entre-déchirer, car elle, elle pêchait son propre poisson.

Simon disait que c'étaient là des discours de bonne femme. Il s'assombrissait et faisait appel à sa solidarité. Il ne pouvait pas supporter que sa femme ne comprenne pas que les pêcheurs devaient rester solidaires et se respecter les uns les autres. Et pas se conduire en conquérants parce que par hasard ils avaient une puissante maman qui s'occupait de tout en Angleterre.

Et Rakel souriait, elle aimait le taquiner, ainsi elle l'avait pour elle toute seule le temps que ça durait. Il était si fâché qu'il en oubliait de retourner à la fabrique. Il allait et venait sur le plancher de la cuisine et sermonnait Rakel à propos des zones de pêche.

Parfois, il l'accompagnait dans l'archipel. Seuls, tous les deux. Avec un casse-croûte et la cafetière, et une ligne pour, au retour, pêcher le lieu à la traîne. Ils se baignaient et se laissaient dorer au soleil. C'est-à-dire : lui restait au soleil. Rakel, elle, se promenait entre les rochers et ramassait des herbes et regardait les coquillages. Il pouvait ainsi rester immobile et la suivre des yeux. Il la voyait rattraper son chapeau de paille au dernier moment quand le vent voulait s'en emparer, ou bien gratter une piqûre de moustique, ignorant qu'il l'observait.

Rakel avait les mains bronzées. Mais son visage était presque blanc, malgré tout le bon air, et ses cheveux roux étaient décolorés par le soleil, les mèches qui dépassaient le chapeau étaient sèches et sans vie.

Ses yeux étaient sans défense. Simon le voyait. Cela le fit bien des fois retourner au moment où il allait sortir, courir à elle et la prendre dans ses bras. Et elle l'acceptait. Elle ne le renvoyait pas comme elle le faisait autrefois quand elle était très occupée. Elle le laissait être le plus fort, celui qui porte tout. L'amour essaie de tout porter.

Simon transportait le foin dans son camion. Celui du voisin aussi. Il passait l'après-midi et le soir à la fabrique. Il travaillait comme un bœuf, et mangeait comme un ogre. La chaleur ne l'embêtait pas. Son corps prenait la couleur du bronze et ses bras la dureté du fer. Il montrait ses muscles à Tora et à Rakel le soir après l'installation des moustiquaires aux fenêtres grandes ouvertes, quand la journée n'était plus qu'un souvenir brûlant de soleil à conserver pour l'hiver.

Rakel et Tora s'adressaient des clins d'yeux et l'admiraient de la voix et du geste. Il voulait absolument qu'elles tâtent ses muscles. Ses muscles d'automobiliste, disait Rakel. Il faisait semblant d'être vexé et sortait dans la cour pour aller fumer. Il fallait le rappeler et le tenter avec des myrtilles, des tartines, du café et toutes sortes de bonnes choses. Et il se laissait convaincre comme un gamin, souverain dans son royaume. Il n'avait aucun scrupule et se sentait une force de la nature.

Mais Tora s'était brûlée aux muscles de Simon. Elle ressentait les brûlures le soir quand elle était couchée. La nuit claire de l'été se transformait et prenait la forme des yeux de Simon. Les livres qu'elle avait empilés devant le lit restaient à leur place, soir après soir. Seulement à cause de cela. Parce qu'elle s'était brûlée aux bras de Simon.

Si Rakel ne faisait pas les foins, Tora, elle, travaillait pour deux. Elle ratissait, mettait le foin à sécher sur les fils et piétinait la cargaison. Ses cheveux étaient ramassés en une épaisse queue de cheval sur le sommet de la tête, et son visage était nu et sans défense sous les rayons du soleil. Ses bras et ses jambes avaient d'abord été rouges de l'irritation causée par des millions de rayons solaires et de pailles. Mais petit à petit sa peau s'était tannée et dorée, prête à tout supporter. Ses yeux gris-vert, qui n'avaient pas su où se poser pendant des mois, avaient retrouvé le calme et se posaient avec confiance sur ce qu'ils rencontraient.

Bekkejordet avait mis sa marque sur Tora. Au début, la sécurité lui avait semblé irréelle. Mais elle avait fini par se laisser glisser dedans.

Elle préférait ne pas aller à la maison des Mille.

Il lui arrivait d'être réveillée par des rêves. Des champs pleins de marguerites et d'oiseaux morts. Un soir elle appela Rakel avant d'être tout à fait réveillée. Toute grande fille qu'elle était.

Rakel s'était levée et du couloir l'avait appelée pour la faire descendre.

Elles s'étaient assises, enlacées, sur la caisse à tourbe dans la cuisine.

— De quoi as-tu rêvé ?

— D'un éboulis et de pierres…

— De la tombe ?

— Oui…

— Et encore ?

— De marguerites, et le monde entier plein de…

— Plein de quoi ?

— D'oiseaux morts… ou de mamans oiseaux qui ne trouvent pas leurs petits.

— Tu sais pourquoi tu rêves ça ?
— Oui.
— Tu sais que ce n'est pas ta faute ?
— Oui.
— Pourquoi alors rêves-tu sans arrêt la même chose ?
— Parce que je ne suis pas sûre que ce n'est pas ma faute.
— Mais tu sais ce que je t'ai dit. Tu sais bien que ce n'est pas pour te consoler ?
— Oui.

Elles chuchotaient. La lumière du matin s'étalait sur le plancher. Le soleil chauffait vingt-quatre heures sur vingt-quatre. Tora sentit qu'elle avait un coup de soleil sur la nuque. Elle posa ses mains dessus pour trouver un peu de fraîcheur. La pendule cognait comme un cœur récalcitrant là-bas dans son coin. Toc, toc.

Rakel était transparente de fatigue. Tora avait honte et se taisait. Elle entoura ses genoux de ses bras, décidée à se débrouiller toute seule. Mais Rakel la serra plus fort contre elle.

Tout était blanc, cette nuit. Tora savait que c'était la lumière. Mais c'était quand même un signe.

— Tu dois me raconter tous tes rêves, Tora. Faut t'en débarrasser. Et je vais te raconter les miens. Ils ne sont pas toujours drôles, eux non plus. Mais j'ai Simon à côté de moi. Tout le monde devrait avoir un Simon…

Elle avait dit cela avec étonnement. Comme si elle se parlait à elle-même, et que cette pensée lui était venue à l'instant même.

Elles étaient restées assises sans bouger un moment. Les oiseaux commençaient à s'agiter. Voltigeaient de branche en branche devant la fenêtre de la cuisine. En un seul mouvement saccadé. Tora les regardait, comme s'ils existaient uniquement pour elle.

— Tu vois bien, dit Rakel en montrant la fenêtre d'un mouvement de tête, ils sont bien vivants. Elle souriait en bousculant Tora. Tout n'est pas aussi triste qu'on le pense. Tu sais, ce sont les malheurs qui nous donnent de la force. Assez de force. Et toi, Tora, t'es en train de remonter la pente. T'as retrouvé la santé, c'est déjà pas mal, crois-moi. Maintenant on va s'attaquer aux idées. Et aux rêves… tu vas voir.

— Qu'est-ce que tu rêves, tante Rakel ?

Rakel hésita un instant. Se racla la gorge. Puis elle lâcha tout. Comme un gosse qui ne sait pas assez bien sa leçon, mais qui invente au fur et à mesure les mots qu'il faut, et se laisse entraîner par son propre récit.

— Je rêve souvent qu'une sorte d'animal velu jaillit d'un entonnoir – et m'avale. Et tout arrive si vite, avant que j'aie le temps de réfléchir. Tout est noir un moment. Mais c'est *alors* que je vois une grande lumière que je ne peux pas décrire. Elle m'enveloppe. Moi et l'affreux animal, tout. Et j'y trouve une grande consolation. La paix. Et je me réveille, toute calme. Pas exactement heureuse, mais calme.

— Qu'est -ce que ça veut dire ?

— C'est la mort, Tora. Ça veut dire que j'ai sans doute peur de la mort. C'est commun à tout le monde, bien sûr. Mais je crois que j'ai eu spécialement peur.

— Parce que tu as été malade ?

— Oui bien sûr. Je suis si souvent à l'hôpital. Ça ferait peur au plus courageux. Il y a tant de douleurs, Tora.

— Mais la lumière ?

— C'est ça qui est la mort.
— La lumière ?
— Oui. L'affreux animal velu qui m'a avalée, c'est ma peur. Mais quand la mort arrive, il n'y a plus que lumière. Paix.
— Tu crois que c'est comme ça ?
— Je le sais.
— Comment tu peux le savoir ?
— Le fait d'avoir un cancer m'a en quelque sorte apporté plus de sagesse. Je sais que les gens n'osent pas en parler, prononcer le mot. Mais je crois que la maladie et la douleur nous sont données pour que nous puissions ressentir de la pitié envers les autres. On doit – dans un sens – se connaître soi-même et oser fouiller dans les recoins les plus obscurs, pour enfin comprendre les autres. Peut-être bien qu'on n'est pas si différents, Tora. Seulement différentes parties d'un seul être. Peut-être vivons-nous les uns dans les autres et c'est seulement le temps qui nous fait croire que nous sommes des êtres différenciés. Je crois que le temps, en vérité, n'est qu'un mirage. Je crois qu'on est tous nés en même temps et on mourra en même temps tous ensemble. L'idée que nous sommes seuls dans la douleur, le chagrin et le bonheur, c'est seulement une faille dans notre entendement. On n'arrive pas à s'imaginer que le temps peut s'arrêter.
— Mais ma tante, tu ne peux pas penser cela ?
— Mais si. Toi, tu peux bien sûr penser ce que tu veux. Je voulais seulement en parler pour expliquer mon rêve.
— Mais ça fait que tu n'as peur de rien, ça !
— Ouais, j'en ai eu de mauvais rêves, à ne plus savoir que faire, dit Rakel en riant, mais ça n'a pas duré longtemps.

— Si c'est comme tu dis, on devrait pas avoir tellement peur de mourir ?

— C'est cet animal terrible, comme je l'ai raconté. On a peur de tout ce qu'on ne connaît pas. Et on a tant de mal à lâcher ce qu'on a, ceux qu'on aime.

— Mais si c'est comme tu dis, on devrait alors, toi et moi par exemple, être la même personne ?

— Oui. Pour nous deux c'est facile à comprendre. Les gens disent qu'on se ressemble tellement.

Le sourire dessinait mille rides sur le visage de Rakel. Mais sa bouche restait une rose grave dont seules les pâles pétales extérieurs s'étalaient.

— Et aussi… Henrik…

— Henrik aussi. Oui, Tora.

— Mais c'est impossible, je ne veux pas y croire !

Tora regardait Rakel d'un air fou. Un coin de sa bouche retombait, sans contrôle. Rakel l'avait déjà vue comme ça. Un visage qui se décomposait. Rakel avait l'impression de voir son propre désespoir se refléter dans la glace. Elle tenait Tora fermement par les poignets.

— Tu sais, on a le droit de haïr une partie de soi-même. D'être en colère contre soi-même. De se détester. Il est permis d'avoir plusieurs volontés. Et du reste, faut pas croire à tout ce que je dis comme si c'était l'Evangile, si ça complique tout pour toi. Si tu trouves que Henrik n'a rien d'humain, c'est bon. Y a pas besoin d'enjoliver. J'aurais aimé le battre jusqu'à ce que ce qu'il a fait ne soit plus qu'une mauvaise pensée dans ma tête. Et je lui aurais probablement rendu le plus grand service.

Elles restèrent assises encore un moment. Leurs pensées se croisaient sans qu'elles aient besoin de parler.

— Tu peux venir dormir avec Simon et moi cette nuit.

Tora sursauta. La porte de la chambre à coucher s'ouvrit et se referma comme dans un rêve. Les couleurs se mêlaient les unes aux autres dans la lumière du soleil. Des insectes bourdonnaient quelque part. Elle les entendait, sans les voir. Le visage de Rakel était si pâle devant elle. Irréel. Mais ce qu'elle voyait, aussi clairement que si cela était fixé sur sa rétine, c'était le bras bronzé de Simon sur la couverture blanche.

Elle secoua la tête. Déploya ses jambes maigres en dehors de la caisse à tourbe, tira sa chemise de nuit blanche en coton dans un geste pudique et se leva, prête à remonter dans sa mansarde.

— T'es sûre, Tora, que tu ne veux pas dormir avec nous ? As-tu chassé de ta tête tous les mauvais rêves ?

— Oui, dit Tora.

Et elle était couchée dans le lit blanc de la mansarde, se sentant aussi douteuse qu'un tas de journaux oublié dans les cabinets – de ceux que la pluie et le vent avaient attaqués à travers les planches fragiles d'une cloison. Sa chemise de nuit portait l'humidité et la honte de cette nuit d'été. Elle n'arrivait pas à chasser les bras de Simon. Elle voyait sa poitrine dénudée là, en bas. Dont la peau était couverte de petites boucles blond cendré. L'idée alors la traversa : était-ce vrai ce que Rakel avait dit, qu'on était tous une seule et unique personne avec différentes pensées ? Etait-ce ainsi ?

Elle se débattait avec cette idée. Consolant son corps de ses mains chaudes et honteuses. Faisant surgir des pensées impensables. Pour les rejeter ? Les rendre anodines.

Cette nuit d'été brûlante enveloppait son corps et l'unissait à celui de Simon. En bas dans la chambre. Entre Simon et Rakel. Simon était tendre avec elle pendant que Rakel dormait. Il la caressait partout. Son odeur ! Telle qu'elle était quelquefois quand par hasard il passait près d'elle pendant qu'ils travaillaient. Ou n'était-ce pas par hasard ? Etait-ce parce qu'elle ne se retirait jamais quand il venait ?

Si c'était vrai que les êtres humains ne faisaient qu'un, alors elle pouvait bien être Rakel en bas dans la chambre. Elle pouvait être près de Simon sans avoir honte !

Le matin suivant, assise à table dans la cuisine, en buvant son café et en mangeant les tartines de Rakel, elle n'était de nouveau plus que Tora. Et la nuit lui laissait un pénible sentiment de honte qui l'empêchait de regarder les autres en face. Elle mâchait en silence sans participer aux échanges affectueux et taquins. C'était comme si elle mangeait derrière la porte. Les autres étaient à l'intérieur.

A un moment, la main de Simon effleura la sienne quand elle prit du pain dans la corbeille. Elle la retira vivement. Quand un peu plus tard il lui tendit la corbeille, souriant légèrement, elle secoua la tête. Elle n'avait plus faim.

Durant toute la matinée, pendant qu'elle travaillait aux champs et que l'odeur d'herbe fraîchement coupée et de foin séchant paralysait ses pensées, elle ne voyait que Simon. Une silhouette dorée dans le camion. Son torse nu quand il maniait la fourche pour entasser le foin sur la plate-forme. Sur ses fortes jambes brunes, son corps qui s'étirait vers le rebord jaune. Ses bras comme des lances de bronze dans la chaleur bleue. Tout ce corps vivant et rassurant était un cadeau pour elle. Elle était la seule à le voir. La seule !

Si la fenaison avait pu durer tout l'été ! A eux deux, ils étaient assez forts pour faire les foins sur toute l'Ile. Et ils auraient cahoté dans la cabine jaune du camion le long des champs, auraient envahi les fenils avec leur cargaison dorée et l'auraient déversée pour assurer la provision de l'hiver. Simon et elle.

Le soir, ils se seraient assis à la table de Rakel et auraient mangé son pain, le fromage qu'elle avait cuit et auraient bu le lait qu'elle avait mis à rafraîchir dans le ruisseau. Ils auraient étalé le beurre jaune sur des tranches de pain pendant que Rakel les servait, heureuse et en bonne santé. Ils seraient restés ensemble et se seraient protégés mutuellement. Rakel aurait tout su de leur vie et de leur secret, et aurait tendu la main pour leur ébouriffer les cheveux. Simon aurait posé ses yeux clairs sur Tora. Et cela n'aurait pas été une honte. Car Rakel avait dit qu'ils ne faisaient qu'un. Que tout ce qu'ils faisaient, ils le faisaient pour leur plaisir mutuel.

Chaque soir, les livres de Tora restaient fermés sur la table de nuit. Elle fermait les yeux sur les rideaux blancs et se laissait emporter par ses rêves qui lui donnaient le sentiment d'être tout à fait vivante.

Parfois, elle n'y parvenait pas complètement. La réalité la faisait remonter à la surface, l'arrachait à son rêve. Elle se levait alors et allait à la fenêtre pour s'évader d'elle-même.

Un ciel clair d'été avec des nuages laineux et nacrés. Comme des agneaux. Elle se voyait alors de l'extérieur. Une silhouette en légère chemise de nuit blanche. Et elle n'avait personne à qui se donner. C'était comme si elle n'existait pas. Néanmoins elle restait dans cet éternel soleil qui saignait dans la mer. Tout le ciel en était imbibé. Lourdement. Comme un pansement traversé par le sang. Un ciel qui n'avait ni peau, ni mains.

19

Tora avait pris l'habitude de voir des choses horribles surgir de temps en temps dans les journaux ou dans ses livres de classe.

En Pologne, on avait découvert des fosses communes dans lesquelles étaient enterrés des milliers de Polonais assassinés. Les SS avaient dû les forcer à creuser leur propre tombe parce que les chambres à gaz étaient surchargées. On en parlait avec horreur. Mais elle avait quand même cessé de croire qu'on s'adressait directement à elle. Du reste, ce n'était pas quelqu'un de l'Ile qui avait découvert les malheureux Polonais.

Elle ne pouvait cependant s'empêcher de penser au visage mort de son père. A son corps mort. A l'aspect qu'il avait eu. Elle avait une envie désespérée de crier pour prendre sa défense. Qu'il était alors en Norvège, donc qu'il n'avait pas pu participer au massacre. Qu'il était mort lui-même. Tora aurait voulu demander à Ingrid ce qu'on faisait des corps des déserteurs. Mais elle ne pouvait pas aller à la maison des Mille pour lui demander cela. Il n'était plus possible d'imaginer qu'il avait ressemblé à oncle Simon, comme elle le faisait quand elle était petite.

Si l'article du journal avait remué le fer dans la plaie de Tora, il contribua à décider Rakel à mettre en œuvre ce qu'elle avait depuis longtemps projeté, sans passer aux actes. Elle écrivit à l'Armée du Salut pour demander de rechercher si le père de Tora avait de la famille en vie. Les renseignements qu'elle fournit étaient maigres : un nom. Qu'il était probablement de Berlin. Une description maladroite suivait. Un souvenir vieux de dix-sept ans, souvenir de quelqu'un qu'elle avait voulu oublier parce qu'il avait amené tant de honte. Pas seulement sur Ingrid, mais aussi sur sa fille et toute leur famille.

Rakel ne parla à personne de cette lettre. Elle s'était en quelque sorte fixé un but. Elle était comme un gosse qui, bien trop longtemps avant les fêtes, a emballé un cadeau de Noël destiné à quelqu'un de cher, et qui compte les jours dans l'attente du grand soir.

Tora allait parfois à la maison des Mille, quand elle était sûre de ne pas *le* rencontrer. Il lui était pénible de passer une heure ou deux en compagnie d'Ingrid. Elles parlaient de choses insignifiantes et n'avaient plus rien en commun. Le pire c'était qu'Ingrid était presque gaie quand elle était là. Etrangère et gaie comme une rengaine qu'on n'aime pas, mais à laquelle on ne peut pas échapper.

Quand elle retournait à Bekkejordet chargée des éternelles croquettes de poisson en guise de cadeau pour Rakel et Simon, elle savait exactement comment elle aurait dû se conduire, ce qu'elle aurait dû dire. Mais cela ne servait pas à grand-chose.

Il lui arrivait d'aller à la mansarde voir Elisif, Torstein et les enfants. Les gosses, chétifs et morveux, grandissaient comme de la mauvaise herbe. Aucun d'entre eux n'avait l'énergie et la gentillesse de Soleil, leur aînée. Aucun n'aurait le courage de s'en aller.

Jørgen, qui était de l'âge de Tora, était encore le plus réussi. On avait l'impression que les deux aînés avaient à eux seuls hérité du peu de ce que leurs parents pouvaient leur donner. Jørgen travaillait à la fabrique de Dahl, fumait des cigarettes qu'il roulait lui-même et était exagérément occupé par les filles. Ce qui, depuis longtemps, était revenu aux oreilles d'Elisif. Elle le sermonnait sur l'enfer et le péché de la chair, et Jørgen ne faisait qu'approuver de la tête tout en se coiffant devant la glace fêlée au-dessus de l'évier, avant de prendre la porte. Il aurait été bien incapable de répéter un seul mot de ce que disait Elisif – si quelqu'un le lui avait demandé.

Mais aucun des enfants ne songeait à contredire les parents. Ils les respectaient avec la bonhomie et l'inadvertance que l'on montre envers un vieux lit défoncé, tant qu'il n'y a aucun espoir de s'en procurer un autre.

Les seules paroles sévères prononcées sous les solives de la maison des Mille, là où Elisif habitait, étaient celles qui venaient de Dieu. Elles erraient comme des bêtes féroces aux aguets à un point d'eau. En garde, à pas de loup, à l'affût, toujours à la recherche de quelque chose à avaler. Inattaquables, elles sortaient de la gorge humaine d'Elisif – inspirées par les "graines de la manne céleste" conservées dans une coupe sur la commode et qui, quotidiennement, lui indiquaient le texte du jour dans le livre noir à tranche dorée. Celui-ci était aussi usé et décrépit que tout le reste là-haut.

Tora éprouvait le même respect qu'autrefois pour Elisif, quand elle montait dans la mansarde. Le plafond bas en oblique essayait de les écraser tous sans y parvenir. Les gosses roulaient sur le plancher, sortaient des murs comme des fourmis de leur fourmilière. Placidement à la recherche de choses qu'ils n'avaient pas obtenues, qu'on ne leur avait pas rendues, ou tout simplement volées par un frère. Il régnait là une sorte d'amicale instabilité. Les rares meubles qui n'étaient pas fixés aux murs se promenaient aussi un peu partout. Tout se déplaçait sans but, dans un mouvement rotatif, sans discontinuer.

Et c'était là-haut, entre le plafond mansardé et le plancher usé aux rainures pleines de crasse, qu'elle avait trouvé, dans la maison des Mille, un havre entièrement libéré de la honte de son passé.

Elle s'installait sur le banc de fabrication artisanale, devant la table, et se laissait mesurer par les yeux inquisiteurs d'Elisif. Elle l'écoutait prononcer un jugement définitif sur cette nouvelle mode des jeans, ou des jupes trop courtes, et de ces queues de cheval qui n'étaient pas convenables. Elle acquiesçait d'un signe de tête exactement comme les enfants d'Elisif l'auraient fait, ou bien disait : "Tout le monde porte ça." Et Elisif pouvait alors faire retomber sa sainte colère sur ce monde perverti – et ainsi oublier l'origine de ses admonestations.

Soleil revint chez elle. Elle déballa sa valise d'Oslo devant Tora, Elisif et tous les enfants. Elle avait des trucs en dentelle et du papier à lettre parfumé. Elle avait perdu quelques kilos et se pavanait devant eux en chantonnant dans ses nouveaux atours. Elle raconta, derrière le dos d'Elisif, qu'elle avait un petit ami qui avait de l'argent. Qu'elle irait le retrouver pendant sa dernière semaine de vacances. Ils allaient faire un tour en voiture.

Tora se disait que Soleil était probablement la première de l'Ile qui avait les moyens de faire un voyage en voiture et de prendre des vacances. C'était comme dans un film américain. Son amoureux possédait sa propre entreprise, racontait Soleil. Sans donner plus d'explication.

Elle montra à Tora la photo d'un homme plus très jeune, aux cheveux rares et aux tempes dégarnies. Il avait trente-cinq ans. Mais il était gentil.

— Tu vas te marier avec lui ? demanda Tora les yeux fixés sur la photo. Elles étaient seules à la cuisine, un instant.

— Non, j'vais pas me marier, et il utilise toujours des capotes anglaises, répondit Soleil en se penchant pour enfiler un bas nylon tout neuf – alors qu'il faisait vingt-cinq degrés dehors. Elle les avait sortis d'un paquet en cellophane portant la marque "Safa". Ils étaient raides, la pliure très marquée.

— J'vais devenir secrétaire, dit-elle d'un air rêveur. Comme si c'était de son amoureux qu'elle parlait. Mais ça coûte tellement cher, tu sais.

Et, brusquement, Tora comprit pas mal de choses qui s'étaient passées bien avant que Soleil ne s'en aille. La manière qu'avait Ottar de regarder Soleil. Comment Soleil avait tout à coup eu assez d'argent pour aller à Oslo suivre des cours dans une école de commerce. Un voile se levait. Et derrière apparaissait une Soleil inconnue qui cependant avait sans cesse existé. Et elle pensa à ses propres nuits dans la mansarde à Bekkejordet. Ses rêves, quand elle était éveillée. Peut-être bien que Soleil et elle constituaient chacune une partie du même être ? A la différence près que Tora n'était pas forcée de partir en voyage en voiture pour recevoir des cadeaux.

Tora n'eut pas besoin de travailler à Bekkejordet pendant la semaine que Soleil passa sur l'Ile. Le foin était rentré et rien ne pressait.

Soleil et Tora se prélassaient sur les rochers de la crique au bas des terres de Bekkejordet.

Le soleil était resté jour et nuit dans le ciel pendant presque six semaines. Les gens trouvaient que ça commençait à suffire. Tout était brûlé. La récolte de baies serait maigre, et les légumes et les pommes de terre se desséchaient avant même d'avoir pris forme.

Mais cela n'intéressait guère les gamines. Elles s'enduisaient de crème Nivéa et de pommade réservée aux pis des vaches, et se versaient du café emporté dans un thermos, tout en grignotant des biscuits secs qui collaient au palais comme une hostie.

Tora voyait que Soleil avait un corps de femme adulte, et pensait au type aux tempes dégarnies qui utilisait toujours des capotes anglaises.

Et elle considérait son propre corps maigre et osseux. Il avait des formes et des secrets. Mais il était surtout marqué par la honte. Elle se comparait à Soleil qui s'étirait sur le rocher. Les seins fermes qui tenaient à peine dans le soutien-gorge de son maillot deux-pièces. Soleil possédait une nonchalance et une assurance que Tora lui avait toujours enviées. Plus que jamais Soleil semblait se sentir à l'aise dans sa peau.

— Comment il est ? Dan ? Ton amoureux ? demanda-t-elle inspirée par ses propres pensées.

— Comment il est… voyons… il est gentil !

— Bon, tu l'as déjà dit. Mais autrement ?

— Il m'invite. Au cinéma. Au concert. Aux fêtes de son entreprise. A l'hôtel – pendant mes week-ends libres, quand j'ai pas de planchers à laver et pas de leçons à apprendre. Il est assez porté sur la chose. J'crois bien qu'il aimerait rester au lit vingt-quatre heures sur vingt-quatre.

Elle se retourna vers Tora avec un air grivois en plissant les yeux vers le soleil. Sa poitrine pleine sortait presque du soutien-gorge et elle posa les replis de son ventre rond sur le rocher multicolore.

— Mais faut dire aussi qu'il s'y connaît, ajouta-t-elle en soupirant et en se laissant à nouveau retomber sur le dos. Le contrecoup en fit trembler sa poitrine et ses cuisses.

Tora se laissait entraîner. Elle se jetait dans les confidences de son amie plus expérimentée. Devenait téméraire.

— Tu trouves… que c'est bon… ce truc-là ?

Soleil retourna encore une fois toutes les parties clapotantes de son corps.

— T'as encore couché avec personne ? demanda-t-elle incrédule.

— Non… c'est-à-dire…

— C'est-à-dire que t'as pas osé ? Mais que t'en avais envie ?

— Oui, pas exactement envie…

Soleil riait. Mais son rire n'était pas méprisant, c'était plutôt un gloussement de connivence parce qu'elle s'était trompée sur le stade d'évolution de Tora.

La mer allait bientôt monter jusqu'à elles, mais elles n'y prêtaient pas attention. L'eau clapotait dans les rochers. En petites vagues luisantes. Un bon vent d'est chaud apportait l'odeur du goudron des bateaux. Un sentiment de faim apaisée. Un chatouillement dans le ventre. Allongée, Tora s'accordait cet instant.

— C'est pas bon la première fois, mais ça devient meilleur ensuite, dit Soleil. J'ai pas le courage de l'faire avec quelqu'un dont j'ai pas envie, ajouta-t-elle en suivant le vol plané d'une mouette.

— Tu as fait ça… avec beaucoup de gens ? Tora chuchotait presque.

Soleil lui jeta un rapide coup d'œil, comme pour juger de ce que l'autre était à même de supporter.

— Non, dit-elle avec force, seulement quelques-uns.

— Et c'était bon ?

— Oui, plus ou moins… Un que j'ai juste rencontré, très jeune, il allait trop vite. Il faisait ça comme il aurait lâché un pet. C'était rien du tout. Mais celui d'avant Dan, il était bien, même s'il n'avait pas son expérience. Il était maladroit, mais quand même si tendre. Y prenait son temps…

Elle paraissait au bord des larmes.

— Pourquoi t'es pas restée avec lui ?

— Non, ça s'est terminé. Ça marchait pas ! Il avait encore moins d'argent que moi. L'était étudiant. J'voulais pas de cette vie. De pas savoir où trouver l'argent. Il jouait de la trompette et discutait beaucoup. De tout.

— Tu couches avec ce Dan juste parce qu'il a de l'argent ?

— Dis pas ça comme ça, on dirait presque que j'suis une putain.

Soleil avait brusquement pris un ton coupant et fâché.

— C'est pas c'que je voulais dire !

Tora ne savait plus que faire pour que Soleil ne se sente pas offensée.

— Du reste t'as probablement raison, ajouta Soleil comme en se parlant à elle-même. Il est adulte, solide et expérimenté, il m'donne quelque chose en échange.

— Mais tu l'aimes pas ?

— L'aimer ? Si, dans un sens…

— J'croyais qu'il le fallait.

— Non, ça t'y crois pas, Soleil était presque en colère. Tu vois bien comment ils s'aiment ceux qui sont mariés ? Tu parles ! S'aimer ? Mes parents par exemple : quelle comédie tu crois qu'ils jouent ? Mon père monte sur cette punaise de sacristie sans avoir jamais vu son corps. Elle est habillée des pieds à la tête. Il fait exactement vingt-cinq mouvements, et il a terminé et elle peut tirer l'édredon par-dessus sa tête, si bien que seul Dieu peut la voir. Une fois je l'ai entendue réciter son pater pendant qu'ça se passait. Et lui ! Tu crois qu'il l'aime ? Et Henrik et Ingrid ? Comment c'est pour eux ? Tu crois qu'ils s'aiment quand ils font ça ?

Tora avait l'impression désagréable d'être forcée à regarder par le trou d'une serrure quelque chose qu'elle ne désirait pas voir. Mais elle comprenait la colère de Soleil.

— Les seuls que j'ai vus sur l'Ile jusqu'à présent qui peuvent coucher ensemble par amour, c'est Simon et Rakel. Eux, j'crois qu'ils sont tout le temps amoureux. C'est pour ça que les gens ne font que dire du mal d'eux. Tout le monde les envie. Quelquefois je m'dis que mon Dan, il m'aime, ajouta-t-elle comme étonnée à cette idée.

— Tu crois pas qu'on peut aimer quelqu'un ?

— Si, seulement alors là, on est coincé, et on peut dire adieu à tous les projets. En tout cas nous, les bonnes femmes. Non, moi j'veux devenir secrétaire. Plus tard peut-être... je m'trouverai quelqu'un. Je verrai.

Elle suivait à nouveau des yeux la mouette, excluant Tora un moment. Puis elle dit :

— T'as jamais été amoureuse, Tora ?

— Si, d'un qui s'appelle Jon. Il va au lycée à Breiland.

En disant cela, elle comprit que c'était la vérité.

— T'as pas couché avec lui ?

— Non... ça s'est pas trouvé.

— Il a pas essayé ?

— Ben, si... d'une certaine manière...

— Tu sors toujours avec lui ?

— J'l'ai vu quelquefois avant les vacances.

— Faut que tu l'dresses à utiliser des capotes, dit Soleil avec conviction. Et faut pas t'attendre au paradis la première fois. Faut lui dire d'y aller doucement. T'es pas une chienne qui n'a qu'à attendre qu'il en ait fini. Dis-le-lui ! Sois pas amoureuse au point de ne pas oser en parler !

— Bon…

— Maintenant j'ai envie d'un café, dit Soleil contente d'elle.

Elle déballa les tasses, les remplit et coupa en deux une tablette de chocolat aux noisettes. Le chocolat fondait dans la bouche de Tora, à la fois écœurant et délicieux.

Quelques jours plus tard Soleil était déjà comme un pain tout chaud. Doré. Les ongles et la bouche rose tendre. Elle était d'une nonchalante fraîcheur. Le parfum offert par Dan l'entourait d'une atmosphère irréelle quand elle allait à Været. Pas sur les rochers au soleil, non. Ça pouvait laisser des taches brunes sur la peau, affirmait-elle.

Et Tora buvait les paroles de Soleil. Elle avait tous les sens en éveil. Elle écoutait ses histoires. Sur les gens qu'elle avait rencontrés. Les cafés. Les cinémas. Toutes les lumières. Sur l'école où il y avait tant d'élèves qu'on ne les connaissait même pas de vue, quand on les rencontrait en ville. "Les rencontrait en ville", disait Soleil. Et c'était comme une formule magique qui accompagnait le clapotis des vagues sur les rochers.

Elles déménageaient plus haut pour ne pas être mouillées par la marée montante. Soleil dirigeait la conversation et Tora ajoutait en pensée les mots manquants, toutes les phrases qu'elle pressentait – ou qu'elle trouvait nécessaires. Elle en remplissait sa tête. Comme Rakel remplissait ses bocaux de confiture à l'automne. Avec calme et attention. Veillant à ce que les couvercles soient propres et sans défaut avant de les visser. Très, très serré. Pour bien en conserver le contenu. Jusqu'au moment de s'en servir. Elle savait que c'était assez sucré. Puisqu'elle avait elle-même dosé le sucre.

20

Dès les premiers jours, elle s'était rendu compte quelle ne se sentait plus chez elle, à la maison des Mille chez Ingrid. C'était comme si cette chambre n'avait jamais été la sienne. Le couteau placé entre l'encadrement et la porte n'avait jamais existé non plus. Elle était étonnée de constater à quel point il était facile de ne pas y penser.

Ingrid vaquait à ses occupations et n'était plus sa mère. Elle n'avait rien à lui reprocher, c'était seulement une décision qu'elle avait prise. Il en était d'Ingrid comme des livres qu'elle avait lus quand elle était petite. On pouvait les considérer comme appartenant à une évolution. On pouvait y penser avec sympathie. Mais on n'éprouvait aucun besoin de les sortir pour les relire.

Elle allait à toute vitesse vers quelque chose qu'Ingrid ne comprendrait et ne suivrait jamais, parce qu'elle représentait quelque chose d'immuable. Parfois les rôles semblent inversés. Ingrid avait besoin d'elle. Mais Tora pouvait s'en passer. Ingrid était comme les montagnes du Veiten et du Hesthammeren et comme la baie de Vågen. Inaltérables, à moins d'une catastrophe naturelle.

Ingrid ne livrait pas ses pensées. C'est en cela que Tora avait peur de lui ressembler. Elle faisait des efforts. Se promettait de changer, de s'habituer à parler.

Il lui arrivait de se voir de l'extérieur. Et cela l'effrayait chaque fois autant. Elle avait emmagasiné tant de choses dont il ne faudrait jamais parler, même à Rakel. Rakel ignorait ce qui se passait en elle quand elle était couchée dans la mansarde. Elle pensait que Tora était tout à fait innocente.

Etait-elle innocente ? Aurait-elle pu courir retrouver sa mère à la fabrique les fois où c'était arrivé ? Ou bien aller trouver refuge dans le giron d'Elisif ? Aurait-elle pu se servir du couteau pour se défendre ? Aurait-ce été différent s'il s'était agi d'oncle Simon, avec ses bonnes mains ?

Quand elle se laissait embarquer dans ses pensées enchevêtrées, elle évitait tout le monde. Elle finissait presque toujours par se caresser en pensant aux choses que Soleil lui avait racontées, à des histoires qu'elle avait entendues. De cette manière, ça n'avait aucun rapport avec elle. Elle était innocente. Emportée par un courant rouge, où les pensées et les sens ne faisaient qu'un et se pardonnaient mutuellement.

Un soir, à la fin des vacances, Ingrid et Tora, assises à la table de la cuisine, bavardaient de choses et d'autres.

— Tu peux dormir à la maison cette nuit, dit tout à coup Ingrid.

— Non, faut que j'm'en aille bientôt.

— Pourquoi donc ? On t'a presque pas vue ici. C'est comme si t'étais la fille de Bekkejordet, pas la nôtre. Ça fait jaser. On s'pose des questions.

— Et qu'est-ce que tu réponds ?

— Rien. Qu'est-ce que je peux dire ?

— Tu pourrais dire la vérité.

— Quoi donc ?

— Que j'peux pas sentir Henrik.

— T'es pas folle ?

— Ce serait le mieux. Comme ça les gens cesseraient de s'poser des questions.

— Tu trouves pas qu'il y a eu assez de ragots comme ça sur Henrik et sur moi ?

— Sur *toi*, si. Mais sur Henrik, je souhaite tous les ragots possibles.

— Qu'est-ce qu'il t'a fait ?

Ingrid la regardait, suppliante. Avec des yeux bruns, tristes sous sa chevelure épaisse et sombre. "Ingrid tout entière respire la tristesse", pensa brusquement Tora – comme si elle contemplait un tableau sur un mur étranger.

— Tu l'sais très bien. Il a rendu l'atmosphère irrespirable ici aussi loin que je m'en souvienne. Ils nous a écrasées toutes les deux. Il est rentré soûl à la maison et a pris tout l'argent réservé aux provisions. Il s'est promené ivre partout, pour nous faire honte. Il n'a jamais réussi à garder un travail.

— Personne ne veut de lui – faut lui donner sa chance.

Le visage d'Ingrid se fanait. Elle ouvrit la bouche pour dire quelque chose, mais s'arrêta. Comme si elle se rendait compte que cela ne servirait à rien.

— Pourquoi tu lui trouves des excuses ?

— Je lui trouve pas des excuses. Mais sa condamnation date de loin. Il s'en est jamais remis. Quoi qu'il fasse, le moment arrive toujours où l'on se souvient qui il est et qu'il a mis le feu à l'exploitation du Simon.

— Mais c'est bien lui qui l'a fait.

Tora faillit dire qu'il avait probablement bien pire sur la conscience. Elle était follement tentée de l'apprendre à Ingrid. En avoir fini une fois pour toutes. Mais elle n'y parvenait pas. Elle n'avait aucun droit de mettre en miettes le monde d'Ingrid, même si elle ne dépendait plus de son bon vouloir, et ne recherchait plus son approbation. Elle n'était plus la Tora qui courait à la boutique d'Ottar faire inscrire la margarine et la farine, parce qu'Ingrid n'osait pas y aller. Elle était libre.

Elle se rendait compte qu'on n'est pas obligé d'aimer ses parents, même si c'est un commandement de la Bible. Mais il faut les laisser vivre dans le monde qui était le leur, sans les piétiner. Et elle décida que les parents doivent mériter l'amour des enfants, sans cela ils n'ont qu'à s'en passer. Et se contenter de ce qu'ils ont.

— Tu l'aimes, Henrik ? demanda-t-elle brusquement.

— Si j'l'aime ? Quelle question…

— Oui, pourquoi tu restes avec lui si tu l'aimes pas ?

— On est mariés.

Le ton d'Ingrid était digne, mais sa voix faible. Elle ressemblait à un bruissement dans du foin sec.

Ingrid la contempla un instant, puis elle dit d'une voix étrangère :

— Je vois qu'on te fait la leçon à Bekkejordet.

— Comment ça ?

— Ils veulent que je chasse Henrik. Ils me considèrent comme une moins que rien parce que je l'ai pas mis dehors. Mais j'vais vous le dire à tous, moi. Que là-dessus, j'fais comme je veux. Mais va donc à Bekkejordet, Tora. Tout est si bien là-bas. Et tu peux mépriser tes origines. Si tu crois que ça t'avance. Va à l'école apprendre des tas de beaux mots dont tu peux te vanter. Mais moi j'te dis : les gens qui renient leurs origines – rien de bon leur arrive.

Il était rare qu'Ingrid en dise autant. Même l'unique ampoule qui pendait au plafond se mit à se balancer, comme si le bruit avait dérangé l'équilibre et les habitudes de cette cuisine usée.

— Mais toi, maman ? T'as choisi le parti de tes parents quand t'étais jeune ?

— Oui, bien sûr.

— Non ! T'as choisi un soldat allemand !

Le visage d'Ingrid devint blême. Sa bouche tremblait. Un instant Tora crut qu'elle allait la gifler. Mais elle ne bougea pas.

"Voilà, ça y est", pensa Tora. Dans l'attente. Les secondes se succédaient. Mais Ingrid rentrait dans sa coquille.

— Vaut mieux que tu partes maintenant, dit-elle avec lassitude.

— Tu veux pas en parler ?

— De quoi ?

— De mon père. Celui qui s'appelait Wilhelm.

— Y a rien à dire. Il n'existe plus.

— T'as pas une photo de lui ?

— Tu me l'as jamais demandé.

— Non. Mais maintenant, je te le demande.

Tora pensait à toutes les fois où, assise à cette même table, elle avait eu envie de poser des questions sur son père, sans oser le faire. Car elle savait que cela aurait amené des difficultés.

— J'ai une vieille photo…

Ingrid lissait avec précaution la nappe, par de longs mouvements, les doigts écartés, comme une caresse. De nouvelles rides apparaissaient autour de sa bouche et de ses yeux, en plus de celles que Tora connaissait. Néanmoins, le visage d'Ingrid paraissait lisse. Comme n'ayant qu'une seule et unique expression. Il ressemblait à la tête de poupée en porcelaine avec laquelle Tora n'avait jamais eu l'autorisation de jouer.

Ingrid se leva et alla dans la chambre. Elle en revint en tenant serrée contre elle une enveloppe. Elle marchait comme si elle avançait vers l'échafaud. Elle glissa sur une chaise et se mit à tripoter l'enveloppe. Tora contenait son envie de l'arracher des mains de sa mère et de se sauver.

Avec une lenteur infinie, Ingrid sortit de l'enveloppe une photographie entourée d'un papier de soie. Elle la tint devant elle un instant. La contemplant, les paupières baissées. Elle sursauta au bruit de la porte d'entrée extérieure qui s'ouvrait. Elle écoutait, les yeux rivés sur la photo. Ses épaules retombèrent et elle reprit une respiration normale quand personne ne monta l'escalier.

Elle déposa alors la photographie dans les mains tendues de Tora. Elle reposait comme dans un bateau, entre ses deux paumes. Elle en sentait le poids peser contre sa peau. Une aile d'oiseau. Une entaille faite par un couteau. Elle dégageait une odeur bizarre. Cette odeur remplissait la pièce et sa tête. De poussière et de cuir… et autre chose d'inconnu. Une pensée, une nostalgie, toute une vie gâchée !

Elle vit la tête d'un jeune homme en uniforme, coiffé d'un calot. Le visage mince, les traits volontaires.

Un grand nez, particulièrement long, contribuait à donner de la sévérité à son expression. Le menton carré avait l'air de sortir de la photo. La bouche fermée était légèrement pincée. Comme s'il faisait semblant d'être en colère. Sans arriver à cacher son envie de rire. Même sur ce mauvais cliché apparaissait un réseau de fines rides autour des yeux. Des yeux clairs qui la regardaient.

Tora se leva lentement. Elle alla vers la glace au-dessus de l'évier. Oubliant qu'elle n'était pas seule dans la pièce. Elle tint la photo devant la glace et se plaça de manière à voir la photo en même temps qu'elle-même. Elle resta longtemps ainsi. Puis elle hocha la tête.

— Oui, c'est mon père, dit-elle en revenant lentement vers la table. Ensuite, quand elle se rendit compte de la présence d'Ingrid, sa vieille angoisse la reprit. Comme si elle craignait d'avoir blessé sa mère par ses faits et gestes. Puis elle fixa Ingrid et se mit à rire. Elle rit, et rit. Jusqu'à ce que sa solitude fasse jaillir les larmes et remplisse sa bouche de bave. Comme le jour où, contre le mur de l'étable à Bekkejordet, Rakel lui avait dit que son père était mort.

Maintenant c'était pire : c'était perdre une joie pour toujours – sans jamais l'avoir vraiment ressentie. Ingrid voulut la prendre dans ses bras, mais elle la repoussa. Tora avait l'impression qu'Ingrid était une inconnue rencontrée par hasard. Elle allait et venait sur le plancher en pleurant. Elle avait mal partout. Elle était oppressée. Elle ne savait pas si cela faisait du bien ou du mal, ni si elle allait le supporter.

Elle emporta la photo avec elle en partant. Elle avait supplié et pleuré pour l'obtenir. Ingrid n'avait pas pu lui résister. Elle restait un corps maladroit derrière la table. Elle ressentait toute l'impuissance qui était la leur. Petit à petit elle prit conscience de certaines choses, et il lui fut plus facile de se séparer du seul objet auquel elle tenait vraiment.

Tora resta un moment, le visage ravagé. Elles ne se disaient pas grand-chose. Les bruits de la maison versaient une poudre calmante sur la douleur de la plaie ouverte.

Ingrid enveloppa de nombreuses croquettes de poisson dans un sac en papier. Les croquettes ne sentaient pas bon, mais c'était le seul tribut qu'elle pouvait offrir à Rakel, et que Rakel ne possédait pas. Tora les prit sans protester. Elle gardait la photo enveloppée de papier de soie sur la poitrine.

Les ornières tout le long du chemin vers Bekkejordet étaient pleines d'escargots. Il avait plu. Tora faisait attention à ne pas marcher dessus. Les mares sur le chemin étaient des yeux myopes dans le soir bleuté d'août.

La photo griffait sa peau pendant qu'elle marchait. Son visage ressemblait à un morceau de bois détrempé. Elle était contente de ne rencontrer personne. Elle aussi avait un goût amer dans la bouche. De révolte et de chagrin, de joie et de triomphe.

Elle s'arrêta tout à coup. Se rendant compte de la force de son pouvoir. Sur Henrik. Sur Ingrid. Sur elle-même. C'était comme si la photo lui chuchotait à l'oreille ce qu'elle devait faire. C'était vraiment le jour de s'approprier ce qui lui revenait de droit. Le prendre. Se venger !

Elle se retourna. Lentement. Comme si elle ne savait pas trop quel chemin prendre. Les chemins étaient tellement tortueux.

Les sorbiers, avec leurs grappes de baies vertes, étaient brodés en points noirs irréguliers sur le ciel. Désordonnés mais dans une cohérence fragile et curieuse. Un oiseau s'envola et quitta la broderie. Effrayé par le bruit de ses pas.

Elle ne s'arrêta pas avant d'arriver devant la cabane de Tobias où elle entendait rire les hommes. Après une légère hésitation elle se dirigea droit sur la porte et frappa. Fort. Toc, toc.

— Entrez, beuglèrent en chœur des voix masculines désaccordées.

Elle passa la tête dans la fumée, essayant de déceler s'il était là.

Il ne leva pas la tête. Il n'était pas ivre, il marquait seulement son indifférence. Il n'y avait cependant pas grand monde qui venait frapper chez Tobias. Ils avaient l'habitude d'entrer directement – ou de ne pas venir du tout. C'était ainsi.

— Est-ce qu'il est là, Henrik ? dit-elle d'une voix forte.

Quelqu'un poussa Henrik.

— Oui, et qu'est-ce qui se passe ? Y a le feu ?

Il s'attendait que les rires dévalent sur elle comme un éboulis de pierres. Mais il y eut un silence. Les hommes écoutaient.

— J'ai une commission, quelque chose à te dire, Henrik.

Elle se tenait dans la pénombre près de la porte. Elle ne voulait pas montrer qu'elle avait pleuré. Pas à ceux-là.

— Quelle commission ? La question venait du tas de vêtements qui recouvrait Henrik.

— J'peux te l'dire dehors, répondit-elle avec fermeté.

— Ben alors !

Les hommes la regardaient avec une sorte de respect.

Henrik se glissa derrière la table et vint vers elle.

Un instant, elle sentit la nausée l'envahir, mais elle se redressa et recula. Il la suivait. Presque avec curiosité.

Elle s'arrêta, tournant le dos à la grue sur le quai. Il arrivait comme un grand navire, à la proue noire et menaçante, droit sur elle. Si elle avait été plus jeune, elle en aurait fait pipi d'effroi, pensa-t-elle avec étonnement.

Dehors, dans la lumière bleutée du soir, il vit qu'elle avait pleuré.

— Y a – y a quelque chose de grave ? demanda-t-il.

Elle mesura la distance entre eux et la cabane de Tobias. La fenêtre ouverte. La porte. Elle recula un peu sur la droite de l'entrepôt et du quai, mais pas assez loin pour que des cris ne soient pas entendus, si besoin était. L'enveloppe lui griffait la poitrine. La calmait, si bien qu'elle sentait son cerveau comme rincé par une eau vive et fraîche.

Le visage de Henrik se dessinait devant elle dans la pénombre. Les poils noirs de la barbe naissante. Les yeux. Il était inquiet, mais la suivait.

— Qu'est-ce qu'y a ? Pourquoi tu te conduis comme une cinglée ? Parle !

— J'suis pas cinglée. Tu vas voir. J'veux seulement te prévenir.

— Ben dis-le !

Il tirait avec impatience sur le col de sa vareuse, planté sur ses longues jambes écartées. Avait-il saisi la menace dans sa voix ?

— J'ai tout raconté à Rakel, dit-elle. En un seul souffle. Un feulement de chat envers un chien. Ses yeux brillaient.

Il bougea avec inquiétude.

— Qu'est-ce que t'as raconté ?

— C'que tu m'as fait ! Tout ! Dans l'enclos et dans la chambre !

Il ne bougeait pas. Mais son visage se décomposait. Elle *voyait* sa peur. Seigneur Dieu, quelle fête ! Il avait *peur* !

Comme elle allait le tourmenter ! Lui faire une peur à en faire dans son pantalon, là où il se trouvait. Juste là près de la cabane de Tobias. Les hommes étaient à l'intérieur. Elle n'avait qu'à appeler. Il ne pouvait rien lui faire. Elle le tenait maintenant. Enfin !

Il recula, sans s'en rendre compte. Un pas, deux pas.

Puis il se jeta en avant, le poing valide dans sa direction.

— Un pas de plus et je crie ! Ma tante est sur la route ! Les hommes dans la cabane de Tobias !

Elle ne se rendait pas compte qu'elle mentait. Entièrement prise dans le feu de l'action qu'elle avait elle-même déclenchée. Elle entendait sa respiration. Haletante d'angoisse.

— Quels mensonges t'as inventés, espèce de salope ?

Elle eut un mauvais rire et le regarda droit dans les yeux.

— Suffisamment pour qu'elle porte plainte contre toi. Mais elle m'a chargée de te dire qu'*une* chose peut te sauver.

Elle s'arrêta un instant. Elle voulait le forcer à s'humilier. A supplier, à genoux.

— Comment, me sauver ?

Sa voix était enrouée, sèche. Il avalait sa salive et la fixait.

— Si tu te trouves un travail et arrêtes de te soûler, alors elle portera pas plainte. Et essaie pas de m'approcher sans qu'elle soit là. Sans ça, elle porte plainte ! T'entends ?

Il ouvrit la bouche. Mais il n'en sortit aucun son. L'ouvrit – et la ferma. Comme un poisson hors de l'eau dont les ouïes recherchent la mer.

Quelques gouttes de pluie tombèrent sur les planches du quai. Puis sur la surface de l'eau. Formèrent des cercles qui s'agrandissaient sans bruit. Comme une rumeur dans le soir bleuté. La poulie de la grue grinça. Seulement une fois.

— Saloperie de…

— Tu croyais que tu pouvais faire ce que tu voulais sans que ça te retombe sur le nez ?

— T'étais bien dans le coup toi aussi. Là, à t'offrir. Y a pas un homme qui refuse quand on s'offre. Pas vrai ?

Elle s'y attendait. En allant vers la cabane de Tobias, elle avait imaginé toutes les réponses, tous les échanges et les attaques possibles. Elle se tenait légèrement penchée en avant, les poings serrés. La réponse était facile.

— Le commissaire de police, à ton avis, qui va-t-il plutôt croire, ma tante ou toi ?

— C'est des trucs de ton invention, j'te dis.

Il dit cela sur un ton indigné, presque blessé. Comme s'il venait de découvrir une grande injustice.

— Y a des preuves.

— Tu mens ! Quelles preuves ?

— Je n'te le dirai jamais. Tu vas pas y fourrer tes sales mains. Mais ma tante, elle le sait. Elle a promis de me sauver.

— Tu mens !

— N'y crois pas si tu veux. Mais j'peux demander à Rakel de te l'expliquer.

— Bah…

Il cracha et jeta un regard anxieux autour de lui. L'avait-on entendu ? Etait-ce trop silencieux dans la cabane de Tobias ? Les hommes étaient-ils groupés devant la fenêtre ? Non.

— Tu peux aller rejoindre les autres maintenant, j'ai plus rien à t'dire. Mais souviens-toi de c'que j'ai dit ! La Rakel oubliera jamais c'que tu as fait !

Il resta planté là, à la fixer. N'arrivant pas à cacher son trouble derrière le masque habituel.

— Va-t'en ! Rentre ! Vite ! siffla-t-elle.

Il recula de quelques pas, puis se dirigea rapidement vers la cabane de Tobias. Il jetait des coups d'œil anxieux par-dessus son épaule, comme s'il s'attendait à recevoir une pierre sur la tête. Puis il disparut.

Tora riait silencieusement, s'abandonnant à un sombre sentiment de contrôle. De contrôle total. Sur la peur. Cette maudite peur.

Qu'est-ce qu'il allait inventer maintenant ? Rien. Se venger sur Ingrid ? Sûrement pas. Ingrid était la seule qui lui restait. Et il *avait* peur de tante Rakel. Pourquoi n'avait-elle pas agi ainsi depuis longtemps ? Peut-être fallait-il traverser pas mal d'épreuves avant d'avoir le courage de faire ce genre de chose ?

Elle cracha dans l'eau. Puis elle prit la route sans se retourner. Vite. Avec l'impression de ne jamais avoir ressenti quelque chose de semblable – intérieurement. Elle assistait à sa propre naissance.

Il n'y avait qu'à continuer. Elle réfléchissait au prochain coup. Comme un joueur d'échecs. Qu'est-ce qu'il allait faire ? Ceci ou cela ? Que serait-il sage de faire en contrepartie ? Elle allait demander conseil à Rakel. Elle se sentait aussi puissante que les grands sapins devant le presbytère. Leurs cimes étaient si hautes qu'elles bruissaient, même par temps calme. Bruissaient de toutes les tempêtes oubliées, de toutes les pensées pensées. Bruissaient de tout ce que personne ne pouvait voir, mais qui était cependant réel.

L'enveloppe lui griffait la poitrine. Elle mit sa main dessus et sentit qu'elle était aussi chaude que sa peau.

Ingrid attendit en vain son mari ce soir-là. Quand elle partit au travail le matin suivant, son lit était toujours vide. Elle n'en fit pas une histoire. Mais dans l'après-midi, elle commença à s'inquiéter. Elle fit le tour de Været. Interrogeant les gens.

Elle fit semblant de ne pas s'étonner quand Ottar, le boutiquier, fit remarquer que le Henrik avait dû partir en voyage puisqu'il avait pris l'express côtier ce matin-là.

Elle ravala l'image d'un Henrik fin soûl chancelant sur la passerelle dans ses pantalons en tire-bouchon, sans couvre-chef et avec une barbe de plusieurs jours – s'exhibant devant tout le monde. Mais elle avala sa salive et acheta les quelques denrées dont elle avait besoin, et dit : "En effet, il devait partir." Puis elle ressortit très vite sur le quai.

D'où avait-il pris l'argent ? Pourquoi était-il parti sans rien dire ? Elle était inquiète. Elle rentra à la maison des Mille, dans son intérieur grisâtre. Elle se mit à chercher dans le placard de la cuisine, tout en rangeant ses achats. Inspectant chaque étagère, comme si elle pouvait fournir une explication. Enfin elle referma les portes du placard. Elle versa de l'eau dans la cuvette en plastique rouge. L'emporta dans sa chambre et fit soigneusement sa toilette.

21

Rakel proposa que Tora emporte la photographie avec elle à Breiland et en fasse tirer une copie pour Ingrid. Et elle trouva un cadre pour Tora. Elles mirent ensemble la photo dedans. C'était un cadre ovale un peu trop grand, qui ne correspondait pas très bien à la photo rectangulaire. Mais il conviendrait – du moins pour le moment.

Puis elles firent les bagages de Tora dans une des valises de Rakel. Rakel trouvait qu'elle ne pouvait pas retourner en classe avec ses affaires dans un carton d'emballage. Et la vieille valise était bien trop petite et en mauvais état.

Simon estimait qu'il était plus pratique de porter deux colis de la même taille, un dans chaque main, au lieu d'une seule grosse valise. Mais Rakel n'en démordait pas. Les hommes n'y connaissaient rien aux bagages !

— Non, mais on est assez bons pour les porter, dit-il en souriant.

— Ça c'est autre chose, répondit Rakel.

Tora était tout yeux, tout oreilles. Ces deux-là, ils pouvaient se disputer sur de petites choses sans être vraiment fâchés. Autrefois, cela la rassurait. Maintenant leurs chamailleries, la manière dont ils se regardaient, tout ce qu'ils se disaient sans mots, lui donnaient l'impression d'être étrangère. Elle avait eu ce sentiment la nuit où elle avait refusé d'aller dormir avec eux.

Et maintenant qu'il allait passer son permis à Breiland, elle allait l'accompagner. Ils iraient jusqu'au quai dans le camion jaune, passeraient deux heures dans le salon enfumé de l'express côtier, puis prendraient le bus jusqu'à Breiland. Tous les deux. Il allait l'aider à porter la valise. La monterait jusqu'à sa chambre. Elle avait les mains moites et avait des difficultés à parler pendant qu'ils s'affairaient.

Elle n'avait pas pu parler de Henrik à Rakel. Parce que Simon avait tout le temps été présent.

Ingrid vint faire un tour et dîna avec eux.

Son visage était brillant de crème, comme si quelqu'un l'avait enduit d'huile. Elle faisait toujours sa toilette à fond, comme si elle craignait qu'on ne puisse découvrir à la loupe ce qu'on ne voyait pas à l'œil nu.

Tora était assise sur la caisse à tourbe pendant qu'Ingrid desservait et que Rakel était occupée à autre chose près du plan de travail. C'est alors que parut le soleil du soir. Non pas brusquement entre deux nuages, comme d'habitude. Mais lentement, hésitant, rayon après rayon jusqu'à ce que le disque entier éblouisse la vue et la fenêtre. La chaleur recouvrit son visage comme une peau. Puis il disparut derrière les rideaux et le mur de l'appentis aussi lentement qu'il était venu. Elle remarqua à peine le changement avant qu'il disparaisse complètement. La pièce se dessina clairement et la fraîcheur de son vide se referma sur elle. Elle fut touchée par les plantes devant la fenêtre qui recherchaient désespérément leur propre ombre.

Elle reboutonna son cardigan – jusqu'au menton. Puis elle se leva et fit couler l'eau dans l'évier en acier pour faire la vaisselle. Les bulles de savon remontaient sur ses poignets et la recouvraient comme un duvet. Elle avait chaud aux poignets, mais froid à la poitrine et aux pieds.

Simon ouvrit la porte et entra. Il portait une brassée de bois. La laissa tomber à grand bruit dans la caisse sur laquelle Tora venait d'être assise. Se brossa les mains et se retourna vers les femmes. Sondant l'atmosphère, comme s'il entrait dans un chenil où il ne savait pas si l'une des femelles allait attaquer. Chaque fois qu'Ingrid venait à Bekkejordet il y avait quelque chose dans l'air. Il tira sur la queue de cheval de Tora pour s'assurer une alliée et faire quelque chose de ses mains.

Tora se retourna lentement et le regarda. Ses yeux étaient insondables. Des mares gris-vert. Il lâcha ses cheveux et se versa distraitement une tasse de café qu'il emporta sur la table la cuisine.

— C'est l'automne maintenant, dit-il.

— Oui, dit Ingrid – sans plus.

— Bientôt, faudra chauffer toute la journée, pas seulement le soir.

— J'aime bien l'automne, dit Rakel en enlevant son tablier.

— Ah non ! Pense seulement à tous les matins noirs et glacés, dit Ingrid, faisant le geste de se rouler en boule. Je préférerais qu'on soit déjà à la fin de l'hiver.

— Les heures et les jours passent assez vite comme ça, ils ne reviendront pas, ça c'est sûr, dit Rakel d'un ton léger en rangeant la vaisselle dans le placard.

— T'es triste de partir, Tora ? demanda Simon.

— Non.

— Non, Tora, elle a pas beaucoup de soucis. Elle va en classe, elle a ses repas assurés, elle va et vient comme ça lui chante, assura Ingrid.

Le visage de Rakel se durcit. Elle ferma les yeux un instant.

— On a tous nos soucis. Ils sont pas toujours visibles. Les jeunes ont aussi leurs mauvais moments…

Ingrid eut tout à coup hâte de s'en aller. C'était à cause de la réprimande cachée de Rakel. Elle restait sur le seuil de la porte. Perdue.

La sueur coulait le long du dos de Tora. Son visage était fermé.

Simon se dit que ça recommençait, cette manière d'être des femmes qui le rendait malade. Il n'y comprenait rien. Ça se posait sur ses poumons et son cœur au point de l'étouffer. Et lui donnait envie de sauter par la fenêtre. Il y avait toujours quelque chose à discuter, sans qu'on sache exactement quoi. Comme si *lui* devait être tenu en dehors.

— Alors au revoir et porte-toi bien ! dit Ingrid à voix basse, essayant de tendre la main à Tora.

— Au revoir... maman...

— On t'a pas vue beaucoup cette année.

Tora ne répondit rien. Elle s'était cuirassée contre les mots avant même qu'on les prononce.

La porte fut ouverte. Puis refermée par un claquement poli. C'était bien d'Ingrid. Les claquements de porte mesurés, les coups d'œil malsains, les sourires pâles, la démarche pleine d'humilité.

Ce soir-là Tora resta longtemps dans la bergerie à l'arpenter de long en large. Dans les stalles vides. On l'entendait se déplacer avec colère, comme une folle.

A la fin, Simon demanda à Rakel ce qu'il pouvait faire, s'il y avait quelque chose qui tourmentait la gamine.

— Oui. Ça c'est sûr ! dit seulement Rakel.

Et un peu après, il la vit traverser la cour et se diriger vers la bergerie.

22

Ils avaient traversé le fjord et cahoté sur la route. Ils s'étaient regardés à l'insu l'un de l'autre. Ce voyage dont Tora s'était tant réjouie était bien différent de ce qu'elle avait imaginé. Il semble que les choses se transforment au fur et à mesure qu'on les pense. C'est comme les épilobes en automne : d'abord de fières fleurs rouges couvrant les champs et le bord des fossés, puis des pointes violettes déplumées et insolentes – pour terminer en nuage cotonneux poussé par la moindre brise, préparant l'été à venir. Des graines de mauvaise herbe, disaient les gens. L'été prochain. C'en était ainsi de son voyage avec Simon. Il n'avait parlé que de tout ce qu'il ignorait en "théorie" pour avoir son permis. Il était rasé de près, le parfum qui émanait de lui ne sentait pas Simon, et il était en costume. Il portait son manteau sur le bras. En marchant, il le faisait passer d'un bras à l'autre avec agitation, comme s'il ne savait que faire de ce vêtement, ni d'où il provenait.

Cela inquiétait Tora. Autrement Simon savait toujours à quoi servait ce qu'il avait entre les mains. Elle repoussait l'émotion qu'elle ressentait en voyant ses mains bronzées posées sagement sur le manteau. Elle était vexée qu'il ne soit pas le vrai Simon quand elle l'avait enfin pour elle-même.

Elle était assise, le dos droit et les mains sur les genoux.

Mais Simon n'avait rien remarqué. Il parlait de son permis. Décrivant les parties les plus secrètes du moteur, et fixant d'un air soucieux la tête de l'homme devant lui dans le bus. Le pli de son pantalon était irréprochable. Comme une lame de couteau tournée contre le monde. Il croisait et recroisait ses jambes. Sans arrêt. Et le pli du pantalon formait des entailles dans l'air.

— Ce serait moche si je le ratais, dit Simon avec tristesse.

— Tu le rateras pas, répondit Tora. Exactement comme Rakel l'aurait fait.

— Ben, ça dépend…

— Il suffit de le vouloir, dit-elle en fronçant un peu la bouche. Comme si cela réglait tout, une fois pour toutes.

— C'est le moteur, dit-il découragé.

— Comment ça ?

— Y a un tel micmac de boulons et d'autres trucs !

Il tripotait son manteau et recroisait ses plis de pantalon l'un sur l'autre.

— Tu abîmes le pli de ton pantalon quand tu t'agites comme ça, déclara Tora, la voix enrouée. Tu peux mettre ton manteau sur le porte-bagages au-dessus, ajouta-t-elle.

Simon lui jeta un regard oblique et humecta ses lèvres. La gamine avait grandi. Cela l'avait frappé plusieurs fois. De plus en plus souvent. Comme une pensée irréfléchie, qui du même coup lancine et inquiète. Il essaya un sourire. Le vieux sourire d'oncle Simon. Mais elle ne le vit pas – ou alors fit semblant de ne pas le voir. Il posa son manteau sur le porte-bagages au-dessus. Etirant son grand corps, il poussa l'encombrant vêtement dans le filet.

Tora voyait ses muscles du dos bouger sous la veste. Comme ceux d'un grand animal. Un cheval ?

— Tu te débats avec des choses bien plus difficiles que ce que j'essaie d'apprendre ?

— Comment ça ?

— Des langues. Des maths. Et bien d'autres.

Il la regardait.

— C'est pas tellement difficile.

— Non, parce que t'es douée. C'est bien que tu fasses des études. T'as pensé à ce que tu vas faire plus tard ?

Tora se tortillait. Elle sentait que toute son assurance d'adulte s'envolait. A la place, son visage était en feu et les mots s'arrêtaient dans sa gorge. Il avait une cicatrice sur le menton.

Avant même d'y réfléchir, elle avait levé la main et caressé la cicatrice. Les poils de la barbe nouvellement rasée égratignèrent légèrement le bout de ses doigts. Elle sentit le renflement de la cicatrice sous son index. Ce fut tout.

Simon ne bougeait pas. Attentif. Attendait-il qu'elle recommence à lui caresser le menton ? Mais elle restait immobile, les mains sur les genoux et les yeux baissés. Comme si de rien n'était. Comme si elle n'avait pas levé ses deux doigts vers son visage. L'avait-elle vraiment fait, d'ailleurs ?

Simon était troublé et ne comprenait pas. Il avait fait sauter en l'air cette enfant, comme une plume. Dans un autre monde. Il lui avait tiré les cheveux et lui avait tendu sa joue.

— J'sais pas c'que j'vais faire plus tard, dit Tora gravement. Elle leva les yeux vers lui comme si elle voyait quelque chose derrière lui.

Et le paysage défilait. Un film de rochers et d'arbres, de baies et de côtes, de maisons et de gens.

Tora sentait la chaleur émaner de sa cuisse contre la sienne. Pendant cinq kilomètres. Six kilomètres. Le bus grondait.

Elle n'osait pas bouger. Elle risquait de perdre cette chaleur qui émanait de lui. Elle avait une faim insatiable de cette bonne chaleur rassurante. Dans un virage, elle se laissa aller contre lui. Comme si toute volonté l'avait abandonnée.

Rigmor Berg lui dit que son père était passé et l'avait demandée. Les pensées de Tora s'effondrèrent.

Simon se présenta. Ensuite il monta la valise dans la chambre. Elle le suivait comme un petit chien. Ignorant s'il ressentait la même chose qu'elle. Une bouffée d'air étranger balayait les murs et le plancher. Une odeur venant de nulle part. Les meubles étaient vivants entre elle, Simon et la porte.

Elle ne savait plus ce qu'elle faisait. Glissant frileusement entre Simon et les meubles, comme si tout baignait dans de l'eau froide. Sa tête flottait aussi, comme retenue à son cou par un fil mince, mince.

— Ton père est passé et t'a demandée, disait la voix de Rigmor Berg à travers ce fil.

Tout à coup une pensée lui vint quand même. Elle pensa à de l'herbe jaune et sèche poussant à travers la neige et à des œufs de mouette pourris. Il y avait des œufs de mouette pourris partout. Sur le bureau, il y en avait des tas. Le printemps était arrivé si vite, il ne pouvait pas faire fondre toute la neige pour que les mouettes aient la paix. Et les mouettes criaient et criaient.

— C'est peut-être pas très agréable pour toi que Henrik soit là ? Il est probablement pas dessoûlé non plus.

Simon se tenait, indécis, près de la porte.

Tora sauta sur l'homme et s'agrippa aux manches de son pardessus. Elle se réfugia dans ses bras. Se nichant sous les pans du pardessus ouvert, elle cacha sa tête contre sa poitrine.

— Allons, allons Tora, calme-toi. Henrik ne va rien te faire. J'vais le ramener avec moi à la maison. J'vais revenir pour te raconter comment s'est passé le permis. Hein ? Tora, ma petite, il faut que je m'en aille maintenant.

Quand la porte se referma, les œufs sur la table se mirent à rouler sur le plancher. Les uns après les autres. Ça formait une boue gluante de jaunes et de blancs sur le tapis. Une marre de plus en plus grande. Les coquilles d'œufs flottaient dessus. Couleur de mousse. N'est-ce pas ? Non, elles étaient blanches. Elles avançaient en se balançant sur le plancher – une masse épaisse de marguerites au cœur orange. Une tache orange au milieu de chacune d'elles. Et si nombreuses ! Mon Dieu, si nombreuses ! Tora se mit à les compter. Et il en arrivait de plus en plus. Le tas sur la table ne faisait qu'augmenter, alors que les œufs continuaient à tomber sur le plancher. Les minutes et les heures passaient. Ou bien étaient-ce des jours ?

Quelqu'un montait l'escalier. Sa tête branlait sur ses épaules. Elle roulait comme une vieille tête de poupée dans la marée montante entre les algues. Peut-être n'existait-elle pas ? Et les pas se rapprochaient dans sa tête vide.

Les œufs roulaient très vite de la table. Maintenant ils recouvraient toute la chambre. Elle se sentait submergée.

On frappa. Elle n'avait plus de voix. Elle n'avait plus rien à dire. Quand la porte s'ouvrit, elle n'était plus rien.

Simon était de très bonne humeur ! Il avait oublié la drôle d'atmosphère entre eux dans le bus. Il avait oublié Henrik et tout ce qui était désagréable. Il avait son permis ! Il n'avait pas pris le temps d'attendre que Tora lui dise d'entrer, et s'était précipité dans la chambre pour apporter la bonne nouvelle. Il avait téléphoné à Rakel, mais ne l'avait pas trouvée à la maison. Elle devait être à Været ou à ramasser des baies dans le bois, ou en bateau entre les îles.

Mais Tora était là.

Il était au milieu de sa chambre. Ses cheveux ébouriffés dans tous les sens. Le visage échauffé. Sa peau bronzée luisait au-dessus de la chemise blanche. Il tenait, roulés sous le bras, sa veste et son manteau, comme un ballot oublié retrouvé sur sa route. Ses yeux brillaient. Son corps était tendu comme un ressort contre tous les objets morts dans la pièce. Il appartenait à un autre monde.

— Viens me féliciter, fillette ! Je l'ai eu haut la main !

Il jeta les vêtements sur une chaise, attrapa Tora par la taille et la lança en l'air vers le plafond.

Elle n'avait pas eu le temps de cacher la misère des œufs cassés. Elle pensait qu'il les voyait, mais il ne les voyait pas. Elle avait cru qu'il était un autre. C'était bête de sa part, car personne ne montait les escaliers comme Simon.

Elle avait cru que c'était la fin. Que tout allait devenir noir. Et que, *lui*, il allait la martyriser sans discontinuer jusqu'à ce que tout se dissolve et disparaisse.

Elle resta accrochée au plafond une éternité. C'était comme si elle était condamnée à voir le monde sous cette perspective. Elle avait plutôt mal au cœur, mais n'arrivait pas à lui demander de la reposer sur le plancher. C'était pour la punir parce que ce n'était pas *lui* qui était venu. Parce qu'elle avait un sursis.

Simon tournait et tournait avec elle jusqu'à l'aveugler et à faire éclater les vitres. Il était si bruyant dans ses mouvements ! Elle ne pouvait plus le supporter.

Il la reposa avec précaution à côté de lui. Puis, incertain, et en s'essuyant le front :

— T'es pas de bien bonne humeur ? avança-t-il. Il hésitait, mais se décida à lui caresser la joue de sa main bronzée. Un mouvement timide, surprenant. Il se racla la gorge. Qu'est-ce qu'il y a Tora ?

— J'croyais que c'était *lui* qui venait.

Cela faisait beaucoup de mots. Elle en était tout essoufflée. Les mains de Tora s'agrippaient au plastron de sa chemise.

— Qui ?

— *Lui*, Henrik !

Ses doigts s'enfonçaient dans l'étoffe. Il sentait qu'elle lui pinçait la peau et les poils sur la poitrine. Il l'entoura alors de ses bras.

— Alors Henrik te fait donc si *peur* que ça, Tora ? Ne fais pas la bête. Henrik ne ferait pas de mal à une mouche. Il se contente de mettre le feu. N'obtenant aucune réponse, il lui releva le visage. Il est dangereux pour personne, insista-t-il.

— Non, dit-elle seulement.

Plus tard, ils étaient assis sous les lustres. Elle et Simon. Il racontait comment il avait tourné, freiné et répondu aux questions. Jusqu'à ce que finalement on lui annonce qu'il avait décroché l'inaccessible. Il avait son permis de conduire !

Le rôti de porc avait un goût fade dans sa bouche, mais elle essayait de suivre. Il s'arrêta plusieurs fois dans son récit pour la scruter. Intimidé, il se tut.

— Je ne fais que parler, dit-il enfin.

— Je trouve que tu as été un chef !

Elle se rendait compte elle-même de son exagération. Il savait bien qu'elle n'avait pas suivi. Mais son cerveau n'arrivait pas à capter les mots qu'il prononçait. C'était comme d'essayer de capter un écho déjà absorbé par les montagnes.

Il avait la bouche rouge, comme une fille. Il ne faisait pas attention à ce qu'il mangeait, bien qu'il l'ait invitée à fêter l'événement.

Tout d'un coup la barbe brune de Henrik lui apparut. Simon était en train de mâcher les joues de Henrik devant elle.

C'est alors qu'elle se mit à compter. Elle comptait les appliques aux murs. Les portes. Les couverts mis. Les carreaux des fenêtres. Elle comptait tout en mâchant. Finalement, elle osa lever les yeux sur lui. Il avait terminé les joues de Henrik et s'essuyait la bouche avec sa serviette.

— J'vais essayer de trouver Henrik et de le ramener à la maison, disait-il.

Elle sentit alors que ses deux pieds reposaient sagement sous la table et qu'il était encore possible d'avaler quelques bouchées de ce rôti en versant dessus un peu de sauce chaude.

23

La première neige tomba fin août. Elle fondit tout de suite, mais c'était un signe avant-coureur irrévocable.

Rakel sortit les rideaux d'hiver plus tôt que d'habitude et voulut les accrocher. Vite. Aussi vite que possible. Comme si la nuit allait tomber dès le lendemain. Comme si ni septembre ni octobre n'existaient cette année-là. Ils restèrent cependant en panne sur le canapé au salon. Soigneusement pliés en long par le milieu. De couleur dorée comme du foin sec. Rakel voulait des rideaux clairs en été comme en hiver. Les rideaux ne servaient qu'à se protéger des yeux curieux.

Les jours passaient si vite. Elle arrivait tout juste à accomplir le strict nécessaire. Les rideaux restaient sur le canapé.

La dernière fois qu'elle était allée à Oslo, ils avaient estimé inutiles les rayons.

Il valait mieux en rire qu'en pleurer, avait-elle dit quand ils lui avaient annoncé qu'on suspendait les séances, car au lieu d'améliorer son état ils ne faisaient que l'empirer. Ils avaient voulu l'hospitaliser. Prétendant qu'elle était trop mal en point pour être soignée par un médecin de campagne. Mais Rakel n'avait pas flanché. Elle se tenait étonnamment droite tant qu'il y avait un médecin dans les parages. Autrement, elle passait son temps recroquevillée par une douleur angoissante. La morphine qu'on lui avait donnée ne servait pas à grand-chose.

Elle sentait que cela ne pouvait plus durer longtemps. Néanmoins, chaque jour apportait une lueur de rêve. Comme un soleil récalcitrant ayant cependant commencé sa descente dans la mer.

Simon voulait mettre son bateau en cale sèche pour l'hiver, mais Rakel prétendait qu'elle en avait encore besoin. Elle voulait retourner encore une fois entre les îles – avant l'hiver.

Simon restait plus que jamais à la maison. Il y apportait sa paperasse. Il avait entrepris de changer le plancher de la bergerie. Il se tenait autour de la maison comme un chien de garde qui sent venir un danger inconnu. Il était effrayé par cette éternelle fatigue qu'elle montrait.

Lui qui s'était toujours plaint quand Rakel partait à l'hôpital à Oslo, il n'avait de cesse maintenant de l'y renvoyer. Mais Rakel, avec un regard étrange, disait timidement : "Ça ne sert à rien..."

Et Simon ne posait plus de questions.

Il enfonçait ses grosses mains brunes de travailleur dans les cheveux de sa femme. Et ses mains, il les employait pour laver la vaisselle, faire de la menuiserie dans la bergerie, démêler la chaîne du métier. Pour sortir les pains de leurs moules et pour tenir le volant quand Rakel voulait faire des courses à Været.

Il n'en restait pas moins que les rideaux d'hiver étaient toujours sur le canapé du salon. Le plancher de la bergerie n'avait pas été terminé aussi vite qu'il aurait fallu – les moutons rentraient bientôt des montagnes. Le goût du pain n'était plus le même que lorsque Rakel le démoulait elle-même. Et le métier restait silencieux. Les bouts d'étoffes dans leurs cartons, réservés au tissage des tapis, brillaient dans la pénombre du grenier. Brillaient délibérément de vie, à la fois laine, coton et vieux lin usé enchevêtrés.

Rakel y montait quelquefois pour les contempler. Elle s'en rassasiait les yeux. Les chiffons lui offraient leurs couleurs. Sous ses doigts, elle les palpait comme une peau, malgré le froid qui régnait dans la pièce.

Quand ça allait trop mal, elle prenait des médicaments, comprenant vite que ça l'abrutissait et la refoulait dans un monde inaccessible aux autres. Elle les prenait plutôt la nuit.

Autrement, elle faisait attention de redresser son corps dès le lever, de manière que les douleurs s'installent dans un corps droit. Elle n'était pas moindre – la douleur – si elle se penchait comme une branche cassée. C'était une question d'habitude, se disait-elle.

De temps à autre lui venaient des pensées amères :

"Et c'était ça qui m'attendait ? Mon Dieu, c'était ça ?"

Elle promenait alors sa douleur en offrande dans toute la maison, laissant la lumière bleutée filtrer à travers les rideaux d'été blancs et se poser comme un liniment sur les rideaux d'hiver couleur paille.

Et elle serrait ses mains aux veines apparentes et saisissait l'instant. La minute. Priant le temps de s'arrêter à Bekkejordet. De la retenir. Parce qu'elle respirait encore.

Elle n'arrivait pas à s'imaginer la fin. Ne sachant pas si elle viendrait comme une délivrance, ou comme une série ininterrompue de douleurs insupportables. Il lui arrivait de penser à se jeter à l'eau. Mais elle s'accrochait aux heures. Aux bras forts de Simon. A la lumière du matin sur les champs. Tout était si net et étonnamment proche. Comme la silhouette de l'être aimé surgissant dans la brume au moment où il vous manque le plus.

Les médecins ne l'avaient pas regardée, quand ils lui avaient dit qu'il lui restait un certain temps bien que le mal se soit étendu au foie, aux poumons et au ventre. Elle avait exigé de voir les radios. S'était intéressée à son propre cas comme s'il s'agissait du corps et de la maladie d'un autre.

Elle aurait des calmants pour les douleurs, avait-on dit en guise de consolation. Autant qu'elle en voudrait.

Ensuite elle était restée longtemps assise sur un banc dans le parc de l'hôpital, pour tout digérer. Les feuilles des grands arbres commençaient à tomber. Emportées par le vent parfois, et jetées, tremblantes à un autre endroit. Le bassin était vidé et recouvert pour l'hiver. Elle se souvenait du bruit de cet été : le ruissellement ténu des fontaines. Elles étaient à sec maintenant. Le soleil brillait de temps en temps à travers les nuages, et tous les recoins de sa vie lui apparaissaient, comme les toiles d'araignée qu'elle n'avait jamais eu le temps de nettoyer. Les visages de Simon et de Tora. Ingrid. Figés dans un mouvement, au milieu d'une réplique. Gelés en elle. Tandis que des détails qu'elle n'avait jamais remarqués remontaient au premier plan, les grands événements extérieurs passaient comme des vaguelettes sur un étang noir.

Il lui arrivait de penser que ce n'était pas si terrible que ça. De mourir. Pires étaient les jours qu'elle avait laissés passer – et disparaître dans la grisaille. Tout ce dont elle n'avait jamais su le nom, et qu'elle n'avait pu partager avec personne. Même pas avec Simon.

Elle étudiait son visage quand il dormait. Elle savait que la paupière droite tressaillait parfois dans le sommeil. Comme s'il rêvait quelque chose d'effrayant. Simon la maintenait à la surface.

Au milieu de tout cela, il arrivait à Rakel de croire dur comme fer au miracle. LE MIRACLE. Qu'elle allait se réveiller guérie un beau matin. Qu'à la prochaine visite à l'hôpital, ils se regarderaient avec étonnement, les médecins, les infirmiers. Et ils s'écrieraient :

— Rakel Bekkejordet est guérie ! Il ne subsiste aucune trace !

Et elle irait triomphalement vers l'ascenseur – non, elle descendrait tous les escaliers. Triomphante ! A travers les couloirs et le hall où il y avait toujours tant de monde. Les malades, les visiteurs. Passerait le guichet d'accueil. Et la porte cochère. Et les arbres bruisseraient avec force et l'herbe pousserait vers elle. Verte et juteuse et couverte de moutons pâturant. Le ciel serait bleu, rempli de mains tendues pour la recevoir.

Cela devint le rêve éveillé de Rakel, petit à petit. Plus vrai que toute réalité.

Le miracle devint sa palette. Assise sur la caisse à tourbe, elle mettait une couche épaisse de couleur. Il n'y avait qu'à se prendre par la main et se fabriquer des histoires cousues de fil blanc. Sur LE MIRACLE.

Entre les crises, elle mettait de l'ordre. Pliait et mettait en place. Brûlait.

Tora revint sur l'Ile pour les vacances d'automne. Il n'était plus question de savoir où elle allait habiter, Rakel avait besoin d'elle. Elles en avaient discuté un jour où Rakel avait pu lui parler au téléphone.

Il serait exagéré de dire que Rakel allait bien, lui avait dit Simon ensuite, d'une voix enrouée.

Néanmoins, leur rencontre fut un choc pour Tora. Quand elle entra, Rakel était assise dans le meilleur fauteuil du salon. Elle se leva à grand-peine et tendit les mains vers elle avec une pauvre joie, une ombre faible de la joie qui habitait Bekkejordet autrefois.

Tora sentit l'angoisse envahir son cœur et s'y installer.

— Tu ne vas pas bien, tante Rakel !

— Non, je suis dans un mauvais jour.

— Mais qu'est-ce qu'il y a ?

— Comme d'habitude. Ça s'est accroché pour de bon, on dirait.

Elle essayait un regard enjoué de ses yeux mats.

— Mais ils peuvent pas trouver un remède, les docteurs ?

— Ils font ce qu'ils peuvent. J'suis complètement pourrie.

Elle laissait passer un drôle de rire entre ses lèvres exsangues.

— Mais tante Rakel ! Puisque t'as été régulièrement à l'hôpital à Oslo ! Ils doivent bien trouver quelque chose ?

Rakel regarda Tora. Presque avec amusement.

— C'est si difficile que ça ne sert à rien d'aller chercher à Oslo.

Tora nettoyait les toiles d'araignée dans les coins et rangeait sous la direction reconnaissante de Rakel. Elle accrocha les rideaux d'hiver au salon et aida à tenir les planches pendant que Simon enfonçait les derniers clous dans la bergerie. Ça sentait le copeau et le bois frais.

Ingrid vint un jour. Elle arriva comme une étrangère – et repartit comme une étrangère.

Elle le savait bien elle-même. Tout ce qu'elle aurait dû dire avant que Tora ne reparte. Que Henrik se conduisait bien et travaillait. Qu'il passait ses soirées à la maison assis à la table avec sa pipe et ses mots croisés. Tout ce qu'elle brûlait de raconter à Tora s'effrita dans le monde de Rakel.

Ingrid se souvenait que Rakel avait toujours été la préférée, depuis le temps des chaussettes en tire-bouchon et des genoux couronnés, quand elles étaient gamines. La préférée de leurs parents. De l'instituteur. Des garçons et des voisins. Des animaux domestiques. Rakel savait s'attacher tout le monde, par la parole et par les gestes.

Et dans tout cela, il n'y avait pas de place pour Ingrid. Qu'importe comment elle se conduisait envers ses parents. Qu'elle leur procure joies ou chagrins. Elle pouvait travailler jusqu'à en sentir le goût du sang dans sa bouche. Elle n'était qu'Ingrid. Celle qui était faite pour être négligée, aux couleurs les plus fades, sans comparaison avec les cheveux roux et la vivacité de Rakel.

Mais elle ne voulait rien gâcher. Pas maintenant, puisqu'elle avait la paix à la maison.

Elle noua son foulard sous le menton et fit quelques remarques banales sur le vent qui pinçait. Puis, tenant l'anse de son sac de ses mains solides, elle retourna d'où elle venait.

Le bonheur ? Certains aspiraient au bonheur ? Qu'est-ce que ça pouvait bien vouloir dire ? Rakel, du reste, n'avait guère l'air heureuse non plus. La plaie dans son ventre ne voulait pas se cicatriser, avait-elle dit. "Elle avait terriblement maigri", pensa Ingrid.

Mais ce qu'elle voyait ne l'atteignait pas. Pour elle, Rakel restait l'invulnérable, celle qui était la vie elle-même.

Elle retourna chez son mari, celui dont la barbe était noire et le visage fermé, et fit allusion à la santé de Rakel, et à Tora qui devait donner un coup de main à Bekkejordet.

Henrik ne fit aucun commentaire. Ses yeux brûlaient comme des feux dans leurs orbites, mais ne laissaient passer aucun signal.

24

Ils avaient appris que les trois moutons manquants étaient coincés dans une crevasse juste en dessous de la montagne du Veiten. De l'autre côté de l'Ile, face à la pleine mer. Les bestiaux réfugiés dans une fente de rocher étaient exposés au noroît qui soufflait droit sur eux.

On était fin octobre, et le reste du bétail était rentré depuis longtemps.

Il suffisait souvent des premières gelées nocturnes pour faire rentrer les moutons de Rakel à la bergerie. Ils étaient incroyablement casaniers. On les trouvait tout à coup un matin en train de paître derrière la barrière. Les mâchoires en biais et les yeux tristes. Ceux qui étaient condamnés à vivre prêts à prendre leurs quartiers d'hiver. Mais certaines années on avait un mal fou à retrouver ceux qui n'étaient pas encore revenus se cogner la tête à la barrière de l'enclos.

Deux hommes de Været avaient vu les trois bêtes à la jumelle pendant qu'ils chassaient dans le coin.

Maintenant il était encore possible de les rabattre vers la côte et de les ramener en bateau à Været.

Pour ça, Simon avait au départ engagé un de ses ouvriers, mais Henrik était passé par hasard à la fabrique et avait offert son aide. Et Simon l'avait acceptée.

Rakel et Tora étaient déjà installées dans l'un des deux bateaux qu'on allait utiliser. Rakel avait insisté pour participer à cette équipée comme s'il s'agissait de la dernière promenade de l'été. Elle se tiendrait sur la grève pour retenir les moutons afin qu'ils ne se sauvent pas. Elle n'avait pas la force de grimper en montagne. Elle avait vu que Simon était heureux qu'elle veuille venir, bien qu'il ait protesté. La vie s'en trouvait allégée, pour tous les deux.

Elle ne dit rien quand Henrik et Simon arrivèrent sur le quai, mais ses yeux se rapetissèrent. Henrik monta dans la barque vide et Simon avec les femmes.

Tora tourna la tête vers les embruns et se recroquevilla sur elle-même. Rakel se réfugia dans l'énorme bleu de travail qu'elle avait enfilé.

Rakel était sur le bord de mer et attendait les moutons. Elle savait que Tora approchait de la crevasse pour en chasser le dernier mouton. Elle la suivait à la jumelle à travers la brume.

Pourvu que la petite ne soit pas en danger ! Ils n'étaient quand même pas assez bêtes pour l'envoyer en éclaireur. Elle n'arriverait jamais à maîtriser toute seule les bêtes affolées.

Mais non. La silhouette sombre de Simon apparut sous la crevasse. La bruyère formait des taches claires en touffes disséminées. Ici et là un bouleau s'agrippait au sol, tendant maladroitement ses branches nues vers la mer et l'hiver.

Rakel pouvait les voir se déplacer là-haut dans l'éboulis. Disparaître et réapparaître. De temps à autre le bonnet rouge de Tora surgissait. Comme appartenant au décor automnal. Elle restait toujours à bonne distance des autres.

Les bêlements arrivaient de là-haut curieusement étouffés. Comme une voix sortant de la montagne même.

Elle pouvait voir Simon dans l'éboulis rabattre vers elle deux des bêtes. Un des agneaux était donc resté coincé.

La tête de Tora surgit sur le ciel, brusquement, comme si elle avait volé. Au même moment Rakel fut submergée par la douleur. Elle se recroquevilla et resta assise sur une pierre. Elle sentait le froid l'envahir jusqu'à la moelle.

Des chardons et des pailles sèches, comme des pointes de lance, défiaient le ciel gris tout au long de la plage. Çà et là la neige nouvellement tombée se cachait dans les fentes. Comme si elle savait qu'elle était tombée bien trop tôt cette année. La brume et le vent léchaient les rochers, et les buttes, sans défense, recevaient passivement les coups des embruns.

Durant la dernière heure le vent avait considérablement forci. Cela promettait un rude retour vers Været. Mais il ne fallait pas songer à ramener les bêtes à pied le long de la côte. La dernière étape était beaucoup trop accidentée, autant pour les gens que pour les animaux. Puisque ces sales bêtes n'avaient pas pu suivre le sentier à travers la montagne comme le reste du troupeau !

Rakel frissonnait. Elle était chaudement habillée, mais c'était sans effet aujourd'hui. La mer commençait à écumer. Elle aurait aimé qu'ils reviennent. Elle aurait aimé les savoir en sécurité !

Henrik s'était proposé de lui-même, avait dit Simon dans le bateau. C'était comme si toute l'hostilité que Henrik montrait envers Rakel quand il en avait l'occasion se transformait en bienveillance envers Simon. Comme s'il savait qu'il pouvait semer la confusion et le doute en flattant Simon – tout en évitant Rakel.

A un certain moment, elle avait pensé lui parler. Mais l'occasion de se retrouver seule avec lui ne s'était pas présentée. Le moment est peut-être venu, pensa-t-elle avec amertume. La seule mention de son nom lui donnait la nausée.

Elle l'avait bien vu : qu'il avait peur d'elle. Qu'il aurait bien aimé la voir à jamais aux antipodes.

Quand le petit groupe se retrouva enfin sur le bord de mer, la lumière du jour était sur le point de s'éteindre et la mer laissait de grandes flaques d'écume entre les pierres.

Simon les dirigeait vers les bateaux, mais Rakel fit semblant de ne pas entendre quand il voulut la prendre dans le sien.

Henrik était d'une adresse incroyable avec sa main infirme. Il attrapa la brebis et lui passa une corde autour du cou. Rakel retenait le bateau pendant qu'il installait la bête à bord. Elle avait choisi le bateau de Henrik avant même d'y avoir réfléchi. Il fallait empêcher Tora de partir seule avec lui. Mais il y avait aussi autre chose. Le désir de dire son fait à cet homme, puisqu'elle l'avait maintenant sous la main en plein vent, sans que personne ne puisse les entendre.

Tora et Simon avaient du mal avec les agneaux terrorisés qui cherchaient à rejoindre leur mère. Mais ils purent enfin prendre le large. Le vent avait rougi le visage de Tora. Elle tenait les agneaux pendant que Simon mettait en marche le moteur.

Et ils s'éloignèrent tous sur les grandes vagues. Les voix ne portaient pas plus loin que le banc de nage le plus proche.

Rakel se débattait contre son antipathie envers l'homme assis à la barre. Elle était satisfaite de constater qu'elle se maîtrisait parfaitement. Elle avait toujours considéré comme allant de soi le fait de *penser*. Mais de quelle richesse infinie elle disposait ! Elle y incluait tout le monde. Simon et Tora, les agneaux et la brebis. Et ce qu'elle allait dire à Henrik.

Elle se sentait flotter sur le sommet des vagues à la fois dans, et hors de la réalité. Comme si elle avait déposé son fardeau, et était emportée au-delà de tout mal par une grande vague. Et il y avait heureusement ce terrible vent.

La neige commençait à tomber. Le vent soufflait droit sur la côte. La brebis sans agneaux commença à s'agiter en entendant ses petits bêler dans le bateau de Simon. Rakel enleva ses mitaines et enfonça ses doigts dans la laine du cou pour la calmer. Henrik restait à la barre, nerveux. Le moteur pétaradait par saccades. Elle attendit qu'ils aient franchi les récifs et aient rejoint la pleine mer avant de parler.

Les lumières de la côte apparaissaient puis disparaissaient. Mais elles ne se rapprochaient pas assez vite.

Tora agita un bras. Elle tenait un agneau sur ses genoux. La petite boule de laine agitée apparaissait par moments au-dessus du platbord. Simon salua de la main. Il était tête nue à la barre. Ses cheveux blonds ébouriffés comme un halo phosphorescent.

Enfin. En pleine mer. Les vagues étaient plus lourdes. Mais aussi plus longues, cela permettait d'éviter les écueils.

Henrik clignait des yeux dans la pénombre et tendit à Rakel la corde qui était fixée à la brebis. Elle la prit. Essayant de capter son regard. Se pencha en avant pour qu'il l'entende. Les mots étaient dans sa tête. Prêts à l'emploi. Elle les avait souvent déjà prononcés.

— Tu ne toucheras plus jamais à Tora, Henrik !

L'homme tendit le cou comme s'il venait d'apercevoir quelque chose d'inconnu à l'horizon.

La brebis inquiète tirait sur sa corde. De ses maigres pattes de devant, elle essayait de grimper sur le bordage. On aurait dit une multitude de petits poings impatients.

— Tu entends, Henrik ? Je sais ce que tu as fait !

Il tourna la tête et la regarda. Un mauvais présage ? Des yeux remplis de haine ? Non. Pas du tout. Rakel ignorait ce qu'elle y voyait. Une sorte de désespoir. De vide. Comme son regard à elle perçu dans la glace avant qu'elle ait accepté l'impossibilité de guérir ? Oui. Elle s'y reconnaissait. Mais c'était peut-être encore plus grave.

— Je t'entends.

Il cracha les mots contre le vent. Mais il aurait pu dire n'importe quoi. C'était pour gagner du temps.

— Jamais plus tu toucheras à la petite ! Dis-toi bien qu'il te faudra un jour répondre de tes actions pour mourir en paix. Faut lutter contre toi-même Henrik. J'crois que tu y arriveras.

— C'est que des ragots, que t'as entendus.

Il évita une forte vague qui effraya la brebis à tel point qu'elle essaya de sauter par-dessus bord.

— C'est Tora qui m'a tout raconté.

— Qu'est-ce qu'elle a raconté ?

— Que t'as abusé d'elle longtemps. Tu l'as violée. Et tu *sais* bien que je le sais. C'est pour ça que tu m'évites, et que tu essaies d'obtenir les bonnes grâces de Simon. Tu aimes semer la discorde. C'est le seul plaisir que t'as, pas vrai ?

— Les plaisirs que j'ai sont pas tes oignons !

— Mais tu ne vois pas que tu es de plus en plus malheureux au fur et à mesure que tu sèmes le malheur après toi ?

Il tira sur la brebis qui piétinait le plat-bord.

— Tu m'enverrais bien au diable maintenant ? dit-elle.

— Tiens-toi tranquille et fais attention à ta brebis !

— Et si je te dénonçais ?

— Tu l'as déjà fait.

— Tu n'te sortiras pas aussi facilement de c't'affaire-là.

— Non, le diable t'emporte, dit-il en riant et secouant la tête en saluant Simon.

— Faut m'écouter cette fois, Henrik. T'as essayé d'aller dans sa chambre aussi. Le Simon me l'a dit. Faut que tu me promettes de ne plus jamais la toucher. Sois un homme ! Je ne sais même pas si elle va s'en sortir après tout c'qu'elle a vécu. Laisse-la tranquille maintenant, avant qu'elle nous file entre les doigts.

— File entre les doigts ?

Il avait marmonné le mot à travers son cache-nez, rabattu par le vent sur son visage, si bien qu'elle saisit à peine ce qu'il disait.

— Oui, j'ai eu peur qu'elle devienne folle, la pauvre petite. Tu comprends pas quelle vie tu lui as fait ? Tu sais donc pas que…

Rakel était sur le point de lui lancer une réflexion amère sur l'enfant dans l'éboulis de Breiland. Mais s'arrêta. Elle se demandait comment il pourrait l'employer. Il était capable de torturer encore plus Tora.

— Pourquoi tu m'as pas dénoncé puisque tu crois en savoir tant ?

— Parce que je n'veux pas rendre la vie impossible à Ingrid, tu le sais bien. Mais je le ferai, si jamais tu recommences !

Là-bas, la terre ferme clignotait de ses faibles lueurs. Sans rapport avec leurs existences. Cette partie de l'Ile était proche mais sauvage. Les grappes de maisons se trouvaient autour de la baie, et à Været, et les fermes isolées étaient sur les flancs des montagnes du Veiten et de Hesthammeren. Mais tout cela se trouvait face à la côte. Face à la pleine mer, il n'y avait que l'obscurité et les mouettes à cette saison. La providence avait oublié l'envers de l'Ile.

Henrik était assis, le visage figé. Rakel lui secoua le bras. Ils ne virent pas la vague qui déferla sur eux au moment où ils doublaient le cap.

La brebis fit un bond quand l'embarcation donna de la bande. Sa laine était blanche et épaisse, ce qui n'arrangeait rien quand elle se retrouva dans l'eau glacée. Elle remonta vite à la surface parce que Rakel s'agrippait à sa corde. Mais elle fut obligée de lâcher. La corde lui brûla la main comme une flamme. Le mouton disparut pour réapparaître, les yeux fous et luisants, à une certaine distance du bateau.

Rakel se leva. Comme si elle n'avait pas entendu Henrik lui crier de faire attention.

Elle avait tiré la brebis presque jusqu'au platbord à ce moment-là. C'est quand il la rejoignit sur le banc de nage que la catastrophe arriva : le bateau versa. L'aide apportée par Henrik pesa trop lourd. Elle perdit l'équilibre et le froid paralysant se referma sur elle. Dans sa chute elle avait attrapé le cache-nez de l'homme et le tenait fermement. Le licou était entortillé sur son bras droit. Elle sentait qu'il la tirait vers les profondeurs. Le froid. L'abîme. De sa main bien portante il l'agrippa par le col.

Le bateau de Simon se trouvait à deux cents mètres d'eux. Et Simon et Tora avaient le visage tourné vers l'avant. Le moteur toussotait. La mer grondait. Les bruits se succédaient.

— Lâche la corde ! cria-t-il.

C'est alors qu'elle comprit. Pourquoi elle était partie en bateau à la recherche des moutons.

C'était bien ainsi. Elle n'aurait pas à pourrir entre des draps. Elle sentait vaguement l'emprise de l'homme sur son col. Tremblante. C'était lourd à porter.

Elle ressentit tout à coup de la sympathie pour cette main qui essayait de la retenir, pour la brebis qui tordait son poignet à tel point qu'elle n'aspirait plus qu'à couler vers le fond. Tout avait un sens. Ce qui arrivait les englobait tous en une seule pensée. A l'instant. Tout avait été si bref, si peu de chose.

Elle voyait la lourde ligne argentée de l'horizon chaque fois que le dos de la vague se noyait dans la mer.

Elle se revoyait petite fille près de la cuisinière quand sa mère préparait le repas. Courant entre les rochers, les cheveux au vent et de l'eau jusqu'aux chevilles. Elle était à la fois elle-même et tous les autres. Tous ceux qui passaient sur terre le temps d'une flambée de vie humaine. Elle était dans cette main d'homme. Des secondes ? Des minutes ?

— Lâche la corde !

Il y avait dans son cri un véritable accent de détresse pour une vie en danger.

Elle l'entendit. Il n'était donc pas aussi mauvais qu'il s'en donnait l'air, cet homme.

— Tu ne la toucheras plus jamais ! hoqueta-t-elle.

— Non ! Je promets – si c'est ça que tu veux obtenir ! lui cria-t-il.

— Alors, Dieu te pardonne…

Elle lâcha le cache-nez et le repoussa dans un bond.

Tout lui était si précieux. La vie ! La lumière ! Elle l'avait eue en elle tout le temps. La joie ! Sans y penser, sans en être reconnaissante.

A un moment elle crut que la joie lui faisait signe là-bas à l'horizon déchaîné. La lumière et le rire ! Simon !

Comme une pincée de soleil dans la laisse de haute mer. Le ciel et la mer dans leur ligne éternelle. Simon et elle. Pour toujours. La corde qui la rattachait à la brebis se raidit et s'immobilisa. Sans lutte.

Le ciel était clair. Vide. Le froid et le corps n'existaient plus.

Des cloches sonnaient dans la tête de Rakel. Un bruissement curieux lui remplit les oreilles. Comme celui du ruisseau devant la maison au printemps. La lueur de quelque chose d'inconnu, mais auquel elle avait toujours aspiré, se posa comme une pellicule sur ses yeux.

L'écume bouillonnait autour du bateau de Simon quand les hurlements de Henrik finirent par les atteindre. Simon vira de bord si brutalement que Tora et les agneaux furent projetés entre les plats-bords.

Tora essayait de retenir les animaux affolés, Simon était debout à la barre. C'est alors qu'il s'en rendit compte : la place de Rakel était vide. La mer se déchaînait autour d'eux en lourdes vagues rythmées.

Henrik tournait en rond à l'endroit où Rakel avait disparu.

— Elle a coulé avec la brebis, criait-il, la morve et les larmes jaillissant sur son sombre visage couvert d'embruns.

Simon avait les yeux fous. Les mains nues agrippées à la barre. Il n'avait qu'une idée en tête, une seule image : les cheveux roux de Rakel sur la crête des vagues. Il les voyait tout le temps et dirigeait son bateau vers eux pour la saisir. Jusqu'au moment où il comprit que cette image n'existait que dans sa tête.

Les gros sanglots de Henrik les accablaient. Transperçant les bruits de moteur, le vent et l'eau déferlant sur les coques des bateaux.

Ils tournaient en rond sans arrêt. Parfois ils risquaient même de se rentrer dedans. Mais les sanglots de Henrik avertissaient toujours Simon, lui permettant de l'éviter.

Ils avaient perdu la notion du temps. Les mouettes répétaient leurs cris à l'infini.

Ce fut Tora qui la vit tout à coup. Une grosse vague avait rejeté Rakel sur un récif, l'avait coincée entre des rochers escarpés.

Sa chevelure rousse flottait vers eux entre deux vagues écumantes.

Elle était encore attachée à la brebis. Dont l'épaisse toison avait été lavée. La corde les retenait toutes les deux à l'écueil.

Les agneaux étaient couchés dans le bateau, comme morts.

Les vêtements de Tora étaient trempés de sueur et d'eau de mer. Mais elle ne s'en rendait pas compte. La seule pensée ordinaire qu'elle avait en tête c'était :

“Comme c'est curieux, Henrik pleure et Simon ne dit rien…”

25

A la boutique d'Ottar, un numéro du *Courrier des Lofoten* annonçant que le pape Pie XII était mort à quatre-vingt-douze ans était grand ouvert sur le comptoir. Il avait été le primat de l'Eglise catholique pendant dix-neuf ans.

Mais, pour Ottar, la nouvelle passa inaperçue et le crayon, d'habitude soigneusement planté derrière son oreille, traînait maintenant sous quelques cartons de margarine.

Il venait d'avoir une conversation sérieuse avec un des ouvriers de Dahl et quelques ouvrières de Simon. Dans le journal, on racontait de drôles de choses sur l'amour, comprenne qui pourra.

Un chercheur américain avait fait des expériences incongrues pour découvrir le mécanisme de l'amour. On avait donné des mères artificielles en peau et en métal à des bébés singes. Les bébés avaient préféré les mères en peau, bien que les mères en métal leur aient donné la tétée. Donc : l'amour se nourrissait de sentiments, du bien-être de la présence, de la douceur – plus que des soins reçus.

Les femmes ricanaient. Les hommes tétaient leur cigarette et préféraient ne pas se prononcer sur de pareilles idioties. Mais Ottar en avait fait le grand problème de l'actualité – et n'avait pas vu l'annonce de la mort du pape dans le même numéro.

C'est à cet instant qu'un des hommes fit irruption dans la boutique et annonça d'une voix mal assurée :

— Rakel ! Rakel de Simon. Elle s'est noyée avec sa brebis !

Ottar resta penché sur le journal : Le pape Pie XII était mort.

Le silence se fit autour du comptoir. Seul le grésillement du poêle continuait comme si de rien n'était. La vie suivait son cours malgré tout.

Simon entra dans la boutique pour demander à emprunter une bâche. Puis il porta le corps léger de Rakel jusqu'au camion.

Tora grimpa sur la plate-forme pour rester avec elle. Elle avait déjà vécu ça une fois. Alors, c'était Henrik qui était dans la bâche, sans bottes. Maintenant il était assis à côté de

Simon. Il pleurait à chaudes larmes. Comme si tout le liquide que contenait cet homme devait sortir en un jour. Il sanglotait bruyamment. Par à-coups, comme une digue qui cède mais qu'on essaie continuellement de colmater.

Qui aurait pu croire Henrik capable d'un tel chagrin ? Mais ils se connaissaient si mal les uns les autres.

Ils s'attroupèrent autour du camion, silencieux comme des bêtes. Les ouvrières décidèrent de s'occuper des agneaux qui, trempés et apeurés, bêlaient sur le quai. Elles les firent entrer dans l'entrepôt et trouvèrent du fourrage.

Tora pensa que si Rakel avait vu ça, elle en aurait ri. Elle regarda le paquet qui rendait de l'eau à travers l'épaisse bâche et eut envie de lui découvrir le visage pour qu'elle puisse contempler tout ce cirque.

Ottar se tenait raide comme une statue, avec son visage rond comme une lune. Il avait oublié de mettre son suroît malgré la pluie et le vent. Lui qui craignait tant d'être décoiffé ! Les femmes de Været se mouchaient à qui mieux mieux. L'une d'entre elles était accourue en pantoufles. Des pantoufles à carreaux et à semelles de caoutchouc qui prenaient l'eau et la neige fondue. La combinaison dépassait sous la robe de la mère d'Ole. La mort était revenue à Været. Elle venait à intervalles réguliers. Ce n'était ni nouveau ni étonnant. Mais personne n'avait imaginé qu'elle prendrait la forme du corps trempé de Rakel. Non, vraiment. C'était curieux. Ils pouvaient donc mourir à Bekkejordet aussi. Des gosses arrivèrent, se tenant à distance respectueuse derrière les adultes. La mère d'Ole pleurait à chaudes larmes maintenant.

Tora se souvint d'avoir un jour frappé Ole avec un bidon de lait. Soleil et elle s'étaient battues jusqu'au sang. Assise sur la plate-forme, elle tenait sa tante dans ses bras et avait presque envie de rire. Comme si elles étaient toutes deux de connivence. Mais elle se rendit compte que les gens la regardaient et elle se ressaisit.

Ils étaient juste sous la lanterne du quai, brillante, en forme de poire. Elle jetait sur la bâche une lumière blanche virant au vert. Ça ressemblait à une mare de tourbière gelée. La tante était gelée dans la mare, voilà pourquoi elle ne pouvait pas bouger.

Simon conduisait avec une certaine assurance. Il n'avait pas proféré un mot depuis qu'il avait demandé la bâche à Ottar. Il paraissait ne pas avoir pris conscience de la présence de l'homme à ses côtés. Il n'avait pas demandé comment cela était arrivé. Il semblait avoir perdu l'usage de la parole.

Henrik, lui, ne faisait que pleurer et raconter – il avait commencé dans le bateau. Avant même de l'avoir retrouvée. Comment elle l'avait repoussé. Comment elle l'avait empêché de la retenir. Comment elle avait refusé de lâcher la brebis. Henrik avait prononcé plus de mots au cours de cet après-midi que durant des années.

Les vannes ouvertes, tout un fatras en sortait pêle-mêle.

Est-ce que Simon pensait qu'il l'avait lâchée ? Il secouait Simon et l'implorait des yeux. Non, Simon ne le pensait pas.

— Elle en pouvait plus, la Rakel, sanglotait-il.

Le visage fermé, Simon fixait les pailles raides de gel le long de la route.

Finalement, pour Henrik, le silence de Simon prit la forme d'une idée fixe, d'une terreur.

— Tu penses que c'est ma faute ça aussi ? Pas vrai ?

— Non, dit Simon. Finalement. Plein de lassitude. Ses yeux clairs fixant la nuit. Non, reprit Simon. Je ne pense pas que c'est ta faute.

— Alors tu vas pas porter plainte cette fois ?

Simon jeta un bref regard d'incrédulité sur l'homme.

— Non, faut pas penser à ça, dit-il simplement.

L'obscurité de ce soir d'automne les rejoignit à la lisière du bois. Au croisement, là où la route bifurquait vers la maison des Mille, Simon arrêta le camion et demanda à Henrik de rentrer chez lui pour prévenir Ingrid de ce qui était arrivé.

L'homme sortit péniblement et disparut dans la nuit.

Simon ouvrit la portière de son côté et appela Tora.

— Viens t'asseoir ici, Tora. Il fait trop froid pour toi là-dehors. Y a de la place maintenant.

— Non, répondit-elle. Faut que je retienne ma tante pour qu'elle tombe pas.

Simon referma la portière et démarra.

Les phares balayaient les graviers et les bords de la route. Les marguerites et les lauriers de Saint-Antoine gelés s'entremêlaient dans le fossé. Une bande d'herbe poussait au milieu de la route. Les fleurs de l'été se dressaient. Dépouillées, fanées. La bruyère recouvrait des monticules çà et là. Triomphante. Un tapis de pourpre. Un outrage.

Les yeux luisants des moutons l'attendaient près de la clôture de la bergerie. Il se souvint de quelque chose arrivé il y avait très très longtemps : d'avoir coupé la corde qui retenait la brebis au poignet de Rakel.

Il avait laissé le mouton dans la mer.

Ce n'était pas bien. Rakel allait dire qu'il n'aurait pas dû. Elle n'arrivait même pas à manger du mouton au moment de l'abattage. Il aurait dû y penser. Pour elle, ses moutons étaient comme des humains. Maintenant, le reste de son troupeau paissait le regain autour de la bergerie, leurs yeux luisants pleins de détresse.

Ingrid empêcha Simon de déposer le corps de Rakel dans la chaleur de la maison. Tora entendait sa mère donner des ordres. Les mots roulaient dans sa tête, mais n'avaient aucun sens.

Ingrid ne regarda personne. Elle se contenta d'aller chercher quelques draps et sortit dans le fenil, où elle avait des choses à faire.

Sur l'ordre d'Ingrid Simon et Tora mirent des vêtements secs, après quoi ils allèrent la rejoindre.

Elle avait enlevé ses vêtements mouillés à Rakel et l'avait enveloppée dans un drap. Les cheveux roux étaient étalés trempés sur la bâche verdâtre. Le visage avait déjà pris la couleur de la mer. Elle était froide. Tout était froid. Une ou deux boucles s'étaient raidies sur la joue blanche. La tête était un peu penchée sur le côté. Simon s'agenouilla et la redressa. Mais elle résista.

Tora vit alors les ciseaux. Ingrid les avait déposés près de la cuvette qui brillait dans la lumière parcimonieuse de l'ampoule nue pendant du plafond. Elle comprit qu'Ingrid avait coupé les vêtements de sa tante. Ils formaient un tas mouillé derrière elle.

Ingrid, pliée en deux, se redressa péniblement et fit signe à Tora de la suivre.

La silhouette courbée de Simon. Ses mains caressant les boucles rousses mouillées.

Tora garda cette image en elle.

Ingrid la prit par la main en sortant.

Il y avait un peu de neige dans l'air. Les moutons piétinaient sur le sol gelé.

La lune était d'un blanc laiteux et sans éclat.

Tora se trouvait dans le grand lit d'hôtel. Serrée contre tante Rakel. Elles planaient légèrement au-dessus des draps et se moquaient de la mère d'Ole qui avait des pantoufles écossaises éculées aux pieds, et d'Ottar qui avait oublié de mettre son suroît.

— Faut pas t'moquer des gens, disait Rakel en étouffant son rire.

— Mais j'pouvais pas m'en empêcher, c'était si drôle, disait Tora.

Des lustres en cristal tintaient de tous leurs prismes. La lumière en était si forte qu'elle fut forcée de se sauver.

Elle se rendit compte alors qu'elle n'était pas dans le lit de l'hôtel. Elles flottaient à la dérive dans la mer. Elle et sa tante. La mer était tellement glaciale qu'elle n'arrivait pas à atteindre la terre ferme. Et sa tante dérivait plus vite qu'elle. Elle levait un bras blanc et luisant et l'agitait. Tora voyait qu'elle saignait du nez. A tel point que la mer était toute chaude et rouge. Alors elle entendait la voix pleine de rire de sa tante tout contre son oreille. Tellement proche qu'elle voulut l'entourer de ses bras. Mais il n'y avait personne. Seulement la mer tiède et rouge.

— Tu sais, on est la même personne, toi et moi. Je suis venue rire un peu. Pour que tu ne te sentes pas oubliée. Parce que tu es moi et que je suis toi. En vérité, on n'est qu'une seule personne…

Tora ouvrit les yeux. Dans la mansarde blanche. L'abat-jour rose éclairait tous les objets de Rakel.

Elle repoussa la couverture et voulut descendre appeler sa tante. Elle savait qu'elle ne pouvait plus dormir. Tout était devenu si laid. Elle ne pouvait pas le supporter.

Tôt le matin, Simon alla dans le fenil. Il y trouva Tora couchée à côté du cadavre de Rakel. Seul son nez dépassait de la couverture. Rouge de froid. La jeune fille avait tiré le drap et découvert le visage de la morte. Elle était serrée contre elle. Les cheveux de la morte et ceux de la vivante s'emmêlaient devant ses yeux.

L'angoisse le prit. Qui n'avait rien à voir avec le chagrin.

Il ouvrit les portes du fenil toutes grandes pour laisser entrer la lumière du jour. Puis il éteignit l'ampoule pendant du plafond. Il répéta plusieurs fois le nom de Tora, mais elle bougeait à peine et continuait à dormir.

Finalement il s'approcha. Il recouvrit le visage de la morte, souleva la jeune fille et la porta dans la maison. Elle ouvrit les yeux un moment et les fixa droit sur lui. Comme si elle ne savait pas qui il était.

Il lui enleva son manteau et la déposa dans le lit de la chambre du bas. Il pensa que cela valait mieux, vu à quel point elle était gelée.

Sans compter que l'escalier qui montait au grenier était plutôt raide.

Simon évitait le grenier.

Il n'en était pas conscient.

Il savait seulement qu'il y avait passé un certain temps. Le jour où son exploitation avait brûlé.

Plus tard dans la journée, Henrik arriva. Il n'avait pas mis les pieds à Bekkejordet depuis une éternité. Le visage de l'homme était complètement gris. Personne ne s'était préoccupé de savoir qu'il était resté seul à la maison des Mille. Il était normal qu'Ingrid reste à Bekkejordet cette nuit-là.

Maintenant il apparaissait, tel le spectre du malheur. Il voulait absolument se rendre utile. Comme s'il essayait de racheter la mort de Rakel. Et il ne trouva rien de mieux que de se mettre à couper du bois à la hache. Si bien que Simon dut aller dans la resserre à bois lui demander de s'arrêter. Ce n'était pas le moment, le silence s'imposait aujourd'hui.

Et Henrik se recroquevilla et se mit à pleurer. Simon avait du mal à comprendre son attitude. C'était tellement superficiel. Il passa son bras autour de cet homme qui lui avait joué tant de tours et causé tant de mal.

— Tu peux m'croire que j'ai essayé de la retenir, Simon ! Faut m'croire quand j'le dis !

— Oui, oui, disait Simon vaguement.

Il sentait la colère monter en lui au milieu de tout ça. Henrik était une plaie, quoi qu'il fasse. Il aurait presque été préférable qu'il continue à se taire et qu'il garde son air sombre. Ils en avaient pris l'habitude. C'était l'image qu'ils avaient de lui, une fois pour toutes.

Simon avait la sensation que cet homme refoulait son chagrin à lui. L'empêchait de sentir. Par sa seule présence, il le forçait à prendre en considération ses opinions. Cela faisait penser à une scène d'ivresse absurde. Où Henrik aurait mis la cabane de Tobias sens dessus dessous par sa sentimentalité.

Et cependant, Simon ne pouvait s'empêcher de penser qu'il y avait quelque chose là-dessous, Henrik ne disait pas toute la vérité. Quelque chose lui échappait – tout le temps. Quelque chose d'important. Qu'il n'arrivait pas à saisir.

Avait-il poussé Rakel dans la mer ? Etait-ce cela ?

Tora dormit dans le lit de Rakel toute la matinée. Par moments, elle reprenait en quelque sorte conscience de la réalité, mais autrement elle se contentait de fixer les yeux sur les rideaux blancs quand elle était éveillée, sans penser.

Ou alors, elle se retrouvait en train de creuser un trou dans la terre gelée et y enfonçait la boîte contenant l'oisillon, sous la grosse pierre. Ou bien elle voyait le mari de Mme Karlsen allongé raide sur un brancard, recouvert d'une quantité de billets de cent couronnes neufs empilés sur sa poitrine. Chaque pile de billets était entourée d'un ruban portant l'inscription Caisse d'Epargne de Breiland.

Ou encore elle frappait avec une hache sur un corps qu'elle n'identifiait pas. Elle sentait l'effort lui faire mal aux bras et la sueur couler sur son ventre et sur son dos. Et elle entendait les coups de hache se répercuter dans son corps. Un son à la fois aigu et sourd. Elle frappait dans la chair.

Sa tante et elle dansaient la valse dans le fenil. Sa tante lui apprenait les pas. Elles étaient en chemise de nuit. C'était en été. Et elles riaient et se taquinaient.

Finalement elles étaient si fatiguées que Simon les portait au lit. Il tendait ses puissants bras bronzés et les emportait dans son lit. Et ils se mêlaient les uns aux autres. Le blanc des chemises de nuit luisait faiblement quand elles bougeaient. Tout n'était que clair de lune. Et champs. Remplis de marguerites. Ils étaient ensemble. Et les coups de hache partaient d'eux-mêmes. Elle n'avait même plus besoin de lever le bras.

Et le silence se fit.

Tora ouvrit les yeux.

Quelqu'un se tenait sur le seuil de la porte.

Le temps était venu pour elle de commencer à voir.

26

Il y a des jours où l'on ne voit pas que les montagnes sont toujours là.

Il y a des heures où tout est balayé par la marée le long des plages noires.

Des moments où l'on ne connaît personne.

Ingrid préparait le café – ce jour-là aussi. Elle remuait silencieusement les casseroles de Rakel dans la cuisine de Bekkejordet. Beurrant des tartines. Taillant le gouda jaune et le *gjetost* brun.

Elle remplit quatre tasses et posa le plat de tartines au milieu de la toile cirée. Puis elle enleva avec précaution le tablier de cuisine de Rakel et, par un mouvement de tête, les invita à se mettre à table.

Henrik était d'une activité fébrile. Des années durant, il n'avait pas lâché un mot. Maintenant, les mots sortaient par à-coups, sombres, comme le sang rythmé par les pulsations de son cœur. Il racontait ce qui s'était passé.

Il avait tenu Rakel par le capuchon de son anorak. C'est comme ça qu'il l'avait tenue ! Et quelque chose la tirait dans l'abîme. Le mouton ? Oui, le mouton. Ou autre chose…

Mais il ne racontait pas ce qu'il lui avait promis. Plus il parlait, plus il camouflait les mots réels échangés au-dessus du plat-bord. Il se gargarisait de mots. Parlait de tout ce qu'il fallait faire.

Ils étaient là, mâchant le pain de Rakel, le fromage de Rakel, la confiture de Rakel. Et ils n'arrivaient pas à se regarder.

Ils ignoraient l'homme assis au bout de la table, et personne ne lui demandait de s'en aller. Ou de se taire.

Tora finit par lever un visage ravagé. Elle voyait l'angoisse qui remplissait les yeux de Henrik. Elle voyait que ses larmes n'étaient pas des larmes de chagrin, mais de peur. Elle était là, l'épluchant comme un oignon, sachant qu'il fallait lui dire de se taire avant qu'elle attrape la hache et se mette à frapper. Qu'elle tape et tape encore dans la chair coriace cachée par la chemise et le bleu de travail qui se trouvait devant elle.

En même temps, elle comprenait sa conduite, d'une certaine manière. De cet homme qui n'ouvrait jamais la bouche sans jurer, qui ne montrait jamais le moindre sentiment, quel qu'il fût.

Il y avait de cela déjà longtemps, il était rentré ivre à la maison, avait balayé la vaisselle posée sur le plan de travail et s'était assis au milieu des débris. Il avait pleuré aussi cette fois-là. Henrik se retrouvait-il à nouveau assis dans les débris ? Les débris de qui ? Les siens ? Ou ceux de Rakel ?

Pourquoi Henrik devait-il toujours accaparer toutes ses pensées ? Pourquoi ne pouvait-elle jamais avoir quelque chose à elle ? Pourquoi parlait-il continuellement de l'accident, à tel point qu'on ne voyait plus que le corps sans vie et trempé ? Pourquoi ne les laissait-il pas en paix ? Elle savait que les deux autres pensaient la même chose. Qu'ils se seraient bien passés de sa présence.

Elle se rendait compte de la malédiction qui pesait sur cet homme : personne, nulle part, ne désirait sa présence. Il avait tellement peur qu'il en oubliait l'existence des autres.

— Maintenant, faut te taire, dit Tora subitement.

Ils s'arrêtèrent tous de mâcher. Le chat de Rakel se mouvait avec inquiétude près du poêle. Il flairait le changement. Il existait une tension entre le chat, les gens et les choses. Chacun épiait le mouvement de l'autre, paralysé dans sa solitude.

Simon se leva brusquement et repoussa sa tasse.

— Merci pour le café, Ingrid, dit-il, comme s'il n'avait pas entendu ce que Tora venait de dire.

Henrik se leva également. Ils restèrent debout un instant. Mais quand Henrik fit mine de le suivre, Simon sembla pris de panique et se rassit.

Ingrid se mit à rassembler les tasses, sans demander s'ils avaient terminé.

— Faut téléphoner le faire-part au journal et aller voir le pasteur pour le nécessaire, dit Henrik.

— Oui, dit Simon tout en restant assis. Il avait les mains nouées sur la table.

— J'peux l'faire ? questionna Ingrid.

— Non.

Il se leva lentement. Regarda par la fenêtre un instant. Puis se dirigea vers le téléphone. L'appareil était là sur son étagère. Noir.

Henrik dit qu'il faudrait aller voir les bateaux, et chercher les agneaux. Il fit encore d'autres remarques par la même occasion.

Tora se retourna brusquement vers lui :

— Pourquoi tu ne le fais pas toi-même au lieu d'en parler ?

Henrik se passa les mains sur la tête, près de la porte. Il se retourna vers eux, avec la colère du désespoir :

— On peut pas dire que le malheur vous arrange, jeta-t-il avant de refermer la porte derrière lui.

Le visage de Simon était gris.

Il attendait sa communication.

Ingrid avait tourné le dos. Tora vit qu'elle prenait la honte à son compte – encore une fois. Elle était penchée sur les anneaux de la cuisinière quand Tora sortit.

Il s'appuyait au mur de l'appentis. Elle alla droit sur lui. Il fut obligé de la laisser passer. Puis elle traversa la cour en direction du fenil.

— Qu'est-ce que tu vas faire là-bas ? cria-t-il derrière elle. Elle entendait qu'il essayait maladroitement de se mesurer à elle. Elle ouvrit la porte du fenil et entra. La referma doucement. Le jour luisait à travers les planches des parois. De minces cônes de lumière qui se concentraient sur la silhouette enveloppée dans la bâche. Ses jambes fléchirent. Elle fondit dans la lumière au-dessus du corps de Rakel. La lumière en effaçait les contours. Les bruits extérieurs se turent. Il ne lui restait plus qu'un point dur au milieu du crâne, comme un pois sec oublié dans une boîte en fer-blanc dont les parois luisantes et arrondies reflétaient la lumière du jour. Et c'était la certitude que Rakel formait rempart entre Henrik et elle.

Elle s'agenouilla.

— C'qui est arrivé, c'est seulement quelque chose qu'ils s'imaginent, murmura-t-elle.

A travers les planches mal jointes de la porte du fenil, elle voyait qu'il était toujours planté près de l'appentis. Mais il ne fumait pas. Regardait seulement dans sa direction sans la voir. C'est alors qu'elle se pencha vers la silhouette couchée sur le plancher et se mit à rire doucement. Un roucoulement satisfait.

— On l'a eu finalement, tante Rakel. Il a peur de toi, tu vois.

27

Simon était resté droit durant tout l'enterrement. Il avait la bouche entrouverte comme une blessure bleuâtre, mettant en garde tous ceux qui s'approchaient. Ses yeux clairs n'avaient qu'un seul regard. Tourné en lui-même et cependant direct. Comme s'il voyait tout le temps quelque chose qu'il ne pouvait pas croire.

Et les gens s'inclinaient et le laissaient passer. A Været comme aux entrepôts, à la boutique d'Ottar et à l'église.

Une ou deux fois, près du lit de Rakel dans la chambre, il avait été pris d'un sentiment de solitude paralysante. Par ailleurs, il n'arrivait pas à mettre de l'ordre dans ses pensées.

Il avait vu Ingrid venir et s'occuper de choses pratiques à sa place, sans qu'il ait eu besoin de le demander.

Rakel était morte, car il l'avait couchée dans le cercueil blanc, de ses propres mains, et avait aidé à la porter en terre. Il avait vu la terre gelée l'engloutir. Il avait vu toutes les fleurs. La bouche du prêtre remuer au milieu de son visage. Il avait entendu pleurer de tous les côtés.

Une ou deux fois, il avait saisi la queue de cheval de Tora. Une chevelure rousse et soyeuse. Mais sans s'en rendre compte. Et ses yeux étaient aussi secs que les ruisseaux en montagne durant les étés de sécheresse.

Il passa la nuit dans le fauteuil à bascule dans la cuisine, les yeux perdus dans l'obscurité. Il faillit tomber plusieurs fois, parce qu'il s'endormait. Ingrid avait essayé de le persuader d'aller se coucher dans son lit, mais il avait secoué la tête. Ce n'était plus un endroit pour lui.

Le chat de Rakel dormait sur ses genoux, quand il n'était pas dehors dans la nuit à chasser les souris.

La pendule de Bekkejordet sonna trois coups. Le jour ne faisait encore que caresser les plantes sur l'appui de la fenêtre. Une inondation dorée sur la table débarrassée par Ingrid et recouverte d'une nappe propre.

Ceux qui avaient suivi Rakel jusqu'à la tombe étaient partis. La conversation autour de la table avait été plutôt languissante. Mais ils avaient tous serré la main de Simon, très fort et à plusieurs reprises, comme le voulait la coutume. Aucun discours n'avait été prononcé, aucun éloge. Le pasteur avait commencé par une prière et terminé par une prière. Et c'était tout. Les gens avaient mangé sans grand appétit. Il restait plusieurs plats pleins sous des torchons, dans le garde-manger.

Quelques voisines étaient venues aider. Ingrid, qui savait où se trouvaient les choses et comment il fallait s'y prendre, en avait pris la direction.

Tora avait disparu après l'enterrement. Ingrid cachait son irritation. Elle aurait pu venir donner un coup de main. Durant la brève cérémonie au cimetière, elle l'avait vue rester à bonne distance de la tombe ouverte. Elle se tenait droite, mais elle avait le visage caché par son épaisse chevelure rousse. Ingrid avait voulu qu'elle attache ses cheveux. Pour ne pas avoir l'air échevelée, un pareil jour. Mais Tora ne l'avait pas écoutée.

A Bekkejordet, elle ne s'était pas montrée tout le temps que les gens allaient et venaient – ni pour aider, ni pour manger.

Henrik était seul à nourrir la conversation. S'il avait rarement mis les pieds à Bekkejordet, il y était en tout cas ce jour-là. Les gens le remarquaient. L'animosité dont on parlait tant n'avait pas été si grande. On notait aussi que Henrik avait essayé de sauver la vie de Rakel. En tout cas, c'était ce qu'il disait en présence de Simon. Il devait donc y avoir une part de vérité là-dedans.

A la limite, c'était Henrik et Ingrid qui semblaient être les patrons à Bekkejordet. Simon restait assis à table sans dire un mot, ses yeux bleus de glace ne voyaient personne.

Quand tout le monde fut parti, alors qu'Ingrid était en train de ranger dans le buffet le service à café propre et astiqué, il déclara qu'il allait la ramener en voiture. Elle approuva de la tête. Elle se rendait compte que c'était la première fois de la journée qu'elle entendait Simon prononcer une parole.

Ce n'est qu'une fois installé dans le camion qu'il prit sa main et la remercia.

Elle se mordit la lèvre et s'appuya contre lui un instant. Il ne savait que faire, son monde à lui était en train de se dissoudre. L'expression de chagrin contenu d'Ingrid reflétait le sien.

Il put alors admettre que tout était changé. Elle n'était plus là. Rakel l'avait quitté. Henrik disait la vérité quand il affirmait qu'elle l'avait repoussé. Elle l'avait quitté volontairement.

Etait-ce la raison pour laquelle il n'arrivait pas à pleurer ?

Il alla voir les moutons dans l'enclos. Les deux agneaux de la brebis morte se portaient bien.

Une question n'arrêtait pas de le tourmenter, depuis qu'il avait retrouvé son corps entre deux rochers, au pied du promontoire qui séparait la baie du grand large. Depuis que Henrik avait répété à satiété qu'elle l'avait repoussé. Pourquoi ne lui avait-elle pas dit la vérité sur son état ? Pourquoi l'avait-elle épargné ?

— Pourquoi, Rakel ? gémissait-il.

Il se reprit et se dirigea vers la maison. L'automne était là, indéniablement, avec son vent hostile venant de la mer, de la rivière, de la montagne.

Il ne pouvait pas y échapper.

Il la voyait clairement dans l'obscurité : la chevelure rousse sur l'oreiller de Rakel !

Quelque chose se cassa en lui – au plus profond de lui-même.

Tout dans la chambre était gris. Seuls les cheveux débordaient de l'oreiller. Une rivière de vie ! Dorée comme l'été qu'il venait de tenir à pleins bras. Cela sentait le foin coupé et le soleil – mon Dieu !

La tête lui tournait quand il essaya de remettre de l'ordre dans ses idées.

Il l'avait lui-même déposée là, le lendemain matin… quand il l'avait trouvée dans le fenil.

Mais la pièce chavirait de tous côtés autour de lui, étouffante.

Cela sentait Rakel. Il essaya de se retirer. De trouver une issue dans le mur et de se sauver. Commandant à ses pieds de le porter hors de la pièce. Mais rien de ce qu'il pensait logiquement ne se réalisait. Rien de ce qu'il décidait n'était faisable.

Les cheveux sur l'oreiller lui semblèrent un paradis de chaleur. Il était le petit Simon, dehors sous la pluie, en train d'attendre sa mère qui n'arrivait jamais, parce qu'elle était partie ailleurs et l'avait abandonné chez des parents.

Il ne savait pas qui des deux pleurait.

Deux enfants.

Attendant quelqu'un qui ne viendrait jamais ?

Tora était couchée, éveillée.

Les rideaux blancs bougeaient légèrement devant la fenêtre ouverte. Le pantalon de Simon et sa chemise étaient posés sur l'escabeau, comme un animal noir et blanc endormi dans le noir. Les objets sur la commode apparaissaient lentement et se présentaient à elle. Le flacon de parfum avec un pompon. Le miroir, la brosse et le peigne en argent. Le coffret à bijoux en velours rouge.

Il avait une poitrine velue qui se soulevait et s'abaissait dans un mouvement régulier. Puissant et calme. Son visage était mouillé jusqu'à la racine de ses cheveux frisés.

Elle lui passa les bras autour du cou. Serra bien fort.

Elle avait de la force dans les bras, Tora.

La nuit les enveloppait.

Dehors, dans l'enclos et autour de la bergerie, les moutons de Rakel étaient couchés serrés les uns contre les autres. Des boules blanches et laineuses qui se chauffaient mutuellement.

La lumière grise du petit jour portait en elle les reflets argentés de la première gelée nocturne. Juste à la limite, où la nuit ne lâche pas encore son emprise contre laquelle rien ne peut résister. Rien.

Elle s'élevait en l'air comme une bulle.

Elle était Tora. Et cependant elle n'en était que l'idée. Une sorte d'impression. Elle montait vers le plafond qui était plein de routes, plein de possibilités et d'images. Il y avait là des ouvertures et une haleine chaude. Il y avait des voix et de la peau et du vent. Du vent comme celui qui passe sur les rochers en juillet.

La bulle s'était dissoute comme une fumée. Recouvrant sa tête comme un linceul. La recouvrant soigneusement. De la manière spéciale dont on recouvre une tête. Particulière aux experts. Et ça dégoulinait de son corps. Bien sûr ! Puisqu'elle était restée dans la mer.

Des mains bonnes et chaudes la débarrassaient de la longue étoffe blanche. Libéraient son visage et son cou.

Elle pouvait enfin revenir dans la chambre. Elle voyait le couvre-lit bleu roi sur la chaise. Elle était chez elle. Ses objets personnels étaient sur la commode, juste comme elle les avait laissés. La petite boîte de soie chinoise brodée. Le sac en toile blanche accroché au mur par un cordon de soie. Décoré d'une broderie bleu pâle représentant un baquet et une jeune femme, comme une poupée, penchée par-dessus, la poitrine ronde et les jupes froufroutantes. Décoré de festons et du mot "Linge" en lettres tarabiscotées. Le gros réveil en cuivre sur la table de nuit.

La photo de Tora fichée dans l'encadrement du miroir au-dessus de la commode. Tora petite fille – assise sur une caisse de poisson sur le quai de Dahl. Attendant sa mère ? Ou bien placée là pour être photographiée ? Elle avait une expression renfrognée qu'on ne voyait pas du lit. Mais elle savait qu'il en était ainsi. Avant.

Maintenant elle était Rakel qui était arrivée au bout du labyrinthe. Elle avait trouvé la sortie. Couchée, la bouche sur le torse nu de Simon, l'écoutant respirer. Elle sentait son corps dur, ses mains chaudes sur ses épaules, sur son front.

Elle était donc revenue chez elle.

Une fois, durant son sommeil, elle avait entendu un bruit comme celui d'un oiseau en train de construire son nid. Un léger murmure de pies autour de la maison et dans les sorbiers du jardin. C'était un signe avant-coureur, disait-on.

Et, tout à coup, elle vit son père apparaître au tournant, au moment même où le pépiement des pies s'arrêtait. Il portait le bleu de travail de Simon et riait comme lui. Mais il ressemblait à la photo qu'Ingrid lui avait donnée. Il ne disait rien. Il se contentait de s'asseoir au bord du lit et de la regarder. Quand elle tendit la main vers lui, il avait disparu.

Un désespoir sans nom envahit sa tête, elle avait mal dans tout son corps. Mais quand elle essaya de s'en débarrasser en ouvrant les yeux, ce n'était pas Simon qui était couché dans le lit. C'était son père. Son visage était juste comme sur la photo.

Au premier abord, c'était répugnant. Puis elle comprit : ils ne faisaient qu'un. Tous. Le visage de son père et les mains et la poitrine de Simon.

Et elle était Rakel qui était revenue.

Il fallait qu'elle protège la joie de Simon.

Son chagrin.

C'était aussi le sien.

28

Le professeur de norvégien au cours complémentaire de Breiland mettait son honneur à ce que ses élèves se tiennent au courant de l'actualité. C'était un jeune homme qui avait l'accent du Nord. Ce qui, dans la salle des professeurs, le rendit peu digne de foi dès la rentrée. Sans expérience, un malheureux certificat de licence en poche, il avait débarqué dans la salle des professeurs en déclarant que les jeunes étaient totalement ignorants de leur propre époque. Les livres d'histoire et de norvégien étaient désuets et aucun des professeurs ne connaissait suffisamment bien l'histoire moderne pour pouvoir suppléer au manque de connaissances des élèves, pensait-il.

Il fallait une certaine dose de courage, ou de stupidité, pour émettre un tel avis. Et ça se payait.

Dans le cas du jeune Jakobsen, le châtiment ne fut pas immédiat, mais il ne perdit rien pour attendre. Au moment où il se sentait sûr de lui et de sa modernité, ils frappèrent. Les incolores, les laissés-pour-compte, ceux qui avaient des problèmes, qui étaient las de leurs élèves, de leur conjoint, de leur principal et de la région du Nord. Ceux qui considéraient l'express côtier comme une *fata Morgana* qui un jour les ramènerait vers le sud.

Et ils frappèrent juste. Ils accusèrent le petit Jakobsen de faire de la politique avec ses élèves. En plus, il négligeait l'enseignement religieux dont on l'avait chargé quelques heures par semaine. Le bruit courait qu'il lisait à haute voix *Le Docteur Jivago* pendant ses heures de cours.

Or, le jour même où le principal entra dans la classe pour assister au cours du jeune Jakobsen, on avait annoncé aux nouvelles du matin que Boris Pasternak venait de recevoir le prix Nobel de littérature. Et que l'Union soviétique accusait l'Académie suédoise de faire preuve d'hostilité. Et d'aiguiser "la guerre froide" en décernant à Pasternak le prix Nobel. *Le Docteur Jivago* était considéré en Union soviétique comme un ouvrage malveillant et haineux envers le socialisme.

Le principal en perdit tout courage pour exercer son droit de censure. C'était un vrai casse-tête, parce qu'il n'arrivait pas à comprendre comment un professeur – qui lisait à haute voix pendant ses cours un livre réprouvé par les Soviétiques – pouvait représenter un danger politique quelconque. Ou être communiste ? Cet horrible mot.

Il se contenterait donc de parler au jeune Jakobsen pendant la récréation.

Mais le principal fut invité à entrer. Ils allaient justement commencer la lecture à haute voix du livre qui venait de recevoir le prix, dit le jeune Jakobsen. Le principal se tordit les mains et accepta. Que pouvait-il faire d'autre ?

C'était à ce premier cours, un lundi de fin octobre, qu'elle revint de l'Ile et tomba au milieu de la rencontre du principal avec *Le Docteur Jivago* de Boris Pasternak.

Elle était installée à son pupitre, dans l'amphithéâtre provisoire du cours complémentaire de Breiland, et sentait qu'elle était débarrassée de *ça*, qui l'aurait fait transpirer sous les bras, lui aurait fait cacher ses mains dans les manches de son chandail, baissé la tête vers le couvercle de son pupitre – et lui aurait fait croire que le principal était là pour l'arrêter.

La jupe verte à volants de Rakel entourait ses cuisses comme un étui, une sécurité.

Elle avait les cheveux brossés en arrière, mais avait décidé de les laisser pendre librement dans son dos. Elle avait conscience qu'ils la regardaient.

Elle les laissait regarder. Elle se concentrait sur Boris Pasternak. "La parole était dangereuse !" citait Jakobsen en lançant un regard éloquent vers le principal.

Elle le savait depuis longtemps. Elle avait toujours enmagasiné des mots qu'elle gardait pour elle. Maintenant elle était en possession de ceux de Rakel aussi. Il fallait les conserver, s'en souvenir, s'en servir. La parole, c'était le pouvoir.

Elle leva la main. Avec calme. Sentant la voix de Rakel dans son oreille, elle retroussa un coin de sa bouche, légèrement ironique, provocatrice. Elle rejeta sa chevelure rousse en arrière et regarda le professeur de norvégien :

— J'trouve qu'il vaut mieux lire *Le Docteur Jivago* que d'discuter de c'qu'ils pensent en Union soviétique !

Le jeune Jakobsen eut l'air interdit. Puis il opina fermement du bonnet, faisant signe à Tora de commencer.

La voix de Tora semblait sèche et incertaine au début, puis se nuança de chaleur et de vie. Comme un ruisseau au soleil d'été, dont la surface réchauffée clapote, tandis qu'au fond la température est celle de la nappe phréatique et des grains de sable au brillant métallique. Souvent, le soleil frappe et fait luire le fond. Lueur de cuivre ? de fer ? De minuscules trésors cachés. Toujours humides, toujours luisants et tranquillement en mouvement avec l'eau qui coule. Qui ne s'arrête pas de couler.

Elle était quelqu'un. Elle avait décidé qui. Il suffisait de se décider, de choisir, d'oser. De laisser les mots luire comme des grains d'or à travers l'eau.

"L'être humain est né pour vivre, non pas pour se préparer à vivre. Et la vie elle-même, la vie comme phénomène, le don de la vie, est une chose tellement grave", lisait-elle.

La classe était tout ouïe, laissant les mots se déposer.

La fille de l'Ile n'avait pas la voix puissante. Elle les atteignait cependant. Comme un baume sur une âme écorchée et inquiète – toujours sur ses gardes pour apprendre des règles, des poèmes, des théorèmes. Ils laissaient les mots couler tranquillement à travers leurs têtes, se donnaient le temps de réfléchir au lieu d'apprendre. De recueillir, sans penser aux notes à obtenir.

Le jeune Jakobsen était content. Le principal était désarmé. Heureux hasard que la fille de l'Ile soit revenue aujourd'hui. Elle était devenue adulte sans qu'il s'en aperçoive. L'automne avait vite passé. Mais elle avait beaucoup à rattraper, cette Tora. Elle avait été absente longtemps. Un décès, avait-on dit à Jakobsen.

Il ne l'interrompit pas pour qu'un autre prenne la relève, comme il en avait l'habitude. C'était *elle* qui en avait décidé ainsi en osant dire qu'elle préférait les mots du livre.

Etait-ce vrai que les humains étaient nés pour vivre ? Elle revit l'oisillon bleuâtre dans la boîte à chaussures. Il n'avait pas vécu. Ou alors vivait-il ? En elle ? Un instant, elle aspira l'air profondément, et fit une pause. Puis elle reprit sa lecture.

29

Un rouge-gorge s'était posé sur l'appui de sa fenêtre. Il mangeait les miettes comme si elles lui étaient tout spécialement réservées. Elle savait qui c'était. Et qu'il reviendrait tout l'hiver. Installée devant ses livres et ses cahiers, elle l'entendait picorer. Mais elle n'essayait pas de le faire entrer comme au temps des hémorragies où elle avait peur de tout. Celui-là était d'une autre espèce.

Elle avait accroché dans le placard les vêtements emportés de Bekkejordet. Des vêtements de dame. Des chandails de laine fine. Des jupes plissées, plates sur les hanches. Des chaussures de cuir fin. Tout lui allait. Elle rangea son jean et le grand chandail, sans penser aux tenues normales que portaient les écolières.

Elle mettait le manteau d'hiver emporté de Bekkejordet. Au col de renard, et des gants de cuir. Elle avait changé d'habits et de gestes. Les mots prenaient un tel pouvoir avec des vêtements neufs. Neufs ? Ils ne l'étaient qu'ici à Breiland. Ils lui étaient familiers. Tous, sauf ceux qui étaient vraiment neufs. Presque inutilisés. Achetés dans un magasin à Oslo au début de l'automne.

Elle ressentait toujours cette vieille douleur, ce sentiment criant de solitude quand on est seul et très malade. Mais ce n'était plus qu'un vieux fantôme maintenant. Son corps était en bonne santé ! Elle se jetait sur ses livres avec un enthousiasme agressif. Décidée à rattraper le temps perdu. A apprendre de nouvelles choses. Toujours plus de choses. S'y plonger. Avant tous les autres.

Un jour, elle sortit de l'école avec Jon. Elle ne l'avait pas beaucoup vu. A vrai dire, elle l'avait même oublié. Il était sorti de ses pensées pour un moment.

Maintenant il se tenait devant le portail de l'école et s'allumait une cigarette. Ses mains tremblaient comme s'il avait froid. Mais cela ne la concernait pas. Elle en constatait la beauté. Une petite colonne de fumée sortant d'un point incandescent. La main mince. Deux doigts impatients tenant le cylindre de papier blanc.

Avait-elle le temps de le voir ?

Oui, elle en avait le temps.

Il ne savait plus quoi dire.

— Où va-t-on se voir ? se contenta-t-elle de dire en changeant son cartable de main.

Il prit son cartable. Le porta avec désinvolture de la main qui portait déjà le sien. De sa main libre, il fourra le paquet de cigarettes dans la poche de son pantalon et entoura d'un geste hésitant les épaules de Tora.

Un bras de garçon.

Nerveux, mais svelte.

Neuf, inutilisé.

Le bras de Simon était lourd de muscles et de vie vécue.

Tout était recouvert de neige nouvelle et il gelait ferme. La maigre lumière du jour ne servait pas à grand-chose bien que l'on soit en pleine journée.

— T'as été à un enterrement après les vacances d'automne, il paraît. C'était un proche ?

Elle se redressa. Enfilant ses gants, elle jeta un coup d'œil par-dessus son épaule. Sans se retourner. Absolument pas. Seulement un regard – en arrière.

La voix de Rakel contre son oreille ! Sortant d'un coquillage. Pleine de rire à l'idée des questions que les gens peuvent poser.

Un cristal de neige explosa devant ses yeux.

— Oui, répondit-elle.

— Qui donc ?

— Moi-même, dit-elle en souriant légèrement.

Jon la regarda. De côté. Un regard incrédule. Plaisantait-elle avec des choses si graves ?

Elle rencontra son regard. Rejeta sa chevelure rousse.

— Heureusement, c'est passé.

Il ne posa plus de questions. Se sentant éconduit. Blessé, il se retirait. Il y avait beaucoup d'air sous son bras. Un abîme entre eux.

Mais elle marchait, droite, comme si de rien n'était.

Elle était différente de celle dont il avait le souvenir.

— T'as tant de vêtements chic. Presque comme une dame. T'es différente des autres à l'école.

— Oui, dit-elle, sans plus.

Un fou rire s'échappa de sa bouche tandis qu'elle sentait les vêtements lui aller comme un gant. Portée tout au long du chemin par des bottillons aux petits talons à la mode.

Ils allèrent au cinéma. Il posa sa main sur la sienne dès le documentaire. Il sentait bon la brillantine ou quelque chose de ce genre. Elle n'en fut pas touchée. Mais cela lui plaisait. Il était facile de se décider : il lui plaisait.

Quand ils arrivèrent au portail qui menait à la grande villa, toute l'allée dansait dans le vent. Le froid s'installait entre les omoplates. Sa fenêtre était chichement éclairée. La lampe au-dessus du lavabo restait allumée. Une habitude qu'elle avait.

Il s'assit tout au bord du canapé-lit et retira son court pardessus. Avec gaucherie. Comme s'il venait de découvrir qu'il avait encore son manteau après s'être assis.

Elle eut un moment de faiblesse. Redevenant elle-même. Le dos couvert de sueur. Cela dégoulinait sous ses bras. Mais en enlevant ses bottillons elle regarda le jeune garçon sur le canapé et dit :

— Tu veux du café ou du thé ?

— Du café, dit-il, la voix un peu rauque.

Il se leva et fit mine d'aller accrocher son pardessus. Mais il vint tout de suite près d'elle. Elle sentit le jeune corps nerveux la presser contre le placard. En un tourbillon elle vit la pièce tourner autour de la suspension qui était un point sombre dans la réalité. De plus en plus vite. Elle ferma alors les yeux.

Et le visage de Simon se mit à luire au-dessus du sien. Un visage bronzé et triste aux yeux bleus grands ouverts. Sa poitrine se soulevait et se baissait comme s'il pleurait. Elle comprit alors qu'il avait besoin d'être consolé. Qu'elle devait le prendre dans ses bras, prendre garde à le réchauffer tant qu'il était là.

Elle sentit ses mains partout sur son corps. D'abord sur ses vêtements. Et cela la remua. Déclencha une avalanche. Comme si, ayant posé la main sur une barrière électrique, il lui était impossible de la retirer. Un curieux courant électrique partant de l'entrejambe vers le haut de son corps la rendait lourde dans ses bras.

Il l'entraîna vers la porte pour la fermer. N'osant pas prendre le risque qu'elle disparaisse. L'emmena jusqu'au coin derrière le rideau où se trouvait le lavabo – pour éteindre la lumière.

L'obscurité rendait Simon plus distinct. Elle sentait que c'était lui. Plus tard sur le canapé, quand ses mains s'étaient faites plus téméraires et plus joueuses et l'avaient trouvée, elle ne comprenait pas comment elle avait pu douter de sa présence.

Quand ses doigts, tremblant de bonheur, l'ouvrirent, elle attrapa ses hanches nues et le plaqua contre elle. Sentit contre sa peau le membre émouvant et plein de vie. Une force. Une nostalgie et un choix qui enfin se libéraient.

Il avait la bouche contre son sein. Il le tétait avec avidité.

Mais quand une voix étrangère remplit la pièce pour dire qu'il avait des "capotes", elle se retrouva comme une vieille chaussette oubliée. Elle décida de s'en évader. Rangea la chaussette à sa place dans un placard. C'était aussi facile que ça !

Les sources jaillissaient en elle. L'une après l'autre. Venait-elle juste de sortir de la mer ? Bien sûr ! Quelqu'un qui venait de sortir de la mer arrivait à tout !

Elle le regarda en cachette pendant qu'il enfilait quelque chose. Maladroit. Essoufflé. Elle fut prise d'une sorte de tendresse.

Quand il glissa en elle avec précaution et avec un soupir, la glace au-dessus de la commode lui manqua, ainsi que le contour du sorbier au-dehors. Puis elle ferma les yeux et sentit qu'elle était enveloppée de peau douce et chaude. Elle ne bougeait pas et lui caressait le dos et le postérieur. La nuque. Les cheveux.

Il bougeait et la remplissait de désir. Lui insufflait un désir glouton. Qui irradiait en ondes et la faisait s'ouvrir complètement.

Elle suivait son rythme. Un moment, il se retira presque entièrement, elle gémit et s'agrippa aux membres de l'homme. Il devait rester proche. Dedans. Elle le voulait. Le bercer. L'entourer. Le protéger. Le cacher.

Quand finalement il se retrouva couché sur elle, vidé, la bouche enfouie dans ses cheveux, elle avait toujours le même appétit de lui, d'être remplie par lui. Dans tout son corps elle avait ressenti l'appel de ses mouvements rythmiques.

Mais quand, par des mots confus, il s'excusa d'être allé trop vite, elle lui mit la main sur la bouche. Garda les yeux fermés. Craignant de ne pas se reconnaître dans cette chambre.

Elle l'entendit se glisser dehors.

Un peu plus tard, elle crut entendre démarrer le camion jaune.

Il allait donc faire un tour à la fabrique.

Une bonne et réconfortante nostalgie s'installa en elle.

Elle s'endormit sans avoir préparé son cartable pour le lendemain et sans avoir mis le réveil.

30

Les jours et les nuits formaient souvent un mur. Mais, par moments, c'était aussi un grand arbre – fait pour grimper dedans. Elle décidait elle-même où elle se trouvait. Au pied du mur ou sur l'arbre.

Elle travaillait. Elle rencontrait Jon. Le retrouvait devant le mur. Jamais de l'autre côté. Là se trouvait Simon.

Elle grimpait dans le grand arbre avec Simon. Il était toujours torse nu. Sentait le foin et la sueur. La résine… Jamais la brillantine ou le déodorant.

Au début, il lui était difficile de passer de l'un à l'autre. Mais petit à petit cela devint plus facile.

Ils avaient en commun la tendresse. La chaleur. Une peau nue d'homme.

Finalement ils s'en allaient ensemble dans le camion jaune. Et elle reprenait possession de sa chambre. Elle pouvait y faire ce qu'elle voulait. Lire. Penser. Ecrire.

Elle avait recommencé à écrire dans un cahier de brouillon. Pareil à celui que Tora avait eu dans le grenier de l'entrepôt de Simon avant l'incendie.

Elle n'écrivait pas des histoires au début. Seulement des bribes de phrases. Ses sentiments. De manière brève, incomplète. Comme si elle se brûlait aux mots en les écrivant.

Parfois elle se croyait à Bekkejordet. Mais elle se sermonnait, se disant que ce n'était pas le moment. Ici, il fallait travailler. Elle avait passé assez de temps avec ses moutons. Ils ne faisaient que la tirer dans la mer. Mieux valait se trouver une bouée de sauvetage.

Elle avait la nostalgie. Continuellement présente. La nostalgie d'un ciel recouvert de peau. C'est ce qu'elle écrivait dans son cahier de brouillon.

Elle pensait rarement à Henrik. Il avait eu si peur quand elle l'avait repoussé et s'était laissée couler. Il avait peur devant le courage des autres. Il n'était plus que Henrik maintenant, avec ses gros sanglots, sa barbe brune et son caban usée.

Ingrid écrivait qu'il s'était embarqué à bord d'un cargo dénommé *Varg*, et que c'était une bénédiction.

Elle mettait les vêtements venant de Bekkejordet et se promenait, son long cou entortillé dans une écharpe. Portant la tête haute au-dessus de son corps. Il y avait en elle une fierté nouvelle qu'elle oubliait parfois. Oui, bien sûr. Mais elle s'en souvenait à l'école, pendant les récréations. Elle s'en souvenait surtout quand elle se trouvait chez les Berg.

Les professeurs avaient remarqué la gamine de l'Ile. Elle était devenue plus communicative. Elle discutait pendant les cours. Elle avait des opinions et une manière condescendante et aimable de prendre les choses. Elle s'était vraiment transformée. Avait mûri. Ils en discutaient dans la salle des professeurs. Les jeunes venant des Iles n'avaient en général pas autant d'assurance, disait-on. Les efforts pour se tenir au courant leur suffisaient. Celle-là était différente, et bien jeune. Il restait à espérer que cela n'irait pas en s'accentuant, qu'elle n'allait pas devenir arrogante, se croire détentrice de la science infuse et se prendre pour le nombril du monde parce qu'elle avait de bonnes notes.

C'était comme si ces gens couverts de laine grise de la tête aux pieds et sentant la pipe ne pouvaient pas résister au plaisir de marquer les gens à l'encre rouge.

La gamine de l'Ile, en fait, venait juste de prendre pied, disait le jeune Jakobsen.

Les autres, plus âgés, n'étaient pas tout à fait d'accord. Mais ils daignaient à peine le gratifier d'un regard. Ils n'avaient pas oublié comment s'était terminée leur campagne contre la lecture à haute voix du *Docteur Jivago*, et ce Pasternak qui avait décroché le prix Nobel et s'était attiré les foudres de l'Union soviétique, si bien que tout ça avait fini par prendre un air respectable. Et qui plus est, il n'était même pas venu le recevoir. L'avait refusé !

Non, on ne contredisait pas le jeune Jakobsen, même s'il n'était qu'un remplaçant.

Quand la cloche sonna, la gamine de l'Ile avait fait l'objet de la discussion de toute une récréation. Cela devait suffire.

A la prochaine récréation, ils corrigeraient des copies ou bien ils s'occuperaient de choses plus graves, comme de la tension qui montait à Berlin. Les pays occidentaux ne lâcheront pas la ville. Quoi qu'il en coûte ! Les élections de Berlin-Ouest signifiaient une victoire pour la liberté. La justice. La vérité ! Une défaite cuisante pour le communisme ! Avec Willy Brandt réélu comme maire.

De telles nouvelles avaient un sens.

Et ils emportaient leurs tas de copies et leurs serviettes de cuir usées, quittaient la pièce sur leurs souliers grinçants.

Les couloirs. Les couloirs gris et pleins de courants d'air. Sur un côté de hautes fenêtres, sur l'autre une rangée de portes. Et tous les pieds. De jeunes pieds traînants. Condamnés involontairement à trouver la bonne porte. Au risque de tout rater.

Le tout était recouvert d'un toit gris-bleu qui semblait descendre sur le haut des murs peints de la même couleur. Par un peintre qui avait appris comment donner l'illusion d'un toit surbaissé pour obtenir une impression d'intimité.

Et les murs ! Couverts de plaies, de haine, de coups de pied et de graffitis. On pouvait parfois s'attaquer à la prison sans être vu, quand on était mis à la porte pour avoir été insolent envers un professeur. On pouvait employer un canif, si l'on en avait un. Debout, aux aguets, dans un coin à farfouiller dans six couches de peinture. Dans l'aveuglement. L'anonymat.

Plus tard, en passant devant, on verrait la marque qui rappellerait ce jour-là, ou un autre. On pourrait alors se permettre de sourire et de se foutre de tous les murs gris du cours complémentaire de Breiland. Rêver à la liberté ! Mais ça ne servait à rien. Au bout du compte, c'était comme de cracher dans l'océan Pacifique.

Et on était agressé dès le début par le courant d'air venant de la grande porte cochère. On se recroquevillait, enfonçait sa tête entre les omoplates, la peau du visage et des mains chiffonnée et bleutée comme les flammes des bougies du cimetière le soir de Noël.

Et au milieu de tout ce froid s'allumaient quelques fusées de rire et de moqueries dirigées vers les gardiens grisâtres, les contrôleurs, les nez pointus, les encres rouges, qui pouvaient rester tranquillement au chaud dans la salle des professeurs pendant la récréation pour y fumer. Mais sous les chandails, dont émanait une odeur douceâtre et âcre de sueur et de crainte, invisibles et en cadence, battaient de jeunes cœurs. Toc, toc, toc ! Comme des machines indomptables.

La gamine de l'Ile n'était jamais dans les couloirs sauf pendant les récréations. Le plafond haut et froid n'était pour elle qu'une enveloppe de fraîcheur. La seule chose qui comptait était de trouver la bonne porte, la bonne règle, les mots justes, le livre adéquat, la bonne solution.

Elle ne connaissait pas la haine que portaient les cicatrices sur les murs. Ses problèmes lui suffisaient.

Alors que les autres se sentaient prisonniers, elle redressait la tête et se sentait en sûreté. Plus elle voyait combien les autres étaient terrorisés, à quel point ils tremblaient au seul bruit de leur nom, à la seule vue de leur écriture, au son de leur voix récitant des règles, des poèmes ou des dogmes, plus elle se sentait sûre d'elle.

Il lui arrivait de poser aux professeurs des questions dont les réponses ne se trouvaient pas dans les livres. Qui demandaient plus de connaissances que celles nécessaires pour suivre le travail des élèves au jour le jour. Elle restait, impassible et pâle, les yeux d'un émail bleu-vert, tandis que les professeurs, se passant la langue sur les lèvres, réfléchissaient, avouaient leur ignorance ou bien mentaient.

S'ils mentaient, elle avait souvent plusieurs questions en réserve, qui réclamaient encore plus de connaissances. Elle tirait de ce jeu une grande satisfaction. Mais elle prenait garde à ne pas dépasser les bornes. Elle acceptait les réponses, même quand elle les savait fausses.

En elle-même, elle riait. Rakel riait, la gorge nue et les yeux plissés. Silencieusement et le visage sans expression. Rakel posait tranquillement ses mains sur ses genoux, ou bien jouait avec ses cheveux. Elle avait une petite bouche rose qui s'entrouvrait comme pour aider ses oreilles à emmagasiner les connaissances dans sa tête.

Sa tête était un entrepôt. Elle y avait rangé tant de choses là-haut. Déblayé. Avait vidé placards et tiroirs pour faire de la place à tout ce qu'il fallait emmagasiner, employer, construire. Il lui arrivait d'oublier qui elle était. Mais en classe elle avait le corps de Rakel dans les vêtements de Rakel, tout en sachant pertinemment qui elle était.

Son corps se comportait selon les vêtements qu'elle portait. L'écolière en jean et en gros chandail l'inquiétait. Quelque chose en elle lui déplaisait foncièrement. Comme si elle sentait mauvais. La sueur et le logement trop exigu. Les vêtements de Bekkejordet exposaient triomphalement son corps. Ils avaient leur propre odeur. Même après avoir été lavés. Ils sentaient le printemps, la lavande et le parfum. La pâtisserie. Etrangers – cependant : c'était elle !

Elle finit par ne plus guère porter que ces vêtements. Les autres filles lui adressaient des reproches, l'accusaient de coquetterie et de se donner des airs de dame.

Alors elle rejetait sa chevelure rousse en arrière d'un ample mouvement. Et sa réponse muette se trouvait dans le regard qu'elle leur lançait.

Il lui arrivait de rester avec les autres filles de sa classe. Elle allait au café avec Anne. Cela ne lui apportait pas grand-chose. Les filles l'ennuyaient d'une façon bizarre et familière. Comme les petits frères et sœurs de Soleil. Une bande bruyante et morveuse. Qui se bousculaient comme des petites pommes de terre dans un seau par un jour de pluie en octobre.

Elle les écoutait un moment sans participer directement à la conversation, puis elle se retirait du cercle de lumière qui entourait la table du café, pour entrer dans son propre monde.

Là où les odeurs étaient différentes, la lumière plus douce, les événements plus intéressants. C'était comme de passer d'une pièce à l'autre dans une grande maison, un château, une forêt qu'elle ne connaissait pas. Avec sans cesse le sentiment d'une joie fragile et excitante – comme si elle se déplaçait sur une corde raide tendue au-dessus d'un abîme, ou bien nageait si loin qu'elle n'était pas sûre de pouvoir revenir.

La différence entre avant et maintenant c'était qu'elle tendait la corde elle-même, qu'elle-même allait et venait dans des pièces sombres aux lustres en cristal mal accrochés au plafond. Ils pouvaient à n'importe quel moment lui tomber dessus et l'écraser. Elle entendait le son ténu des pendeloques quand elles se cognaient et brisaient la lumière qu'on ne pouvait plus retenir. Mais elle ne s'y perdait plus. Elle n'avait plus peur que cela arrive.

Elle maîtrisait la situation.

Elle ressentait la chaleur des draps, la chaleur de la descente de lit devant le lavabo quand elle était nue pour se laver. La chaleur du radiateur sous la fenêtre qui montait dans ses pieds et dans son ventre quand elle était à sa table pour travailler.

La chaleur brillante de la vitre le soir se nichait contre elle comme le chat de Bekkejordet. Se couchait contre elle comme si elle avait un pelage noir et luisant.

Elle maîtrisait la chaleur.

Elle devait de temps à autre imposer les livres à Rakel. Mais cela allait de mieux en mieux. Tous les romans et les récits que Rakel refusait de lire étaient remplacés par des livres de classe. Elle était bien obligée de s'y soumettre.

Les livres de classe étaient les plus importants. C'était bien pour ça qu'elle était à Breiland, loin de Simon et des moutons.

Elle se réveillait la nuit et sentait sa vaste poitrine lui effleurer la peau du visage. Elle sentait le désir et la joie comme une lourdeur dans le bas-ventre. Sentait ses cheveux et sa peau.

Les soirs où Jon venait, elle le faisait toujours partir à temps. Quand la lumière s'éteignait et que Simon arrivait, Jon s'en allait. C'est ainsi qu'elle jouait son double jeu. Elle ne voulait pas se le refuser. C'était bien d'avoir Jon pour parler de beaucoup de choses. Il avait vu des films et il connaissait les professeurs. Il allait passer son bachot.

Elle faisait très attention d'en garder un à l'intérieur des murs, l'autre au-dehors. Exactement comme elle prenait soin de se rhabiller d'une certaine manière quand elle était avec les autres filles à la douche après la gymnastique. En étirant son corps, en glissant nonchalamment dans ses vêtements. Montrant ainsi avec fierté son nouveau corps, parce qu'il était à elle.

Tout l'argent de poche de Jon passait dans l'achat de préservatifs. Il se rassasiait comme un chien affamé resté longtemps dans le froid, et qui tout à coup avait accès à la pâtée.

Après la première fois, cela devint une faim, un besoin, une manière de se consoler.

Tout fonctionnait mieux quand ils étaient sortis d'abord. Elle procédait au changement de rôles sur le chemin du retour.

C'était sur Simon qu'elle s'appuyait en montant l'escalier, c'était lui qui la déshabillait et l'aidait à déplier le canapé-lit, avec des gestes silencieux. Lui qui lui caressait les seins et le ventre et lui mordillait les mamelons avec ferveur. Lui qui jouait avec elle. Lentement, avec sensualité, comme s'il caressait du velours. Lui qui soupirait quand elle le laissait entrer en elle et accomplir ses gestes. Elle était allongée et le recevait. Connaissait son rythme et pouvait calculer exactement quand il atteindrait son point culminant et retomberait, lourd et silencieux.

Un soir, tout bascula en elle. Elle se retrouvait dans l'enclos, les fougères vertes et vénéneuses la tiraient vers le sol. Elle ressentait le coup. La douleur. L'angoisse. L'humiliation. Elle était redevenue Tora, et elle se retourna, les yeux fous, en le rejetant. Car elle ne le connaissait pas.

Elle l'avait échappé belle. Le jeune garçon était assis au bord du lit la nuque courbée et pleurait. De douleur du désir inassouvi. De déception d'avoir été rejeté sans raison. Il ne comprenait pas ce qui se passait dans cette tête de fille.

C'est alors qu'elle comprit vraiment quel pouvoir elle exerçait. Elle se réprimanda. Retourna dans le corps de Rakel et accueillit le garçon dans ses bras.

Cela prit du temps, mais quand il entra de nouveau en elle, elle lui caressa la tête, le laissant assumer la responsabilité de ce qui était arrivé. Comme pour dire : Tu vois, je te console.

Ce soir-là, rien d'autre ne l'émut.

Sauf une chose.

Elle avait quelqu'un à sa merci. Totalement

31

Il fallait bien que cela arrive un jour ! Le lustre en cristal tomba du plafond dans l'espace où elle évoluait. Dans un fracas assourdissant de verre brisé et de lumières éclatées.

Car, lorsqu'elle entra à la coopérative, Henrik se tenait près du comptoir, en train de payer un paquet de tabac.

Il voyait bien qu'elle le savait : qu'il aurait pu la faire monter dans son bateau s'il l'avait voulu… Un seul éclair de son regard le lui prouva. Coupant immédiatement le contact, il enfonça son bonnet sur sa tête et disparut.

Son cargo était donc ici, à l'ancre.

Elle fila droit à sa chambre et sortit de l'armoire le manteau bleu horizon de Rakel. Enfila les bottillons à talons.

Puis elle se dirigea vers les quais. Trouva le cargo *Varg* et fit des allées et venues le long des hublots.

Finalement il apparut sur le pont. Il se recroquevillait comme un chien, rentrant la tête dans les épaules, et disparut dans la cabine.

Elle resta encore un moment. Jusqu'à ce qu'elle aperçoive son visage, comme un masque gris de terreur, à travers un hublot. Il se baissait en passant devant le hublot, comme si on lui avait donné un coup de bâton.

Alors elle pivota lentement sur elle-même, laissant son manteau se gonfler comme une voile. Rejetant ses boucles rousses, elle avançait sur les planches du quai. Elle ne voyait pas le visage de l'homme, déformé de frayeur. Mais elle savait qu'il était là.

L'idée lui vint d'aller au bureau du port pour demander l'itinéraire du *Varg*. Elle pourrait ainsi le suivre de port en port, dans son manteau bleu horizon, et se promener quelques minutes devant les hublots jusqu'à ce qu'il la voie.

Le rire se rassemblait dans sa gorge comme tout un vol d'oiseaux migrateurs sur le retour.

Mais cela coûterait trop cher. Et puis il lui faudrait manquer l'école. N'empêche : elle entretenait cette pensée qui la réchauffait.

Elle était tellement occupée par son propre triomphe qu'elle n'entendit pas son souffle et la neige crisser derrière elle. Pas avant d'être rejointe et, à la lumière des entrepôts, de se voir entièrement recouverte par son ombre. Une ombre terriblement grande. Tora resta clouée sur la neige durement tassée. Son pied droit glissa un peu avant qu'elle ne retrouve son équilibre.

Et elle sentit sa main sur son épaule. Elle se raidit, voulant se retourner. Mais n'y parvint pas tout à fait.

— Qu'est-ce que tu m'veux ? demanda une voix enrouée au-dessus de sa tête.

En deux grands pas il se retrouva devant elle sur la route.

Elle le regarda alors. Ne sachant trop à quoi elle s'attendait. Elle l'avait tellement détesté, à cause de Tora. Mais maintenant c'était comme si elle avait essayé de jeter des pierres sur une corneille à plusieurs kilomètres de là.

Il n'avait pas bu et avait l'air misérable. Son blouson était ouvert.

— Qu'est-ce que tu m'veux ? répéta-t-il en voulant la reprendre par l'épaule.

Elle repoussa sa main. Etonnée de ne pas craindre sa vengeance.

— Je faisais seulement un tour sur le quai, dit-elle.

— J'pensais que tu voulais m'parler, que t'avais besoin d'argent... J'ai d'abord été tellement surpris de te voir dans les vêtements de Rakel que j'en ai perdu mes moyens.

— Si j'ai besoin d'argent ?

Elle aurait pu en rire. Mais ces mots étaient trop inattendus dans sa bouche.

— Oui... J'sais pas comment dire, mais... j'gagne bien ma vie maintenant, et si tu voulais accepter... La Rakel m'a fait comprendre que t'avais des difficultés... Elle l'a dit avant de s'en aller... J'peux te rendre un service à l'occasion.

Il balbutiait ses mots pleins de bonnes intentions.

Le monde lui était tombé sur la tête.

Mais elle se ressaisit et attendit. Attendit qu'il découvre le motif caché derrière ces bonnes intentions. Car c'était comme dans les histoires d'Elisif où les gens se convertissaient dès qu'ils s'agenouillaient devant Notre-Seigneur.

Puis elle se dit que, bien sûr, l'homme se conduisait autrement devant Tora que devant Rakel. Il avait toujours eu une sorte de déférence envers Rakel. Tout le monde l'avait remarqué, même s'il essayait de le cacher sous des fanfaronnades.

Elle enfonça ses mains dans ses poches et le regarda avec mépris.

— Non, je m'en sors très bien. Mais envoie plutôt ton argent à Ingrid. C'est elle qui en a besoin !

Elle fit un pas en avant pour passer. Il la suivit. Marchant à côté d'elle. Il avait visiblement encore des choses à dire.

— J'ai su que tu… avais été si malheureuse, Tora.

Sa voix s'étouffait. Elle n'y comprenait rien. Qu'est-ce qu'il machinait ?

— J'veux plus t'parler, dit-elle, voulant s'en aller.

Mais il s'accrochait comme une mouche. Bourdonnant. Elle n'arrivait plus à suivre ce qu'il racontait. Disant qu'il ne pouvait pas effacer ce qui s'était passé. Qu'il ne le supportait pas. Qu'il avait quitté Ingrid et l'Ile pour trouver s'il était vraiment le monstre que Rakel voyait en lui.

Des voix prirent place dans sa tête. Elles parlaient toutes en même temps. L'excluaient. Cependant des bribes du plaidoyer de l'homme lui parvenaient comme un morceau choisi en langue étrangère contenant des tas de mots dont elle ne connaissait pas le sens.

— Tu sais donc pas qui je suis ? lui criat-elle.

Le silence se fit enfin.

Le vent jouait avec un morceau de toit en tôle d'un entrepôt dans le voisinage. Ça brillait gaiement quand il se soulevait de plusieurs centimètres vers le ciel. La lune agitait un papier d'argent sur le fjord.

— La Rakel, elle m'a dit… J'sais bien que j'peux pas te d'mander de m'pardonner, disait-il, la voix rauque.

Elle le fixait.

Un chat sur la barrière de planches aiguisait ses griffes, les moustaches ébouriffées et les yeux luisants. Elle s'étira pour prendre son élan.

— Non, feula-t-elle dans sa direction.

Puis elle partit en courant sur la route verglacée.

La silhouette au blouson avait reçu de longues égratignures sanglantes à un endroit que personne ne pouvait voir. Il alla soigner sa plaie comme il en avait l'habitude. Au bistro.

32

En hiver il fallait employer des ruses de Sioux et déployer des efforts considérables. Pour l'habitant du pôle, c'était la seule manière de survivre. Se plier aux rites autour de la lumière et dans ses gestes. Tout le monde, quel qu'il soit, était de naissance assujetti à ce rythme pesant : superposer des couches de vêtements. Rechercher coûte que coûte un coin tiède. Se tourner vers la lumière, comme des papillons de nuit.

Les pensées s'entassaient par couches comme des congères et formaient un obstacle. Il fallait les déblayer au chasse-neige de temps à autre. On ouvrait la route et on se frayait ainsi un passage. Mais de chaque côté se formait un talus, haut comme une maison, qui empêchait d'emprunter d'autres chemins que les sentiers battus.

Les corneilles de Breiland passaient un mauvais moment. Elles se réchauffaient le long des toitures et autour des cheminées. Elles appréciaient les encadrements de fenêtre qui fermaient mal et laissaient passer l'air chaud. Tora pouvait les voir, pendant les après-midi cotonneux, perchées sur les branches noires près de la décharge. Elles se balançaient d'avant en arrière, comme si elles souffraient de rhumatismes, ou comme si elles avaient peur d'être collées à la branche par le gel.

Mais elles attendaient. Attendaient que la chaleur s'allume. Elles savaient qu'un homme enveloppé d'une salopette et coiffé d'un bonnet de fourrure sale viendrait mettre le feu à tout ce qui restait d'immangeable. Elles y avaient passé leur journée, ces corneilles, à se battre pour des épluchures de pommes de terre et des croûtons moisis.

Après ça, elles savaient que les flammes monteraient. Celles qui réchauffent. Qui transforment la cime des arbres en doigts noirs et raides s'agrippant au ciel.

Entre-temps les corneilles s'installaient. Comme des prêtres couverts de suie, elles officiaient. Parfois leur cri s'échappait d'un carton carbonisé, d'un pied de chaise amputé ou d'une chaussure sans semelle. Des boîtes de conserve, d'un optimisme sans relâche, faisant la réclame pour les croquettes de poisson de Vesterålen, étaient abandonnées, vidées de leur contenu par des ouvre-boîtes et des mains avides.

Et les corneilles s'installaient aussi près des flammes que possible, criant leur grossier : Crôa !

A la décharge, il y avait aussi de vieux journaux humides et carbonisés. Les mots étaient dangereux, même s'ils avaient l'air d'être oubliés. Car ils gisaient dans les talus de neige, dans la tête des gens.

Au moment où elle s'y attendrait le moins, ils allaient les déterrer et la condamner. Elle serait prise !

Elle ressentait une curieuse attirance pour la décharge. De là, elle pouvait surveiller l'éboulis de pierres. Elle savait que plus elle faisait ce chemin dans l'obscurité de l'hiver, mieux elle serait préparée.

Car au fond d'elle-même elle avait peur de se retrouver dans une situation où elle oublierait qui elle était.

Elle prenait l'odeur des ordures brûlées comme une mise en garde. Le talus aux bords escarpés, formé par le demi-tour du chasse-neige, l'empêchait de se rendre à l'éboulis. Là où l'oisillon reposait sous les cristaux de neige et plusieurs couches de glace, de pierres et de mousse.

La louche en bois restée chez Mme Karlsen avait pioché et pioché. Là.

Et elle repartait, retournait vers les lumières, sans se retourner. Les maisons l'appelaient. La priaient, de leurs yeux tristes et jaunes : Reviens.

Ce n'était pas par hasard qu'elle revenait. C'était de son propre chef. On avait le droit de choisir. Celui qui était le plus fort le pouvait. Il était important d'être la plus forte.

Elle était plus forte que Henrik.

Elle lui faisait peur.

Elle marchait sur les tas d'ordures gelées, entre les rats et les souris.

Elle était plus forte que Jon. Elle pouvait le chasser de sa tête, de son corps. Elle le tenait en son pouvoir par sa seule présence.

Elle était plus forte que les professeurs. Au fond d'elle-même elle savait qu'elle était plus intelligente.

Bien sûr qu'il fallait rester juste et ne pas prendre plus que son dû. Mais s'il se trouvait qu'une large part lui était réservée ? Eh bien, elle la prendrait. Avant que d'autres ne la lui prennent. Les gens faisaient la queue pour ça justement : s'approprier !

Quand elle revenait dans sa chambre après une expédition glaciale à la décharge, où la route d'hiver se terminait si totalement, elle se regardait toujours dans la glace. Un petit visage dur aux traits figés. Le nez était tout blanc au milieu. Les yeux comme des trous noirs de fumée.

Et elle se souvenait de s'être vue ainsi dans le fenil de Bekkejordet. Sur la bâche. Exactement comme ça. Elle saluait son ancien moi. Se regardait jusqu'à ne plus en avoir peur.

Puis elle s'installait à sa table pour travailler. Ecartait ses cuisses et se dégelait à la chaleur du radiateur. Sentait son sang couler lentement et calmement dans ses veines.

Au bout d'une demi-heure elle se regardait à nouveau dans la glace. Ses yeux étaient clairs, d'un gris-bleu étincelant. Vivants ! Son visage jeune, aux joues rouges.

C'était son œuvre à elle.

Il lui arrivait de sortir d'un tiroir le fameux cahier de brouillon. Elle pouvait l'ouvrir sous la lampe en toute liberté. Elle n'avait pas besoin de lécher un amer crayon à encre pour écrire quelque chose, comme autrefois dans le grenier de l'entrepôt. Elle se servait d'un stylo.

Elle écrivait la longue histoire d'une fille qui poursuivait un homme tout au long de la côte et lui faisait peur parce qu'elle lui rappelait quelqu'un qu'il avait assassiné.

Elle voyait bien que cela ressemblait à ce qu'elle avait ressenti sur le quai quand elle s'était montrée à Henrik. Mais quand même, c'était tout à fait différent.

De temps à autre, elle se relisait, portait des corrections en changeant un mot pour un autre qu'elle trouvait mieux.

Et tout le temps elle se répétait : "C'est lui qui a lâché ! Bien sûr, j'étais là. Ce n'est pas vrai qu'il a été forcé de lâcher. Il a lâché parce qu'il voulait se débarrasser d'elle."

Tous ces gens qui passaient par elle tout le temps ! Ils démangeaient comme de l'eczéma. Comme des fourmis. Elle avait envie de les secouer pour s'en débarrasser. Sans y parvenir. Ils appartenaient à une autre période, même si elle les voyait passer près d'elle sur le chemin, dans la cour de l'école, à la bibliothèque. Elle avait envie de les battre, de les enfouir dans la décharge, de les supprimer. Ils l'importunaient par leur présence, leurs gestes, leurs paroles.

Certains jours, il y avait un tel vacarme dans sa tête qu'elle ne supportait pas le bruit que faisaient les professeurs en refermant le registre. Ou les voix aiguës des enseignantes qui, telle une brume de gel, s'étendaient sur les pupitres, devenaient malfaisantes dans sa tête.

C'était comme si les gens l'empêchaient d'attraper quelque chose dont elle avait du mal à se souvenir.

D'autres jours, c'étaient les gens de l'Ile qui l'importunaient. Bien qu'elle habitât à Breiland. Ils envahissaient sa tête à grand bruit. Ils étaient vulgaires et exigeants et voulaient tout le temps raconter des histoires qu'elle connaissait déjà. Ils étaient morveux, poussaient des jurons, sentaient le poisson et riaient fort. Elle ne pouvait pas s'empêcher de ressentir un certain mépris pour leur tapage. Ils ne savaient pas qui ils étaient. Ils ne savaient pas tirer parti du fait qu'ils appartenaient au même être qu'elle. Ils évoluaient entre la boutique d'Ottar, la maison de prières, la fabrique de filets de poissons, la maison des Mille, Været, les pêcheries. Complètement dépravés et sans rien dans la tête.

Et ils l'importunaient. Leurs regards. Les vieilles insultes. L'envie. Elle se rendait compte qu'elle avait souvent caché tout cela sous les talus de neige. Des deux côtés de la route blanche toute droite sur laquelle elle avançait. Il faudrait bien un jour tout ressortir et y mettre le feu.

Soleil ! Elle l'épargnerait. Soleil savait qui elle était.

Elle se prit à regretter Soleil. Sa grosse poitrine qui débordait du maillot de bain. Sa voix hardie et effrontée : “Il emploie toujours des capotes anglaises…” ou encore : “Il est gentil…”

Maintenant elle comprenait l'attitude de Soleil, son idée : avoir le dessus. Ne jamais être prise au dépourvu. Etre celle qui décide.

Simon faisait partie des élus. Il attendrait sur l'Ile qu'elle ait terminé ce qu'elle avait à faire. Il garderait ses moutons. Il se rendrait au travail dans son camion jaune. Et quand elle aurait besoin de son grand corps, parce que les autres l'ennuyaient, ou ne comprenaient pas qui elle était, alors il viendrait l'enlacer. Elle l'avait choisi. Elle l'épargnerait.

Ingrid ? Avec ses croquettes de poisson. Que faisait-elle maintenant qu'elle n'avait plus personne qui gaspillait tout son salaire ? Il fallait bien l'épargner, elle aussi.

Un jour, elle écrirait dans le cahier l'histoire d'une femme qui ne savait plus pour qui vivre quand celui qui l'avait tourmentée avait disparu. Elle le ferait partir en Amérique. Elle avait déjà utilisé l'idée du cargo.

Quelque part enfouie dans le talus il y avait une petite idée qui ne cessait de reparaître, agaçante comme une moufle oubliée que personne ne réclamait : Ingrid n'avait-elle vraiment aucune pensée dans la tête ?

Le livre de comptes sur le comptoir d'Ottar, celui à la couverture marbrée et aux feuilles épaisses comme des planches, *celui-là*, Ingrid y pensait.

La dernière fois qu'elle était passée à la maison, elle n'avait même pas demandé à Ingrid où elle en était dans ses dettes à la boutique d'Ottar. Elle ne pouvait pas prendre en charge à l'infini les dettes d'Ingrid.

Néanmoins elle n'arrivait pas à cacher Ingrid complètement dans le talus de neige bien tassée qui bordait sa route. Il y avait toujours quelque chose d'elle qui dépassait. Des mains maigres et rouges de froid en train de rincer du linge dans la cave, au fond de la maison des Mille. D'épais cheveux bruns. Quelques mèches bouclées et gelées traînaient sur les bords. De temps en temps un touchant parfum de savon se mêlait aux odeurs de la fabrique de filets de poisson. Se mêlait à de grosses larmes – comme le gros sel du sac en papier gris dans la cuisine. Celui qui était toujours troué, qui perdait toujours sur le plancher quelques grains de sel qu'il fallait ensuite balayer.

De temps à autre, des visages lui revenaient. Comme des masques oubliés. La peau blanche d'Ingrid ne faisait qu'un avec les autres.

C'était ces jours-là que cela cognait et s'agitait dans sa tête comme par un jour de grand ménage. Les voix ! Tout devenait humide et moite de vapeur et de vieille saleté. Il lui faudrait peut-être s'y attaquer à la brosse et au couteau.

Parfois, ses pensées bifurquaient vers Frits, le sourd qui ne pouvait pas parler et Randi, sa mère, qui fabriquait tout un monde de couleurs sur sa machine à tricoter. Elle ne savait pas ce qu'ils étaient devenus, ni eux, ni leur bibliothèque. Elle ne pouvait pas non plus s'embarrasser d'eux. Il fallait les empêcher de remonter à la surface avec le couvre-lit que Randi lui avait donné. Tous ces carrés de laine flamboyants risquaient de lui faire oublier qui elle était.

33

Elle avait accepté de rencontrer les frères et sœurs de Jon et sa famille. Un repas dominical.

Le père de Jon vendait du bois de charpente. Il possédait un affreux entrepôt sur les quais, qui avait l'air d'avoir été agrandi dix fois sans que l'on soit arrivé à décider dans quel sens l'agrandissement devait aller. Cela donnait un échafaudage incongru et grisâtre. Des planches et des rondins sortaient des fenêtres et des portes ouvertes. Cela ressemblait un peu à l'ancien entrepôt de Simon. Le père de Jon sentait le bois et la sciure. Une curieuse odeur de goudron frais vous assaillait dès le perron de la grande maison qui était celle de Jon. Des lanternes en fer forgé démodées jetaient une lumière pâle sur la neige et les malheureux rosiers.

Le père de Jon portait une chemise en nylon plus tout à fait blanc. Ses bretelles pendaient le long de ses cuisses. Il nouait sa cravate devant la glace quand ils arrivèrent.

Jon était visiblement gêné de trouver son père là en train de finir de s'habiller. Mais il ne dit rien. Il n'était pas aussi prompt à critiquer les siens que ses amis.

Le père de Jon, lui, n'éprouvait pas la moindre gêne. Il inclina sa silhouette courte et replète en une petite courbette et lui tendit la main. Elle pouvait bien voir qu'il cachait plein de rires sous un masque de clown.

Il avait le cheveu rare et jaunâtre qu'il n'essayait pas de ramener sur sa calvitie. Il était rasé de frais et sentait le savon à barbe – et le rondin de pin fraîchement scié.

Jon ne ressemblait pas du tout à son père.

Sa mère, par contre, était grande et brune, avec des tempes sévères déjà striées d'argent. Elle avait un visage étroit, au profil aigu et au menton fort. Des yeux inquisiteurs. Le corps mince aux gestes calmes, les mains qui l'avaient prise par les épaules ne lui inspiraient pas confiance. Et cependant : c'était à elle que Jon ressemblait. Physiquement.

La maison était un curieux mélange des deux parents de Jon. L'entrée, la salle à manger et la cuisine étaient dans un ordre parfait. Il était clair que c'était là son domaine à elle. Tandis que le salon avait l'air d'avoir subi un cataclysme. La grande bibliothèque débordait de livres, de magazines et de journaux. Sur un vieux bureau placé sous une des hautes fenêtres traînaient des papiers, des registres et des fiches de toutes sortes. Elle comprit que tout cela devait être en rapport avec des activités professionnelles. Sur le buvard taché, un cendrier était plein à ras bord.

L'aspect des meubles donnait l'impression que l'on y avait continuellement consommé du poisson, du foie et des laitances de morue. L'atmosphère de la pièce était chargée de disputes et d'activité fébrile, de tabac et de laine mouillée.

Tove et Erik entrèrent bruyamment sans même avoir ôté leurs anoraks et leurs chaussures. Les joues rouges de froid ils étaient aussi blonds que Jon était brun. Ils tenaient de leur père, et s'accrochaient à lui comme des taons. Ils parlaient en même temps, comme s'ils savaient d'avance ce que l'autre avait pensé dire, et s'envoyaient des regards indignés.

Elle se sentait submergée. Tout d'un coup elle comprit Jon. Son besoin d'avoir quelqu'un à qui parler, comme il disait.

Elle ne l'enviait pas. Elle fut frappée à l'idée qu'elle aurait probablement réagi autrement avant. Elle aurait été impressionnée par la bibliothèque et le piano. Par un père qui fumait et parlait de choses ordinaires.

La mère au regard sombre l'aurait certainement effrayée par sa manière de poser des questions, de hocher la tête et de s'essuyer avec sa serviette.

Maintenant, elle se contentait de rejeter la tête en arrière et de rire silencieusement. Elle jetait des regards furtifs sur la femme en face d'elle. Elle devinait l'irritation qu'elle éprouvait devant ces enfants turbulents incapables d'attendre leur tour pour parler.

— Débarrassez la table, les enfants ! ordonna le père de Jon.

Ils ne l'entendirent même pas. Ils continuèrent à se chamailler sur qui aurait le droit de prendre le chat dans son lit pour la nuit.

La mère se leva et donna une tape dans le dos de chacun des gosses. Sans un mot. Ils se levèrent alors comme des poneys sur qui on aurait manié le fouet. Attrapant la saucière, le plat de pommes de terre et les assiettes en un éclair et avec force bruit. Brutalement.

La mère de Jon laissait tomber les mots comme une lourde pluie. Floc, floc. Toujours sur le même ton.

Maintenant que les enfants étaient partis, le père de Jon soupira et s'adressa à leur invitée :

— Qu'est-ce qu'ils font, tes parents ?

Elle n'était pas préparée à la question. Elle s'était sentie hors de danger tant qu'il n'y avait pas moyen de s'entendre ni pour questionner, ni pour répondre.

— Ma mère travaille dans une fabrique de poisson congelé. Mon père est mort.

Elle était étonnée de voir à quel point c'était facile. C'était parce qu'elle savait pour qui les gens la prenaient.

— Ah bon, veuve... dit-il pensivement, sans aucune fausse pitié.

Il se curait les dents, jusqu'aux molaires du fond, avec une allumette taillée. La viande avait été filandreuse. De la vieille carne. Impossible à attendrir.

Il commentait le repas à voix basse et avec familiarité tout en surveillant la porte de la cuisine.

— Elle s'est mariée – après, ajouta-t-elle en le regardant avec anxiété.

— Remariée. Bien normal. Bien normal.

Il retira enfin sa main de sa bouche et se moucha dans une serviette en papier. Sentant le regard de Jon fixé sur lui, il dit en guise d'excuse :

— C'est seulement une serviette en papier. Faut faire comme chez soi.

Elle sentait le rire fuser. Comme si elle avait avalé de travers. Mais Jon n'était pas à l'aise, alors elle se retint.

— Qu'est-ce qu'il fait, ton beau-père ?

— Il travaille sur un cargo.

— Tiens, tiens. Il est propriétaire du bateau ?

Elle ne put s'empêcher de rire.

— Non, il n'est propriétaire de rien du tout.

Les autres la dévisageaient, incertains. Le père cligna plusieurs fois des yeux.

— C'est vrai, tout le monde peut pas être propriétaire de son exploitation.

Jon avait l'air furieux. Mais il ne disait rien. Se contentant de jeter des regards noirs sur son père.

Après le déjeuner, le père disparut pour faire la sieste et les gosses pour aller au cinéma.

La mère de Jon était visiblement soulagée. On l'entendait s'activer dans la cuisine dont la porte était ouverte.

Tout y était en bon ordre et astiqué. Comme la cuisine de la maison des jeunes quand les femmes avaient tout nettoyé et tout emporté après la dernière fête. Ne laissant derrière elles rien qui puisse rappeler une activité humaine.

Finalement elle amena une coupe de fruits et s'assit avec un tricot, sans dire un mot. Comme si elle était seule dans la pièce.

La famille de Jon ne ressemblait pas à ce qu'elle avait imaginé, la fois où elle avait aperçu la mère de Jon à la fête de l'école, en tailleur et un chapeau sur la tête.

C'était une famille où personne ne s'aimait, et ça leur était égal d'être enfermés les uns avec les autres. Elle pensait que même les enfants n'aimaient pas leurs parents. Leurs voix étaient comme des grues rouillées dans la tempête, pleines de mépris quand ils s'adressaient à leur père et d'obéissance réticente quand ils parlaient à leur mère.

Elle n'avait pas à craindre de ne pas être à la hauteur.

Elle se renversa en arrière dans le fauteuil sale et se mit à feuilleter distraitement un dictionnaire tout en s'ennuyant.

C'était comme à l'église, elle pouvait songer à autre chose pendant que les prières et les psaumes virevoltaient autour d'elle et que les orgues grondaient et rattrapaient ses pensées.

Quand Jon la raccompagna dans le noir, alors que les maisons illuminées les agressaient de leurs rideaux, de leurs plantes vertes, de leurs lampes et de leurs bibelots, elle eut une envie folle de démasquer tous ceux qui habitaient derrière ces vitres polies. De les tirer dans la rue, à moitié déshabillés. De voir comment ils se battaient, se disputaient et se haïssaient. Comment ils étaient enfermés les uns avec les autres sans dire un mot qui aurait pu en libérer quelques-uns. De s'amuser de les voir condamnés les uns aux autres comme des chiens enchaînés à un poteau à côté de leur pâtée.

Elle venait de découvrir quelque chose. Tora n'avait pas été la seule à trembler dans le froid. Chez quelques-uns, les glaçons pendaient, visibles pour tout le monde.

Cela lui fit du bien.

Alors, Ingrid était aussi quelqu'un d'ordinaire ?

Elle se dit qu'Ingrid n'était ni meilleure ni pire que la plupart des autres.

Arrivée dans sa chambre, elle laissa Jon jouer avec ses petits seins. Mais elle ne le laissa pas aller plus loin. Et un peu plus tard elle l'entendit descendre l'escalier à pas lourds. Comme un phoque à moitié assommé qui avance sur la plage à l'aide de ses nageoires. Pouf, pouf.

Mais elle n'en fut pas émue. Cela ne la concernait pas. Il fallait bien qu'il comprenne qu'on ne pouvait pas toujours le consoler, même s'il avait une famille désagréable.

Elle sortit ses livres et en caressa les pages blanches et coupantes. S'amusa à prendre quelques leçons d'avance. Pour rester celle qui en savait toujours plus que les autres.

34

Les tourbillons de neige voltigeaient lentement au-dessus du Veiten et de Skaret. Jusque sur les quais. Ça sentait le sel et les gros sanglots.

Elle était accoudée au bastingage et regardait. La maison des Mille sur le promontoire n'était plus blanche. Elle le voyait bien par comparaison avec les champs recouverts de neige. La maison ressemblait à une muraille grisâtre. Un épouvantail aux yeux de tout le monde. Le toit d'ardoise ne faisait qu'un avec les murs, et une fumée sale et épaisse sortait des cheminées délabrées.

Derrière, le ciel était blanc d'hiver et fragile comme un drap usé, et les tourbillons de neige formaient un entonnoir au-dessus des vieux quais et des entrepôts croulants. Les hommes se battaient pour mettre l'amarre en place, les mains comme d'énormes griffes dans le gel.

Des points se mouvaient sur les routes. Les gens ressemblaient à des fourmis grimpant les côtes derrière la boutique d'Ottar, leurs filets à provision ou leurs bidons de lait à la main.

Elle ne pouvait pas penser aux gens de la même manière qu'à Breiland. Ils étaient plus proches d'elle maintenant.

Ils étaient en elle et autour d'elle. Elle n'arrivait pas à mobiliser son mépris pour leur misérable vie. Elle en savait trop sur elle-même. Et elle comprenait que ce serait plus difficile de savoir qui elle était, là sur l'Ile. Elle n'y resterait pas longtemps. Juste pour qu'Ingrid ne passe pas seule le réveillon.

Ingrid avait téléphoné. Ecrit. Supplié. Tora ne s'était décidée à partir pour l'Ile que quand elle avait appris que Henrik ne rentrerait pas pour Noël.

Elle avait accordé ce plaisir à Ingrid. Mais elle se sentait lasse de toujours avoir à lui céder. Elle voulait s'en libérer. En sortir. On ne pouvait pas éternellement porter quelqu'un sur son dos.

Personne ne savait qu'elle arrivait aujourd'hui.

Au milieu de tout ça et bien qu'il ne soit pas sur le quai, elle imaginait le dos et la nuque de Simon. Elle le voyait à moitié tourné vers elle. Souriant. Le bras sur la portière de la voiture. La carrosserie jaune jetait un reflet curieux sur son bras. Comme s'il n'était pas en chair et en os. Comme s'il ne lui appartenait pas.

Au téléphone, Ingrid avait dit que Simon était l'ombre de lui-même. Mais Simon ne pourrait jamais être une ombre. C'était Simon. Quand il venait à elle à Breiland, il avait le bras gauche posé sur la portière et souriait. Un peu penché en avant, ce qui faisait retomber ses cheveux sur son visage et ressortir les sillons sur ses joues.

Un jour, elle avait eu la voix de Simon au téléphone. Profonde et lointaine. Affectueuse, comme s'il ne savait pas exactement ce qu'il disait.

— Comment vas-tu, mon petit ? avait-il demandé.

Comme s'il ne savait pas comment elle allait !

Et il avait parlé d'abattre tous les moutons. Elle lui avait alors demandé de cesser de dire des bêtises. On était quand même pas obligés d'abattre tous les moutons parce qu'elle allait à l'école à Breiland ! Il devait bien être capable de s'occuper des moutons. Ils ne demandaient pas tant de travail. Ils se débrouillaient seuls. Et maintenant que la bergerie avait un plancher neuf et tout !

Il y avait eu un grand silence à l'autre bout du fil, à tel point qu'elle lui avait demandé s'il était toujours là.

Il s'était raclé la gorge et avait changé de sujet. Il lui parlait comme à une gosse.

Quelque chose en elle s'était déchiré, si bien qu'elle avait dû immédiatement sortir marcher du côté de la décharge.

Après, elle n'avait plus essayé de téléphoner à Bekkejordet. Elle ne le convoquait que quand elle en avait le plus besoin. Et dans ces cas-là il était parfaitement lui-même.

Un jour, quand Rigmor Berg lui avait crié que Simon la demandait au téléphone, elle avait fait semblant de ne pas être dans sa chambre.

Elle y était préparée, cependant son cœur battait comme un vieux moteur quand elle descendit du bateau. Les gens la regardaient sans aucune gêne. Comme si elle était un fantôme. Ou une étrangère.

Cela ne l'inquiétait pas. Il fallait bien qu'ils s'habituent à son retour. Ils étaient bien obligés.

Elle déposa son sac de voyage et ses cadeaux de Noël chez Ottar. Il la regardait fixement lui aussi. Et lui demanda timidement quand elle repasserait les prendre.

Elle répondit que Simon s'en chargerait. Comme si c'était une question à poser ! Elle lui tendit le sac par-dessus le comptoir.

Il y avait des marques de couteau et de crayon encre et de Dieu sait quoi encore sur ce comptoir. Il portait son crayon derrière l'oreille et la marque de son suroît sur le front car il revenait du quai où il était allé chercher des harengs salés pour une bonne femme, et il n'avait pas eu le temps de se repeigner.

Cela la força à sourire. Le temps s'était arrêté ici. Il n'y avait que dans sa tête que les choses évoluaient. Emportées par un curieux courant. Certaines choses qu'elle ne savait comment utiliser lui faisaient signe.

La boutique d'Ottar était pleine d'objets qui pendaient et se balançaient. Des bidons, des casseroles, des louches. Des limes de toutes les tailles étaient accrochées par un anneau enfilé dans un trou, exactement du même diamètre sur chaque lime. Elle se souvint avoir été souvent sous ces limes, se demandant pourquoi chaque lime de grandeur et de grain différents portait exactement le même trou au manche. Et il lui sembla qu'il était important de se souvenir de cette chose idiote. Cela lui donnait mal à la tête, parce qu'elle n'arrivait pas à se souvenir du reste.

Ottar avait depuis longtemps une vitrine à la mode. Mais il n'arrivait plus à renouveler ses marchandises, depuis que Soleil était partie. Finalement les choses restaient en vitrine jusqu'à ce que quelqu'un les achète. Le vide laissé par la marchandise disparue était criant. Les mouches venaient y mourir, après avoir laissé des traces, sans méchanceté. La poussière s'étalait uniformément. Il n'avait trouvé personne qui savait nettoyer à fond comme la fille aînée d'Elisif. Aucune non plus qui se laissait un tant soit peu tripoter sur l'échelle. Elles étaient sauvages et farouches comme des oisillons. Démolissaient le pauvre bougre qui avait le malheur de seulement imaginer les toucher.

Soleil manquait à Ottar.

Elle s'en rendit compte quand elle demanda à Ottar si Soleil allait revenir pour Noël. Son visage prit la forme d'un disque vert tacheté de plaques rouges.

Soleil lui avait bien parlé d'Ottar l'été dernier, quand elles avaient pris des bains de soleil sur les rochers. Mais elle n'avait peut-être pas tout raconté. Elle donnait l'impression d'avoir des secrets.

Elle se rappela ce que l'on reprochait à Soleil, il y avait de cela longtemps déjà. Ce qui l'avait forcée à prendre parti. A se mettre en colère. Cela lui semblait aujourd'hui enfantin. Soleil faisait des projets. Elle était plus courageuse que quiconque. Elle avait décidé de quel bois elle se chauffait, elle aussi.

Elle s'arrêta un moment à la croisée des chemins. Près de la vieille étable qui n'appartenait à personne, et qui n'avait plus de couleur. Pendant la guerre, les femmes qui n'avaient pas de ferme y avaient élevé des cochons.

La nouvelle exploitation de Simon resplendissait de peinture fraîche, là, en contrebas. Elle pouvait voir qu'on s'y agitait, mais le camion jaune qu'elle cherchait partout, elle ne le voyait pas. Simon était donc à la maison. Elle allait le surprendre !

Ici, les congères le long de la route n'étaient pas si hautes, car les tempêtes avaient eu le champ libre pour balayer les collines dénudées.

Elle avait fait agrandir et encadrer la photo qu'Ingrid lui avait donnée. Ce serait son cadeau de Noël pour Ingrid. La copie était un peu granuleuse et floue, mais bonne. Et d'un si grand format qu'elle demandait à être exposée. Pour sa part, elle préférait la petite photo jaunie qu'Ingrid avait cachée pendant tant d'années. Elle était dans son cadre ovale. Sur l'étagère avec les livres. Jon n'avait pas commenté l'uniforme allemand. Cela l'avait d'abord étonnée, puis elle s'était dit qu'on ne voyait pas clairement que c'était un uniforme allemand. Etait-elle la seule à le voir ?

Elle décida de commencer par la maison des Mille. Autant en finir tout de suite.

Puis elle irait droit à Bekkejordet s'asseoir sur la caisse à tourbe pour regarder tout ce qui était dans la cuisine. La serviette brodée suspendue devant l'étagère. Les pots de porcelaine ancienne au décor bleu et aux lettres tarabiscotées : Farine. Sucre. Céréales. Sel.

Elle soulèverait les ronds de la cuisinière – un par un – et ajouterait une bûche de bouleau et de la tourbe. Verrait les flammes. Les flammes rouges aux dents orange et jaunes. La chaleur.

Puis elle ouvrirait la porte de la chambre à coucher. Se servirait des ustensiles de cuisine, laisserait la porte entrouverte pour permettre à la chaleur d'y pénétrer.

Elle sentait déjà l'odeur du pain, de la tourbe, des animaux. Cette odeur bien connue qui venait vers elle dès le perron, et qui lui appartenait.

Ingrid était en train de laver les escaliers quand Tora franchit la porte branlante. Tora constata que sa combinaison dépassait largement de sa jupe, que son chignon s'était défait et que les manches de son cardigan étaient mouillées jusqu'aux coudes. Elle était enveloppée de buée.

Ingrid ne se retourna pas quand elle entendit quelqu'un passer la porte. Elle se contenta de tordre la serpillière d'un large mouvement. Déplorant l'éternelle présence de la saleté. Puis elle essuya rapidement et avec rudesse les marches usées et s'effaça pour laisser passer, tout en étendant la serpillière humide sur la dernière marche, comme pour dire : “Essuie-toi les pieds !” Elle voulait que les gens se dépêchent. Ingrid ne se laissait pas prendre aux bavardages. C'était une femme d'action quand il s'agissait de récurer le plancher.

Tora resta si longtemps immobile sans faire mine d'entrer qu'Ingrid se retourna. Avec impatience. Quelque chose se passa dans sa tête en l'espace de quelques secondes. Atteignit ses pupilles, les rides de ses yeux, les commissures de ses lèvres. Elle fixait la jeune femme devant elle. Le manteau bleu, les bottillons qui s'étaient mouillés pendant le voyage et avaient besoin de sécher. Elle fixait surtout le petit visage légèrement taché de son sur le nez. Au milieu d'une douce auréole de cheveux roux frisés.

— Seigneur comme tu m'as fait peur, petite ! J'aurais pu croire que c'était ELLE !

— Bonjour !

— Oui, bonjour…

Ingrid tortillait la serpillière et finit par essuyer ses mains sur son tablier.

— Pourquoi t'as pas téléphoné à Dahl pour dire quand tu arrivais ? J'serais allée te chercher, bien sûr. Monte, j'ai bientôt fini.

Ingrid, pour la deuxième fois, s'effaça pour laisser passer. Elle continuait à la fixer.

— C'est moi qui vais laver le reste de l'escalier, et toi tu montes mettre la cafetière sur le feu !

— Tu vas pas laver l'escalier habillée comme ça ! dit Ingrid plaintivement.

— C'est ce qu'on va voir. Va, maintenant !

Ingrid remonta l'escalier à reculons. Le tablier mouillé battait tristement d'un côté à l'autre, fouettant avec colère la rampe quand elle prit le tournant.

Ingrid n'était pas pire que les autres, pensa-t-elle. Ingrid dans la maison des Mille : condamnée à Henrik, à laver les escaliers et à empaqueter des filets de poisson, pour l'éternité. Personne ne pouvait rien y changer.

Mais le plus important était qu'Ingrid l'avait vue, *elle*. Elle avait vu qui elle était. Mais elle ne l'avait pas cru.

— Tu peux pas aller à Bekkejordet habillée comme ça !

Ingrid avait la voix stridente.

— Pourquoi pas ?

— Le pauvre homme a eu sa dose. Il pourrait croire que c'est elle… Rakel qui revient. Ça lui rappellerait tout ce qu'il essaie d'oublier. J'comprends pas que tu sois v'nue ici habillée comme ça. Traverser Været comme ça et… J'crois bien que t'as perdu la tête, petite ! Tu comprends donc pas que ça se fait pas… Par égard pour les gens.

Ingrid était plantée au milieu de la pièce. La combinaison dépassait toujours un peu la jupe usée. Cette image dansait devant elle comme un film qu'on déroule à trop grande vitesse.

— J'ai bien l'droit d'mettre mes vêtements !

— Tes vêtements ? C'est les siens que t'as sur toi, et qui nous rappellent…

La voix se brisa en une sorte de plainte.

Mais les paroles d'Ingrid ne la touchaient pas. Cela lui donnait un sentiment désagréable. Comme si elle avait été forcée de lire la pensée d'une autre. C'était trop laid pour s'en formaliser. Pourquoi Ingrid ne se laissait-elle pas consoler ? Ne voyait-elle pas que Rakel était là ?

— Tu resteras ici aujourd'hui. Demain, tu pourras aller à Bekkejordet rendre visite à Simon. Et tu mettras autre chose ! dit Ingrid avec autorité.

Elle regarda Ingrid dans les yeux et essaya de mobiliser un sentiment de révolte. Sachant parfaitement que c'était sans espoir à la maison des Mille.

C'est alors qu'elle entendit la voix de Rakel :

"Calme-toi, maintenant, on ne peut pas s'attendre à ce qu'elle comprenne qui nous sommes. Faut qu'elle te fasse confiance. Pour qu'on ait la paix. On va y arriver, n'est-ce pas ?"

Cette voix lui était réservée. Elle savait tout. Elle était la voix de celle qui souffle sur une écorchure, qui berce sur ses genoux. Une bonne voix.

Et elle se tut. Avança de quelques pas et laissa sa main effleurer le bras d'Ingrid. Un geste rapide, comme une aile, déjà envolée.

— Bien, bien, dit-elle seulement.

Elles burent du café et ne parlèrent plus de sa visite à Bekkejordet. Ingrid racontait que Johanna-au-Fichu déclinait. Elle avait perdu la tête. Elle oubliait ce qu'elle avait à faire. Et elle s'était mise à détester Einar dans la véranda du grenier. Elle l'engueulait tout le temps. Elle prétendait qu'il se servait du cabinet des femmes et faisait pipi sur tout le banc. Pouah !

Il y avait un peu moins de bruit au-dessus de leurs têtes. Tous les enfants d'Elisif grandissaient. Ils étaient dehors dans la journée. Elisif ne lisait plus autant la Bible qu'avant. Dieu soit loué, disait Ingrid.

Soleil devait arriver la veille de Noël, alors ils essayaient de mettre un peu d'ordre là-haut. Soleil était l'invitée quand elle venait. Elle était comme une parente d'Amérique qui avait réussi à s'échapper. Même si la voie du péché était large, il semblait qu'Elisif accordait à Soleil le droit de goûter aux bonnes choses le long du chemin. Et elle ne verrait jamais les valises vides. Une fois partie, quand il n'avait plus été question qu'elle habite là, Elisif avait eu l'air de se faire à cette idée. Mais elle n'arrivait pas à dompter le reste du troupeau. Elle ne pouvait pas être partout, la pauvre. Elle n'était pas mauvaise, au fond, même si elle excitait le diable et sa suite sur tout le monde. Elle s'était résignée à cette vallée de larmes, comme elle disait. Ingrid pensait que ça la rendait plus facile à vivre comme voisine du dessus.

— Et Henrik ? dit-elle en regardant Ingrid dans les yeux.

— Il donne pas beaucoup de nouvelles. Il paraît qu'il va jusqu'à Kirkenes et au sud jusqu'à Bergen.

— Et l'argent ? Il envoie de l'argent ?

— Oui, ces derniers temps. Deux fois. Plusieurs centaines de couronnes !

C'était dit sur le ton des refrains religieux d'Elisif, pensa Tora froidement.

— Est-ce que ça a suffi, ce que je t'ai envoyé ? demanda Ingrid dans la foulée.

Elle ne se sentait pas bien. Comme si elle avait mordu un morceau du bras d'Ingrid et avait du mal à l'avaler.

— Je t'ai préparé la chambre, viens voir.

Ingrid piétinait sur le plancher avec impatience.

Elle ressentait une sorte de chagrin devant cet empressement. Il venait trop tard. Néanmoins elle la suivit dans la petite pièce.

Le lit. Contre le mur. Un lit ordinaire un peu démodé avec de hauts montants. En pin passé à l'huile. Il luisait comme la bave qui débordait des tonneaux d'huile de foie de morue à la fabrique. Il s'en dégageait une certaine odeur, même si tout était propre et bien rangé. Il y avait des guirlandes au plafond. On distinguait encore le carré clair laissé par l'image d'un ange qu'on avait fini par jeter par la fenêtre et qui avait disparu derrière les communs. Ou bien au ciel ?

La table près de la fenêtre était recouverte d'une nappe brodée de lutins, fraîchement repassée. Des branches de genièvre dans un vase. Un des pieds du lutin en verre était brisé, si bien qu'il fallait l'appuyer sur quelque chose pour qu'il se tienne debout. Elle l'avait obtenu après maintes prières une fois où Ingrid avait commandé par correspondance de la toile écru. Il avait l'air tellement vivant dans le catalogue racoleur. Quand elles l'avaient reçu, il était sans vie et froid.

A cette période de l'année, flottait partout une odeur efficace de savon noir. Ingrid se redressa et questionna des yeux. Mendia. N'obtenant aucune réponse, elle baissa les yeux.

— J'vais habiter à Bekkejordet, finit-elle par dire.

— A Bekkejordet… ?

— Oui.

— Mais… Henrik va pas rentrer. Il est loin. Le Simon, il peut v'nir chez nous le soir de Noël. Il viendra sûrement, tu verras. Il a pas tellement de famille lui non plus.

— *Tu* peux venir chez nous le soir de Noël. A Bekkejordet. Tu peux même y coucher si tu veux.

Ingrid la regardait. De ses yeux secs et attentifs. Elle venait vers elle, sortant de ses cheveux bruns. Le visage transparent. Comme l'air.

— Je crois pas que le Simon ait pensé aux préparatifs de Noël.

— C'est moi qui vais préparer Noël !

Les mots claquèrent comme le fouet d'Einar quand il voulait que la jument du pasteur se dépêche. Suffisamment fort.

— Tora, tu…

— Ne m'embête pas ! Tu entends !

— T'embêter ? Mais tu es ma fille !

— Non ! Je ne supporte pas ton baratin !

Coupée, comme avec les ciseaux crissant à la tonte des moutons en automne. Crr, crr.

— Et qui es-tu alors, s'il m'est permis de le demander ?

Ingrid avait mis son poing sur sa hanche. Elle était plus grande que l'autre.

— Moi-même ! Et je n'appartiens à personne !

La voix qu'elle avait dans sa tête ne s'était pas manifestée à temps. Elle avait été bête. Etait allée trop vite.

Les yeux dilatés d'Ingrid. Aux pupilles de charbon. Qui roulaient vers elle. Comme des pierres qui l'écraseraient dans sa chute.

— Tu ne me fais pas peur, ma petite.

La voix. Dans la tête.

"Tu es trop brutale, tu comprends. Dis que c'était une plaisanterie."

Elle fut prise d'une terrible nausée.

— N'y pense plus, murmura-t-elle en pas sant devant Ingrid pour rentrer dans la cuisine Elle prit un verre et se versa de l'eau. But à grandes gorgées, avec avidité. Ingrid la suivit lentement.

— Sais-*tu* qui *tu es*, Ingrid ? dit-elle en posant le verre sur le plan de travail.

Ingrid fit semblant de ne pas remarquer qu'elle l'avait appelée par son prénom, et non pas maman. Elle se contenta de la regarder. Attentivement. Comme une couture de travers sous la machine à coudre.

— Oui, Tora, je crois que je le sais.
— Et qui es-tu alors ?
— J'suis ta mère, et je veux que tu restes à la maison pendant les fêtes de Noël quand tu reviens de l'école.
— Personne ne peut *être* mère. C'est pas quelque chose qu'on *est*, marmonna-t-elle en reprenant le verre. But à nouveau.
— J'ai essayé de m'occuper de…
— De Henrik ?
— De lui aussi.
— T'es sa mère ?
— J'suis mariée avec lui.
Le robinet fuyait. Personne n'en avait changé le joint.
Ingrid lui tourna le dos et commença tranquillement à ramasser les tasses. Soucoupe sur soucoupe. Tasse sur tasse. Les tasses sur les soucoupes. Le petit plat en verre dont elle se servait dans les grandes occasions. Avec les biscuits au gingembre. Tout juste sortis du four. Le parfum en imprégnait encore les murs. Le parfum de tous les Noëls qui n'en avaient pas été. Parce qu'*il* faisait toujours une scène quelconque.
Maintenant il n'était pas là. Quelqu'un l'avait-il effrayé ?
Son mal de tête lui rappelait les fois où elle tombait en arrière sur la glace.
La toile cirée était neuve. A carreaux rouges et blancs. Pour essayer de donner un air de fête. Elle lui présentait ses couleurs : “Regarde-moi. Ne suis-je pas lisse ? Belle ? Sans une seule écorchure ? On m'a achetée pour embellir Noël.”
— Tu ne peux pas être une mère, quand tu n'es rien en toi-même.

— Assieds-toi, Tora.

Elles s'assirent. Ses avant-bras se collaient à la toile cirée. Qui voulait la retenir. La panique l'envahit. Elle devint toute petite. Elle devint Tora. Se recroquevilla comme lorsque Henrik frappait.

Quand elle était petite ? Et que Henrik frappait ? Mais elle n'avait pas été petite sous la férule de Henrik ! C'était justement cela qu'elle avait décidé !

— J'sais pas si tu me considères comme quelqu'un qui compte pour toi. Je suis seulement une femme ordinaire. Je n'ai fait que me donner du mal pour le pain quotidien. Y a pas de quoi se vanter. J'ai pas toujours agi comme il fallait non plus. Loin de là. Mais j'avais cru qu't'aurais un meilleur entendement quand tu serais grande. Pour comprendre... Que d'aller à l'école et apprendre des choses te f'rait pas rougir en me voyant. Tu as tellement changé. T'es si fière. J'sais même plus si je te reconnais...

Sa voix mourut. Comme à la radio, une voix théâtrale, qu'on pouvait régler avec un bouton.

Ingrid étendit ses mains étroites et rouges de travailleuse sur la table. Elles étaient sillonnées de veines bleues. Leurs paumes étaient craquelées par le grand ménage de Noël. Les ongles rongés jusqu'à la peau. Recouvrant le bout des doigts comme un film. Rose. Les poignets ronds et étroits. De belles colonnes brisées. Fortes, cependant. Des mains qui avaient apporté la fraîcheur sur le front les jours de fièvre.

"Dans une autre vie", disait la voix à son oreille. Si haut qu'elle eut peur qu'Ingrid ne l'entende.

"N'ennuie pas Ingrid avec nos histoires. Elle a sa dose. Elle fait ce qu'elle peut. Tu ne vois pas comme elle est dépouillée de tout ? Comme elle est seule ?"

“Oui, mais je n’ai pas le courage de m’en occuper. Elle m’oubliait en faveur de *lui* ! Elle ne me regardait jamais ! Pourquoi alors… ?”

“Ne pense pas à ça. Recule-toi. Laisse-moi lui parler. Elle est ma sœur. On a joué ensemble. Bouge-toi maintenant. Laisse-moi passer.”

“Mais elle ne souhaitait pas que j’aille à l’école. Que je devienne quelqu’un !”

“Elle souhaite des tas de choses pour toi, mais elle a peur que tu l’abandonnes. Laisse-moi passer maintenant.”

— Faut pas croire que je suis fière. Que je ne suis pas reconnaissante de l’argent que tu m’as envoyé. Que j’ai honte de toi… C’est seulement que j’ai très envie de passer Noël à Bekkejordet, chère maman. Tu peux bien y aller toi aussi ?

— Mais en as-tu seulement parlé à Simon ? Est-ce qu’il est au courant ? demanda Ingrid découragée.

— Simon sait bien où est ma place.

— Bon, bon, je ne sais plus me faire obéir, dit Ingrid avec lassitude.

Une fois en bas dans la cour elle se retourna. Elle vit l’ombre d’une femme derrière une fenêtre.

35

Une ou deux lumières solitaires montraient que Bekkejordet était habité. Sur le mur de l’appentis, un globe en verre en forme de goutte était allumé. Il colorait l’escalier en ciment d'une lumière avenante qui, sans être très forte, était suffisante pour guider les pas sur les marches, jusqu'à la porte. Une porte désuète, peinte en blanc avec une poignée de cuivre jaune. Son panneau était d'une belle finition, portant une fenêtre à petits carreaux en haut. L'escalier de la véranda restait dans le noir. A la vue du petit tonneau, sur la dernière marche, recouvert de neige et avec des restes de terre et de fleurs de l'été, elle reçut comme un coup à la fois sur la tête et dans l'estomac. La neige recouvrait charitablement les tiges mortes. La porte-fenêtre de la véranda était sombre. On n'avait pas balayé la neige de l'escalier. Il ne se servait donc que de l'entrée de la cuisine.

Le camion jaune n'était pas là.

Dans l'entrée, cela sentait les vêtements humides. Il avait l'habitude d'y suspendre ses vêtements de travail. Les patères étaient vides.

Quand elle ouvrit la porte de la cuisine et alluma, elle entendit battre la pendule sur le mur. La poussière, comme une explication, recouvrait tout. Mais les plantes sur la fenêtre vivaient.

Elle avait été absente bien longtemps.

Le poêle était froid. Le radiateur électrique craquait avec inquiétude sur le mur sous la table. Il n'arrivait pas à chauffer toute cette grande pièce. C'était seulement un chauffage d'appoint.

La porte du salon était entrouverte. Les pièces s'étalaient devant elle, glaciales et remplies d'objets. Exposés là-dedans comme des statues. C'était comme si la poussière essayait de les cacher, tous. Les étagères couvertes de petits objets blancs et de quelques vieux livres. Le panier rempli de vieux journaux de cet automne. Le coussin dans le grand fauteuil pendait immobile et gris sur le dossier. Les poutres du plafond formèrent de grandes ombres quand elle alluma le lustre. Elle l'éteignit aussitôt et ferma la porte derrière elle en rentrant dans la cuisine.

Dans la chambre à coucher, il régnait un froid de canard. Le lit était fait et recouvert du dessus-de-lit bleu roi venu d'Amérique. Apparemment personne n'y avait dormi depuis longtemps. Peut-être pas depuis qu'elle y avait elle-même couché la dernière fois, pensa-t-elle étonnée. Elle alluma le radiateur électrique et laissa la porte de la cuisine ouverte, puis se mit à préparer le feu dans la vieille cuisinière. C'était là qu'on avait cuit le pain avant l'arrivée de la cuisinière électrique. Le feu se mit à ronfler tout de suite en envoyant des étincelles vers le plafond avant qu'elle ne remette les couvercles en place. Le reflet des flammes sortant par les trous d'aération dansait sur le plancher et essayait de lui montrer quelque chose qu'elle ne saisissait pas tout à fait.

Tout à coup elle ne savait plus si elle était sortie du cercle dans lequel elle évoluait depuis si longtemps. Les voix dans sa tête n'étaient plus aussi distinctes. C'était plutôt comme un grondement sourd – qui se mêlait au ronflement venant du ventre noir de la cuisinière. Tuyaux et cheminée geignaient. Elle savait qu'il en sortait une haute et belle colonne de fumée, que l'on pouvait voir jusqu'à Været. Il la verrait quand il monterait la côte ! Il comprendrait qu'elle était rentrée à la maison. Il changerait de vitesse et irait aussi vite qu'il le pourrait.

Elle remplit un seau avec de l'eau, retroussa les manches de son chandail et jeta les tapis sur le plancher de la cuisine. Puis elle remplit la chambre à coucher, la cuisine et l'entrée d'une buée fraîche de savon noir, tout en alimentant la cuisinière. Elle dut enlever son chandail et continuer en chemisette de coton. Elle avait chaud au visage et aux mains. Elle était brûlante de travail et de chaleur après avoir secoué les tapis et les avoir remis en place.

Si Ingrid l'avait vue, elle aurait dit qu'il fallait essuyer la poussière et faire la vaisselle avant de laver les planchers. Mais elle commençait par ce qu'elle détestait le plus. Ou alors tout devenait intenable.

La buée coulait sur les vitres. La chaleur emplissait à nouveau Bekkejordet. C'était elle qui l'avait ramenée.

C'était curieux qu'il ne revienne pas pour donner à manger aux moutons. Enfin, il les avait peut-être nourris avant de partir. Il était peut-être passé au moment de la sieste ?

Elle avait oublié une pièce. La petite salle de bains. Là, c'était poussiéreux mais relativement douillet et en ordre. Le linge sale était vidé et les serviettes étaient propres. Elle remplit la baignoire blanche, y versa quelques gouttes de bonne huile de bain moussant, se déshabilla rapidement et se glissa dedans.

Elle avait donc repris possession de sa maison. A nouveau. Avait remis en place les odeurs. Les choses. Elle faisait couler l'eau sur son corps entre ses mains.

On avait besoin d'elle.

Elle était restée absente bien trop longtemps.

L'école ? Breiland ? La chambre chez les Berg ? Tout cela avait quitté sa tête. Elle comprenait que sa place était ici. Que ses mains avaient toujours été ici. Son cœur qui pompait le sang dans tout son corps appartenait à ici. Enraciné comme de la mousse sur une pierre. Une pierre d'éboulis ? Recouvrant de précieux trésors…

Tout à coup elle dérailla. Les images la poursuivaient. Il fallait s'en débarrasser. Si seulement elle pouvait se souvenir exactement de quoi il s'agissait !

Elle se prépara une tartine debout près du plan de travail. L'arrosa d'un verre de lait. Du pain de la boutique, enveloppé d'une croûte rassise. Il était vieux de deux jours dans la boutique d'Ottar et avait dû mettre deux jours de plus pour arriver. Mais c'était mangeable quand on avait faim. Elle ferait une pâte à pain demain matin. Si elle savait comment ? Elle avait bien dû pétrir des centaines de pains dans cette maison ? Elle essayait d'écouter la voix rieuse dans sa tête. Mais elle dormait. C'en avait été de trop…

Elle n'entendit pas le bruit du moteur. Elle se réveilla seulement quand la porte de la cuisine fut ouverte en grand et que la lumière envahit la chambre. Il se tenait sur le seuil, habillé de sa veste en peau de mouton et de son bonnet en fourrure.

La pièce s'élargissait dans une vibrante attente. Une grande pensée rouge.

C'est seulement quand elle vit les yeux fous de l'homme, l'expression d'incrédulité de son visage émacié aux traits marqués, qu'elle comprit qu'elle n'était pas exactement attendue.

Il voyait les bras nus sur la couverture. La grande chevelure rousse sur l'oreiller blanc, et restait figé. Finalement il enleva son bonnet, laissant ses cheveux lui retomber sur le front. Le corps puissant émit une sorte de gémissement.

— Seigneur !

— J'suis rentrée à la maison, dit-elle simplement.

Elle était complètement réveillée. Néanmoins il y avait certaines choses qu'elle ne comprenait pas. N'était-il pas content ? Ou bien était-ce parce qu'il ne l'attendait pas ? Mais elle le lui avait dit la dernière fois qu'il était venu chez elle à Breiland. Le jeudi avant Noël, avait-elle dit. Il ne pouvait quand même pas l'avoir oublié…

Et elle était saisie par son inquiétude, son gémissement, sa peur : Seigneur ! Mais elle répéta, avec moins d'aplomb, qu'elle était revenue à la maison.

Il enleva alors sa veste et alla vers le lit en lui tendant ses deux paumes.

— Bien sûr, bien sûr. Tu m'as seulement fichu une telle peur.

Son visage avait tellement minci, pensa-t-elle, quand il alluma la lampe de chevet. Des rides profondes marquaient son visage dans tous les sens. Comme la vue qu'on avait du Hesthammeren au printemps : des champs blafards sillonnés de fossés.

Elle tendit les bras vers lui et l'attira contre elle. La pensée rouge revenait. S'installait dans son bas-ventre, dans sa poitrine. L'inondant de frissons vibrants et chauds.

Il se laissa entraîner. Il gardait un peu ses distances, mais se laissait faire. Il sentait l'essence. Elle enfonça son nez dans son cou. Reniflant. Hoquetant. Le caressa. Lui tira les cheveux et le caressa à nouveau. Consciente qu'elle l'avait toujours fait. C'était pour cela qu'elle était revenue. Elle ne sentait pas le corps maigre et les bras noueux se raidir. Elle avait agi ainsi tant de fois auparavant...

— Quand es-tu arrivée ? demanda-t-il d'une voix rauque.

— Cet après-midi avec le bateau.

Il se libéra. Pour plus de sûreté il lui tenait les mains solidement.

C'est alors qu'elle s'en rendit compte. En un éclair. Quelque chose se déchira en elle, et la honte l'envahit. Il ne comprenait pas qui elle était !

— Ça fait plaisir de te revoir, Tora, mais... tu m'as fait tellement peur. Tu comprends ?

Elle restait assise, la tête baissée.

— J'suis pas entré souvent dans cette pièce. Ça fait trop mal.

Ça craquait dans la charpente quelque part au-dessus d'eux.

— Mais j'suis revenue maintenant, essaya-t-elle.

Sa bouche était petite et rose. Elle s'ouvrait vers lui avec un rire de gorge.

— Arrête ça !

Ces mots lui écorchèrent les oreilles. Toute sa tête saignait. Elle sentait les gouttes pendre au bout de ses oreilles. Elle se voyait rampant sous le lit. Cela ne sentait ni la poussière ni la mort. Seulement le savon noir. L'odeur du savon noir faisait qu'on se sentait chez soi. Cela sentait le savon noir partout chez les gens. Elle arriverait bien à lui faire comprendre qui elle était. Demain. Il le verrait bien quand elle mettrait le manteau. Oui ! Et la jupe et les bottillons. Alors ! Comprendrait-il qu'elle était réelle ?

— J'arrive pas à m'habituer à cette ressemblance… murmura-t-il.

Elle s'aventura hors du lit quand même. Elle grimpa sur ses genoux. Sentit la chaleureuse sécurité émaner de ce grand corps maigre.

Il soupira, l'entoura de ses bras et la berça. D'avant en arrière. Comme un écheveau de laine fine qu'il aurait tenu entre ses poignets.

— Pourquoi es-tu venue ici, Tora ?

— Il le fallait bien.

Sa voix, ténue comme des feuilles de bouleau sèches dans le vent.

— Est-ce qu'Ingrid sait que tu es là ? lui chuchota-t-il à l'oreille.

— Oui, répondit-elle aussi à voix basse. Elle goûtait à sa joue.

— Qu'est-ce qu'elle en dit, que tu continues à aller à Bekkejordet quand tu reviens de Breiland ?

— Elle dit que je dois pas l'faire.

— Alors tu dois pas l'faire. Elle veut que tu restes à la maison.

— Mais je *suis* à la maison.

— Oui, oui.

La charpente craquait encore au-dessus d'eux. Le grand soupir d'un grand animal qui enfin sentait la chaleur l'envahir.

— Où étais-tu, Simon ? Je t'ai tant attendu… tu n'arrivais pas !

— J'étais à l'exploitation avec mes papiers. Mes comptes. Les chiffres me donnent mal à la tête.

— J'peux t'aider.

— Toi, il faut que tu ailles à l'école pour devenir savante, murmura-t-il en voulant se dégager.

— J'vais rester ici.

— Non ! Mais t'as quand même tout bien astiqué ici.

Son sourire était comme un jour d'été.

— J'vais t'aider quand même.

— J'vais engager un type pour s'occuper des comptes. C'est devenu trop compliqué. Ça sort de tous les cartons au bureau. De toutes les étagères. Que des ennuis et des maux de tête… T'as mangé ?

— Oui.

— Faut que j'mange un morceau moi aussi.

— Tu viendras t'coucher… après ?

— J'ai mes couvertures sur le divan dans la cuisine. C'est là que je couche.

Il lui retirait en quelque sorte ce qu'il venait de lui donner un instant auparavant.

— Où est le chat ? demanda-t-elle brusquement.

— Il a complètement disparu. J'ai essayé de l'appeler mais…

— Tu restes trop longtemps à la fabrique. Il est seul… Personne ne devrait rester seul.

— En effet, dit-il seulement. Il lui tapota l'épaule et se leva.

Et brusquement elle le laissa se lever. C'était prévu ainsi. Juste maintenant, Simon devait se lever.

Elle lui pardonnait de n'avoir pas compris qui elle était.

Exactement comme elle acceptait la nécessité des saisons.

La pièce l'entourait. Elle l'avait elle-même chauffée. C'était indiscutable.

Simon s'agitait dans la cuisine. Des bruits familiers parvenaient de l'obscurité comme de petits animaux traînant leur queue.

Pendant la nuit les voix la réveillèrent. Aucune n'était la voix de Rakel.

Elle alla jusqu'à la cuisine. La lune entrait par la fenêtre et lui montrait qu'il était couché là. Sur le divan. Une silhouette sous une couette. Entièrement refermé sur lui-même et sa propre solitude.

Elle ouvrit les couvertures, suffisamment pour se faire une place. Puis elle grimpa à côté de lui. Se glissa tout contre lui. Sans bouger, comme une souris, jusqu'à ce qu'il remue et l'entoure de ses bras.

— Tu te sens seule, Tora, murmura-t-il.

— Plus maintenant, répondit-elle à voix basse.

— T'es trop grande pour ça, tu sais.

— Non.

— Bon, bon.

Elle regardait la lune qui voguait au-dessus de la fenêtre de la cuisine.

Puis elle glissa dans une image où Simon portait du foin, si bien que son dos entier était écorché par les cordes et les pailles qui entraient dans sa chair et la faisaient suppurer.

Elle se promenait là-dedans, invisible.

Elle essayait de le consoler.

Mais il ne la voyait pas.

36

La lumière du jour ! Elle se glissait sous la couverture. Lui remuait l'estomac. Le bas-ventre. Grimpait le long de ses cuisses. Se coulait jusqu'à ses pieds. Ses doigts. S'étalait sur sa peau chaude. S'imposait à elle.

Sa tête reposait sur un coin de l'oreiller dur comme une pierre. Attentive, mais nageant dans un scintillement rouge. Elle ouvrit les yeux.

Sa main. Un geste endormi et calme au-dessus de la couverture la mit en feu. Partout cette odeur entêtante de goudron et de sel, d'essence et de peau.

Sa barbe de quelques jours était blonde et piquait l'épaule de Tora. Elle le regardait comme à la loupe. Sa peau était transparente et bleutée autour de chaque poil de barbe. Çà et là les pores étaient dilatés, différents. Comme s'ils se disputaient la place. Le nez était marqué et sévère. Comme pour prévenir tout attouchement. Les cils blonds et épais formaient écran entre eux. Couchés mollement sur la joue. La bouche était fermée. Comme les contours du littoral dans le brouillard.

La lumière du matin était grise et diffuse.

Sa chemise de nuit avait remonté. Le poids de sa main contre la peau nue. La chaleur se répandait comme un énorme fleuve de nostalgie : ils flottaient dans la mer ensemble. Leurs corps s'infiltraient l'un dans l'autre, sans limites. Elle voyait sa tête descendre et remonter dans les vagues fraîches, la bouche ouverte et souriante. Ils flottaient vers les îles, vers la haute mer. La sensation de fraîcheur passa au froid. Une écume glaciale qui les rapprochait de plus en plus. C'est alors qu'ils fondirent l'un dans l'autre et ne firent plus qu'un avec le ciel et la mer comme une ligne tremblante au loin sur l'horizon. Et elle se sentait aspirée avec lui. Par une force qui les contenait tous les deux. C'était infini et inévitable. Tout était recouvert d'une faible lumière laiteuse.

— Faut aller te recoucher dans la chambre, c'est trop étroit, marmonna-t-il, endormi.

— On peut y aller tous les deux, répondit-elle, dépitée.

Il se redressa à moitié, et la couverture ayant glissé, le froid de la pièce tomba sur eux. Il regarda l'heure et se décida à se lever tôt.

— Tu as peur de dormir seule ?

— J'sais pas.

— Mais t'es grande, tu n'peux plus t'installer dans le lit des garçons.

Il se passa la main sur le visage. Un mouvement de découragement et de fatigue. Se mit à bâiller.

37

— Faut qu'tu rentres chez toi aujourd'hui.

Il avait dit cela avec autorité. Sans la regarder.

Ils prenaient le petit déjeuner. Du pain sec venant de la boutique et de la confiture de baies jaunes. Le parfum du café matinal répandait une impression de sécurité quotidienne autour d'eux. Le poêle ronflait. Le thermomètre de l'autre côté de la fenêtre était descendu à moins quinze. Ce n'était pas une plaisanterie. Du givre recouvrait les petits carreaux de la fenêtre. Il n'y restait qu'un rond au milieu, à travers lequel on pouvait voir.

— J'suis chez moi, dit-elle avec entêtement.

Il leva la tête brusquement. La fixa. Puis il se reprit.

— Bien, tu es chez toi ici aussi. Mais faut aller dormir chez ta mère.

— Tu me chasses ? murmura-t-elle.

Il balaya du regard les vitres givrées et soupira.

— Ecoute, Tora ! Va dormir chez ta mère, et viens ici dans la journée. Ce serait très bien. C'est pas parce que je n'veux pas de toi.

— Bien sûr, dit-elle avec bonhomie. C'est pas parce que tu n'veux pas de moi. J'vais rester ici. Et le chat va revenir. Tout ira bien. Comme avant.

Elle le fixait, droit dans ses yeux bleu clair, jusqu'à ce que son regard se détourne et s'évade.

— Non, murmura-t-il d'une voix rauque. Rien ne peut être comme avant. Personne ne peut m'aider. Faut que j'm'en sorte. Seul. Tu comprends pas ? Ça sert à rien d'avoir pitié de Simon. Ou de consoler Simon. Ça sert à rien !

Il se leva brusquement. Trouva ses épaisses chaussures d'hiver sous le poêle. Y enfila ses pieds avec rage comme s'il s'agissait d'ennemis. Puis il mit sa veste en peau de mouton et son bonnet en fourrure – et franchit la porte.

Un vieux rêve la poursuivait à travers la maison. Finalement elle se souvint qu'il était parti sans avoir donné à manger aux moutons et sans lui avoir demandé de s'en occuper. Elle mit une veste qui pendait dans l'entrée et prit le chemin de la bergerie.

Elle n'était pas préparée au tableau qui l'attendait : des murs recouverts de givre, des box vides aux barrières ouvertes. Des crochets qui se balançaient quand elle avançait sur le plancher. Doucement et tristement.

Il avait fait abattre les moutons !

Elle se précipita dans tous les box à tour de rôle. Il avait fait cela ! Tout abattu et tout esquinté ! Tout ce qu'elle possédait. Le chat s'était sauvé. Il avait fui la chambre à coucher !

Elle sortit de la bergerie en courant et claqua la porte avec un bruit terrible qui se répercuta sur les congères glacées.

De retour dans la maison, elle resta plantée au milieu de la cuisine à taper du pied tout en réfléchissant. Elle échafaudait des plans sans être vraiment convaincue.

Elle enfila son manteau. Entortilla l'écharpe blanche autour de son cou et de ses oreilles.

Simon discutait avec son contremaître. La pêche avait été bonne à leur dernier voyage avant Noël. Maintenant, on avait devant soi la perspective de quelques jours de congé. Simon félicitait le gars. Il l'invitait à venir dans son bureau. Un petit verre ? Même pas. On l'attendait à la maison. Il releva le col de son caban et avait hâte de partir. Mais il pensait qu'il devait répondre aux questions les plus élémentaires que posait Simon, sur les bateaux et l'exploitation.

Ils l'aperçurent à peu près en même temps : le manteau bleu qui bougeait sur le quai ! Quelque chose qui depuis longtemps manquait au tableau.

Les yeux du contremaître allaient du manteau de Rakel à l'homme debout à ses côtés.

— Seigneur, c'est... c'est comme de la voir en personne ! s'écria-t-il.

Il n'y pouvait rien. Cela lui avait échappé Comme un juron dans une église.

La bouche de Simon tremblait.

Elle se planta, furieuse, devant eux. De sa petite bouche rose s'échappait tout un nuage de buée dans l'air glacé.

Elle ne répondit pas au salut du contremaître. Elle n'avait d'yeux que pour Simon.

— Faut que j'te parle ! siffla-t-elle.

Simon empoigna la silhouette laineuse dans le manteau et la fit entrer dans le bâtiment. Passant devant les bacs de rinçage et le ronflement de la congélation. Au milieu des gens et des ordres lancés. Devant le froid glacial qui s'échappait de la porte de la chambre frigorifique. Le verrou de la serrure ressemblait à un énorme sourcil givré.

Les gens avaient les yeux fixés sur le manteau bleu. Le temps s'était arrêté.

Ils arrivèrent dans le bureau après avoir monté l'escalier. Elle trébuchait derrière lui comme si elle le poursuivait.

— Qu'est-ce que ça signifie tout ça ? avait-elle dit entre ses dents alors qu'ils étaient encore dans l'escalier. Pourquoi t'as fait abattre tous les moutons ? Espèce d'idiot !

Il la poussa dans le fauteuil tournant. Aspira une grande bouffée d'air. Elle était entièrement vêtue des vêtements de Rakel. Il s'y habituait. Petit à petit. Elle avait changé de coiffure. Ses cheveux se dressaient sur sa tête. Juste comme ceux de Rakel.

— J'avais bien dit que je n'y arriverai pas seul, avec les moutons. Tu ne te souviens pas que je te l'ai dit – au téléphone ?

Il parlait à voix basse. Les deux mains posées sur la table qui les séparait. La tête rentrée dans les épaules. Ses cheveux blonds comme une auréole dans la lumière parcimonieuse de décembre. La lampe de travail éclairait tout.

Montrant les fils gris sur ses tempes. Elle ne les avait pas vus. Cela créait une distance qu'elle ne pouvait expliquer.

Sa fureur à propos des moutons abattus s'écroula comme des bûches dans un feu en train de s'éteindre.

— T'es pas seul, dit-elle.

— Si. J'suis seul. Personne au monde ne peut rien y changer. Ma Rakel a disparu. Il faut que j'm'y fasse. Mais il fallait sacrifier les moutons.

— Elle n'a pas disparu…

— Non, pas dans nos pensées. Mais elle n'est plus là pour s'occuper de ses moutons…

Il contourna le grand bureau d'acajou, un nouvel achat, un objet de luxe dans les bâtiments neufs, s'assit sur le bord de la table, brusquement très proche ainsi.

Elle entendit alors la voix. Qui l'admonestait. La voix de Rakel. Lui reprochant d'avoir été trop vite et d'avoir dévoilé leur secret. Ne comprenait-elle pas qu'il était trop tôt pour qu'il comprenne quoi que ce soit ? Il lui fallait maîtriser toutes les ruses avant de l'importuner avec son identité. Moutons ou pas moutons !

Elle était assise, la tête basse, pour recevoir la réprimande. Elle l'avait méritée. Elle donnait des cheveux gris à Simon.

Et brusquement elle ne fut plus que Tora qui demandait de l'aide. Qui s'accrochait aux mains de Simon.

— J'comprends bien que tu sois désolée pour les moutons. Si j'avais eu une fille comme toi pour s'en occuper, y aurait pas eu de problèmes. Mais toi, tu vas pas devenir une fille de ferme. Tu vas aller en classe et devenir quelqu'un. C'est ma volonté, et c'était celle de

Rakel. Elle avait toujours eu tellement envie d'apprendre. Mais ça ne s'est pas trouvé... Elle nous manque, pas vrai, Tora ?

Elle fit oui de la tête.

Il lui tendit son mouchoir.

Elle n'arrivait pas à comprendre ce que cela lui rappelait

Quelque chose de dégoûtant, d'humide et de vert, de douloureux et de honteux. Quelque chose qui n'était pas Simon.

Elle était incapable de prendre ce mouchoir.

Finalement l'homme se retrouva à genoux devant le fauteuil tournant, en train de la moucher. Elle comprit alors qu'elle pleurait.

— Souffle, disait-il avec douceur.

Elle souffla quatre fois. Il trouvait toujours un nouveau coin propre dans le mouchoir – et pinçait son nez avec résolution. Elle entendait le bruit qu'elle faisait, loin dans sa tête.

— Faut s'tenir les coudes. Faut pas me juger si sévèrement pour les moutons... J'ai tant de boulot à l'entreprise, tu comprends.

Elle approuva d'un mouvement de tête. Puis elle se réfugia tout entière dans ses bras.

38

Des mots bizarres s'inscrivaient dans son cahier. Elle ne savait pas d'où elle les tirait.

En réalité elle n'aurait pas dû perdre son temps à ça. Car Simon lui avait permis de préparer Noël à Bekkejordet. Et Ingrid devait venir. N'empêche qu'elle restait là assise à la table de la cuisine avec son stylo et son cahier.

Les mots se succédaient les uns aux autres sur les lignes. Comme une bande de conspirateurs. Une sorte d'histoire se déroulait pendant qu'elle regardait par la fenêtre.

Le merisier dans le jardin était grand et vieux. On en avait scié les branches les plus basses, qui empêchaient la lumière d'entrer par les fenêtres. Les branches à l'abri du vent du sud-ouest étaient encore chargees de baies rouge sang ! Les petits oiseaux étaient comme des réfugiés ne tenant pas en place, éternellement à la recherche de quelque chose à manger et d'un coin abrité. On les voyait seulement au milieu de la journée. De petites ombres rapides comme l'éclair.

Elle parlait d'eux dans son cahier. Parlait de l'oisillon dans l'éboulis et de la maman oiseau sur la fenêtre. Elle avait l'impression que c'était d'une grande importance d'écrire tout cela *maintenant*.

Les voix l'avaient importunée depuis qu'elle était revenue de la fabrique. Le pire c'était quand elle ne comprenait pas ce qu'elles voulaient. Parfois, elles lui commandaient de faire des choses inacceptables. Surtout une voix aiguë de fille. Prononçant des mots répugnants, incohérents. Elle croyait la reconnaître. Mais elle n'osait pas la laisser approcher.

Une fois, alors qu'elle levait son stylo, elle lui commanda d'aller dans la salle de tissage au grenier. Elle n'obéit pas tout de suite. Mais cela la démangeait sur tout le corps – dans sa tête aussi, si bien qu'elle s'exécuta.

Les chiffons destinés aux tapis de lirette étaient en ordre, rangés par couleur, selon la qualité du tissu et son épaisseur.

Elle alluma la lampe de travail au-dessus du métier et resta debout. Le dernier tapis était à rayures blanches et bleues. Fait de chiffons de laine. D'où venait le blanc ?

Les voix commençaient à bouillonner dans sa tête parce qu'elle n'était pas capable de se souvenir d'où venaient les chiffons blancs.

Elle était au bord des larmes. Elle se sentait épuisée et en même temps curieusement excitée.

Avec lenteur elle s'installa devant le métier. Essaya timidement les pédales. Elle avait la sensation de s'y installer pour la première fois. Mais elle savait que ce n'était pas vrai.

Puis elle embobina les chiffons par couches sur la navette en bois de fabrication artisanale. Mais elle fut désespérée à nouveau – parce qu'elle ne pouvait plus se souvenir comment on l'appelait. La *navette*, c'était pour du fil ou de la laine quand on tissait une étoffe. Celle-là était pour un tapis de lirette…

Sa tête lui faisait mal et les voix l'envahissaient. Elle n'arrivait plus à voir clair. Elle grondait quand les voix criaient là-dedans. Elle enfilait la navette dans la chaîne et donnait un coup rageur avec le battant. Les fils de la chaîne se séparaient alors. Avec régularité, comme par enchantement, et découvraient une nouvelle rangée de trame. Elle frappait et refrappait, et cela finit par la calmer.

Un bruit à l'extérieur lui fit ressentir le froid. La raideur de son dos. Et les voix revenaient, comme sur commande. Les coins étaient sombres, et la fenêtre un trou noir derrière les rideaux clairs.

Elle quitta le métier et descendit à la cuisine. Passant de pièce en pièce, elle alluma toutes les lampes de la maison. Elle avait peur du noir à cause du bourdonnement des voix. Maintenant il y en avait une qui se moquait d'elle parce qu'elle n'avait pas fait de pâtisseries pour Noël.

Prise de vertige, elle grimpa sur un escabeau pour aller chercher la balance dans un placard. Une vieille balance, lourde à porter. Elle la souleva des deux mains pour la déposer sur le plan de travail.

Une clé était posée sur l'un des plateaux, tintant avec un bruit mélancolique pendant la descente.

La clé du secrétaire ! Elle s'en souvenait maintenant. Et pendant ce temps une voix lui serinait sans cesse que les décorations de Noël se trouvaient dans le dernier tiroir.

— Bon – bon – reste tranquille ! cria-t-elle avec rage.

Elles commencèrent alors à parler entre elles sans lui accorder la moindre attention. Elles tenaient de longs conciliabules dont elle ne saisissait pas un mot. Dans un brouhaha, comme une radio mal réglée.

Pendant qu'elle était debout sur l'escabeau – *ils se mirent à grouiller ! Bruns, plats, dégoûtants !* Les biscuits au gingembre en forme de bonshommes et de bonnes femmes datant de tous les Noëls passés à Bekkejordet ! Ils sautaient sur le plateau de la balance. Dégringolaient de tous les placards.

Ils étaient recouverts de sucre blanc gluant qui pendait autour d'eux. Envahissait le plan de travail et le plancher. Grimpait le long des pieds de chaises, de ses jambes et de ses cuisses. A l'intérieur de ses vêtements. Elle les sentait lui griffer la peau. Un grattement désagréable se faisait entendre, comme celui d'un crabe lâché dans un seau en métal. Ils atteindraient bientôt son cou. Par millions.

Et brusquement elle comprit à qui appartenaient les voix.

Elle se fanait sur place en quelque sorte. S'écroulait à l'intérieur de ses vêtements. Elle essayait de les faire taire. Mais elle ne pouvait émettre aucun son. Elle voulut lever les mains pour les chasser. Mais elle les sentait dans sa bouche. Dans ses oreilles. Dans sa tête. Ils s'infiltraient dans son cerveau. ! Et Simon qui n'était pas là ! On était bientôt à Noël et ils n'étaient pas allés chercher l'arbre ! Et les oiseaux se cachaient dans le merisier, attendant que la lumière du jour revienne. L'un après l'autre, la tête cachée sous l'aile. Attendant leur petit. Elle le savait bien. Et elle était là à se laisser terroriser par quelques biscuits au gingembre gluants de sucre, vieux de plusieurs Noëls.

L'un d'eux avait de petits yeux blancs formés par deux gouttes de sucre glace, qui s'enfonçaient dans ses yeux à elle. Ça faisait mal. La levure chimique lui tirait des larmes.

— Pourquoi t'es venue ici ? T'es pas pour de vrai. T'apportes que le malheur. On n'a pas besoin de toi. T'as rien préparé pour Noël. T'as pas touché à la boîte à farine. Ni même à la levure. Le sucre glace est encore à la boutique. Qui es-tu ? Tu sais même pas tisser. Tu sais même pas ce que c'est qu'une navette ! T'as pas pensé qu'il nous fallait de nouveaux effectifs dans le placard. On n'est pas assez nombreux. Rakel, elle préparait des gâteaux chaque année. Maintenant elle est partie !

— Laissez-moi descendre de la chaise !

— Pourquoi donc ? Si je lançais tous les bonshommes sur toi il ne resterait rien de toi le soir venu. Hi, hi, hi.

Les méchants yeux de sucre glace lui écorchaient la vue.

Et ils recommençaient à grimper sur elle. Elle sentait nettement qu'elle en avait plein la tête. Qu'ils la dévoraient de l'intérieur.

— Vous ne voyez donc pas qui je suis ? cria-t-elle de toutes ses forces en sautant de l'escabeau.

Il était temps. Comme si la gent des biscuits au gingembre perdait tout pouvoir une fois qu'elle avait les pieds par terre. Elle essaya de s'y tenir le reste de la journée. Une ou deux fois elle pensa aller dans l'entrée vers le manteau et les bottillons. Mais on n'était jamais sûr de ce qui se cachait dans le coin sombre derrière la porte.

Elle surveillait constamment le plan de travail où était posée la balance. Une balance en fonte peinte en bleu, aux plateaux cabossés en cuivre jaune. Ancienne. Depuis des éternités elle pesait la farine et le sucre.

Les biscuits au gingembre s'étaient révoltés. Pour réclamer vengeance, parce que Rakel n'existait plus. Ils ne l'acceptaient pas. Elle ne faisait pas le poids.

— Rakel ! cria-t-elle plusieurs fois à travers la maison. Ils vont revenir. Ils vont me manger. Ils me surveillent pour me tuer ! Tu entends ?

Mais Rakel restait silencieuse. Quel que fût l'endroit où elle se trouvait. Tora sentait les vêtements de Rakel pendre sur elle comme une vieille peau. Elle ne savait pas combien de temps elle pourrait tenir le coup.

Elle aurait voulu que les murs lui parlent, lui disent quand ils avaient vu Rakel la dernière fois. Mais ils restaient silencieux. Les tableaux aussi. Toute la batterie de cuisine, en dehors et dans les placards : tous se taisaient.

Elle attrapa les clés et se glissa dans le salon. Il lui fallait trouver les décorations de Noël avant qu'ils s'en souviennent. Il lui fallait montrer de quoi elle était capable en les devançant.

Elle trouva la boîte brune à l'endroit dont elle se souvenait. Elle resta un moment à contempler tour à tour les guirlandes et les anges. Ils iraient chercher l'arbre de Noël. Simon et elle.

Elle étala tous ces trésors sur la table de la salle à manger, les caressant du regard.

C'est alors que la voix de petite fille se mit à lui seriner qu'il fallait mettre de l'ordre dans ses papiers. Il y avait longtemps qu'elle n'avait pas rangé les petits tiroirs du secrétaire, disait-elle.

Elle obéit et ouvrit l'abattant de ses doigts hésitants et engourdis.

39

"Il faudra que je me trouve un chasse-neige", pensa Simon quand il fut forcé de garer son camion en bas de la côte. Les congères étaient énormes – au milieu de la route.

Il y avait de la lumière dans toute la maison. Elle n'arrêtait donc pas de ranger. Il la ramènerait chez Ingrid après le repas.

Il accrocha ses vêtements dans l'appentis et entra. Il déposa la première morue d'hiver sur le plan de travail. Il faudrait la cuire tout de suite. Avec le foie et les laitances. Cette pensée ragaillardit nettement son humeur. Il ouvrit doucement la porte du salon, voulant faire à Tora la surprise du poisson frais.

Le secrétaire de Rakel était ouvert. Le chandail vert de Rakel sur la haute chaise rembourrée le fit trembler.

Tora avait déposé des tas de papiers autour d'elle. Des lettres. Des factures payées. Des coupures de journaux. Les comptes de la bergerie et du ménage.

"Il fallait lui dire qu'il ne supportait pas qu'elle porte les vêtements de Rakel", pensa-t-il, sans forces.

Mais il n'y arriva pas. Se contenta de la féliciter d'avoir trouvé la clé. Où l'avait-elle trouvée ?

Trouvée ? Elle ne l'avait pas trouvée. Elle était allée la chercher. Elle esquissa un sourire.

Il lui enleva les papiers des mains. Son ombre recouvrait tout. Pesait sur elle. Ses doigts étaient forts et froids. Son visage sévère et fermé. Comme s'il l'avait surprise en train de voler.

Il remit le battant en place et le ferma à clé. Il resta un instant la clé à la main, puis la glissa lentement dans sa poche.

Alors toutes les voix éclatèrent de rire en même temps, à en secouer toute la maison, et elle fut aveuglée.

Le secrétaire ! Là où Rakel rangeait tout ce qui lui appartenait. Là où il n'avait jamais osé pénétrer. Il lui semblait que ce serait la fin de tout s'il l'osait seulement. Il sentait que c'était cette sorte de liens ténus qui les liaient l'un à l'autre. Quelques papiers, un tiroir quelque part, où l'on pouvait garder ses secrets Tant qu'elle était là, il n'y pensait même pas. C'était ainsi : le secrétaire de Rakel n'était pas son affaire.

Et il était tombé sur cette gamine affublée des vêtements de Rakel devant le secrétaire. Comme une répétition des visions qui l'avaient maintes fois visité : Rakel était là quand il rentrait à la maison. Elle se retournait. Avec vivacité. Contente de le voir.

Depuis la disparition de Rakel, il avait souvent eu envie de transporter le secrétaire dans la cour et d'y mettre le feu. De le voir s'élever en une colonne de flammes dans le ciel. Du bouleau flambé. Il le lui avait offert, la première année de leur mariage. Un meuble incandescent. Rempli de la vie secrète de Rakel.

Et maintenant Tora s'était introduite dedans ! C'était injuste de penser ainsi, mais il ne pouvait pas s'en empêcher. Il ne savait plus très bien s'il pouvait avoir confiance en elle.

Elle avait été si réaliste, Rakel. Si concrète. Raisonnable. Juste. Mais elle possédait un secrétaire rempli de rêves. Qu'il devait protéger.

Simon coupait la morue sur la planche à hacher pleine d'entailles. Une grande gueule béante devant le couteau. Blanche à l'intérieur. Le sang en était nettoyé. L'eau allait bientôt bouillir. Simon y jeta une poignée de gros sel. Puis il mit les morceaux un à un dans la casserole. D'abord ils devinrent légèrement gris. Puis ils formèrent un dessin nacré dans l'eau.

Tora trouva un sac de couleur passée rempli de feuilles de laurier. Elle en choisit deux, soigneusement. Les jeta dans l'eau. Elles disparurent un instant dans les bulles, pour ensuite remonter en tremblant sur la surface agitée. Il ne manquait plus que quelques gouttes de vinaigre.

Elle le suivait comme un petit chien qui ne comprenait pas tout à fait pourquoi il avait reçu une raclée.

L'important c'était qu'il ne soit pas fâché au point de la renvoyer.

Elle mettait la table, de son mieux Essayant de devancer ses désirs.

Elle s'était souvenue de cacher son cahier

Ils mangèrent sans beaucoup parler. Leurs yeux se rencontrèrent à travers la vapeur.

Elle avait froid aux pieds.

— Demain, quand il fera jour, on ira couper le sapin, dit-il au-dessus du plat de poisson fumant.

— Oui.

— Ne sois pas contrariée à cause de l'histoire du secrétaire, mais tu sais, Rakel, elle le gardait pour elle.

— Oui, dit-elle.

— Alors on n'y pense plus. J'ai été un peu brusque. Tu me comprends, Tora ?

— Oui.

Il ne dit pas qu'elle devait rentrer dormir à la maison des Mille. Il lui semblait que ça suffisait pour cette fois.

Elle se réfugia dans le lit de Rakel. Elle entendait le peuple des biscuits bouger et murmurer dans toute la maison. Mais ils n'osaient visiblement pas venir chez elle tant que Simon dormait dans la cuisine. Entre la balance et la porte de la chambre.

Elle sentait qu'elle avait abandonné toute résistance. Mais il ne pouvait pas les laisser l'achever ? Ou bien penserait-il que c'était une délivrance ? Elle voyait bien qu'elle l'ennuyait en venant ici. Peut-être était-ce lui qui avait lancé sur elle les biscuits au gingembre. Pour lui faire peur ?

— Non !

Elle mit sa main sur sa bouche, ne sachant pas si le mot s'en était échappé.

Les bruits dans la maison formaient comme un lointain grésillement d'incendie. Elle savait que les bonshommes en biscuit reviendraient.

De temps en temps elle appelait Rakel tout bas, mais elle n'osait pas crier. Il pouvait la mettre à la porte.

Rakel ne répondait pas du tout.

En tout cas, il faisait chaud sous les couvertures. Elle avait bien fermé la porte vers la cuisine. Mais elle savait qu'ils pouvaient passer à travers les portes s'ils se mettaient à sa recherche.

Elle avait envie de repartir pour Breiland. De retrouver sa chambre chez les Berg. Là, elle savait qui elle était. Mais...

Tout à coup Almar de Hestvika apparut, avec son corps déchiqueté. Flottant sur la neige fondue teintée de rose, couché sur le dos. Ne ressemblant à rien. Abîmé. Irréparable.

Tous les gens qu'elle avait rencontrés la traversaient ! Surtout ceux de la maison des Mille. Les moqueries pendues au nez, au menton et aux oreilles. Dans les cheveux. Ils passaient à travers elle. S'envolant comme de la cendre au vent. Elle voulait se sauver. Mais Breiland était comme un tas de chairs et de peaux mortes. Elle ne savait plus quoi en faire. Elle n'arrivait pas à se débarrasser des visages pour voir.

Elle comprit bientôt que ce n'était pas Breiland qui était le tas de chairs sur la plage, mais Almar. Il continuait à mourir. N'en finissait pas. Elle sentait combien il lui pesait.

Et la louche qui grattait dans le sable gelé. La boîte. Les flammes dans le poêle. Qui avalaient tout. Tout ce qu'elle ne pouvait pas emporter avec elle. Que personne ne pouvait emporter. Personne !

L'oisillon avec des veines bleues sur la tête ! Des veines remplies de sang mort. Le cordon de chair qu'il emportait. Le pfft que ça faisait. Quand ça sortait.

Ça ne faisait plus mal. Mais ça la fatiguait terriblement. Car ça ne la laissait pas en paix, exigeant quelque chose d'elle.

La tête ébouriffée d'Elisif. Le matelas qu'ils avaient brûlé au bord de la mer quand elle avait mis au monde sa dernière fille mort-née. Cette fille qui aurait dû être un garçon bien vivant, qui aurait dû partir pour évangéliser le monde.

Le vieux juif au pardessus noir qui venait dans le champ de pommes de terre. A qui ils avaient acheté des broderies et offert du café et des gaufres. Ensuite, ils avaient le sentiment d'avoir accompli une bonne action.

Elle était lasse de son visage depuis longtemps. Il lui parlait avec la voix d'un des biscuits. Une voix basse, grondante. Pleine d'excuses et de reproches.

Frits. Avec son cou maigre, ses bruits de gorge. Ses longs doigts avec lesquels il parlait. Frits qui lui écrivait quelquefois des lettres. Cela devait être impossible pour quelqu'un comme lui d'écrire des lettres ? Il en avait pourtant écrit. Elle l'avait oublié, longtemps.

Le mouton flottait dans la mer. La corde. Entortillée autour de la main blanche. Simon qui la coupait. La bouche tendre de Simon comme un trait.

Ses vêtements. Lourds d'eau salée. Ses cheveux. Ses yeux fermés.

Ingrid.

40

Elle comprit que Simon l'avait laissée dormir là parce qu'elle ne l'avait pas importuné, aussi ne se leva-t-elle pas avant qu'il ait quitté la maison. Il avait entrouvert la porte une fois ou deux – comme s'il voulait la réveiller. Mais elle faisait semblant de dormir. Se contentant de renifler la bonne odeur du café. Elle lui obéirait.

Elle se demandait si quelqu'un lui avait inspiré ses gestes et ses mots pendant son sommeil. Elle se sentait comme dirigée par une force extérieure. Les mots qu'elle employait à bon escient, ses pieds et ses mains qui traversaient temps et lieux. Son corps s'enkystait. Il se desséchait. Personne n'en voulait. Même pas elle-même. C'était un étranger dans les vêtements de Rakel.

Un réfugié qui avait trouvé une maison abandonnée. Où tout était prêt à être utilisé. Les lits étaient prêts, les armoires remplies de vêtements, de vaisselle. Les chaises encore chaudes de leurs derniers occupants. Une tache de café sur la nappe. Une tasse sale.

Elle s'évertuait à jouer la petite fille quand Simon était présent. Ou alors elle risquait d'être renvoyée. Docilement, elle exprima de l'enthousiasme quand il lui montra le sapin qui essayait de se cacher derrière une congère.

Elle ne protesta pas quand tout à coup Ingrid fut là pour s'occuper des préparatifs.

Quand elle était seule à Bekkejordet, elle grimpait dans le lit de Rakel avec son cahier et écrivait tant que les voix la laissaient tranquille. Heureusement, la gent des biscuits au gingembre ne se montrait plus. Mais elle les entendait. Tout le temps.

Ingrid et Simon passaient et repassaient dans le cours de sa journée. Le soir venu, elle était épuisée par tous ses efforts pour ne pas éveiller leur aversion, leur mécontentement, leur regard de reproche. Ils disaient qu'on était à la veille de la soirée de Noël.

Le jour se traînait comme la poussière qui se pose sur les meubles d'une maison inoccupée. Personne ne la déplaçait, personne ne l'essuyait. Quelque part en elle se trouvait un point invulnérable. Elle savait qu'elle était sur le point de le trouver. Une fois pour toutes.

Mais il lui fallait tout d'abord supporter tout ce qui empêchait Simon de voir qui elle était.

La nuit il couchait sur le divan de la cuisine.

Le chat était revenu. Maigre et le pelage triste.

Il était le seul à la reconnaître.

C'était un effet de la providence, aurait dit Elisif. Un merveilleux hasard. Mais elle n'en savait rien, et n'en dit rien avant longtemps, bien longtemps après.

Le dernier courrier avant Noël venait d'arriver.

Quand Simon étala les cartes de vœux bariolées sur la toile cirée, avec une ou deux factures, une longue enveloppe blanche tomba sur le plancher. Dans tout ce courrier que personne n'avait le temps de lire une veille de Noël, il y avait une lettre de l'Armée du Salut adressée à Rakel Bekkejordet. Postée d'Oslo. Ils ne pouvaient pas savoir qu'elle n'ouvrirait plus jamais de lettres.

Simon la mit de côté, tout d'abord. Confronté trop brutalement au nom de Rakel il se sentait désarçonné. Il pensait qu'il s'agissait d'un appel à la générosité.

Ce fut Ingrid qui lui demanda de l'ouvrir. Elle pensait que Rakel aurait sûrement envoyé de l'argent, si c'était cela qu'on lui demandait.

Il la prit d'un air absent et l'ouvrit. Une photographie représentant un groupe de gens tomba quand il en sortit une feuille de papier.

La lettre de l'Armée du Salut était courte, mais aimable. On n'y parlait pas d'argent. Par contre on les informait qu'on était enfin sur la trace de Wilhelm Storm. Ce devait être la famille avec laquelle Rakel Bekkejordet voulait entrer en contact à cause d'une fille que Wilhelm Storm aurait eue sur l'Ile. Il s'agissait d'un certain Friedrich Storm et de sa famille. Ils avaient retrouvé une lettre écrite par Wilhelm Storm à ses parents pendant qu'il était en Norvège, dans laquelle il faisait allusion à une femme prénommée Ingrid. Ce Wilhelm avait séjourné sur l'Ile à partir d'août 1941 jusqu'à une date inconnue. La famille avait reçu la nouvelle qu'il était tombé au front, mais ignorait en quelles circonstances et à quelle date. Ils avaient aussi ignoré l'existence de Tora Johansen avant que l'Armée du Salut n'entre en contact avec eux. Friedrich Storm était le frère cadet de Wilhelm, et le seul parent proche qui restait depuis la mort de leurs parents, il y avait de cela plusieurs années. Il habitait Berlin avec sa femme et ses deux enfants. Il avait envoyé à l'Armée du Salut une photo de sa famille et une photo du jeune Wilhelm Storm avant son départ pour la Norvège.

L'adresse de la famille à Berlin était écrite en lettres d'imprimerie et prenait deux lignes de la lettre dont le style était celui d'une lettre d'affaires.

Simon changea de couleur au cours de sa lecture. Il regarda Ingrid qui, au moyen de deux grandes fourchettes, sortait la viande salée de la marmite fumante, et la déposait sur un plat.

Tora s'affairait au salon.

Il changea de pied, tout en laissant glisser son regard sur les photos, mais ne se sentant pas tout à fait d'aplomb, il s'assit.

Et il se disait, aujourd'hui encore : "Si seulement tu avais été là, Rakel ! Pour t'occuper de tout ça !"

Des voix claires de jeunes garçons chantaient à la radio "Douce nuit"…

Simon se racla la gorge. Puis il recommença, à tel point qu'Ingrid, étonnée, leva les yeux sur lui.

— Il y a une lettre de l'Armée du Salut !

Il pensait leur donner le temps de se préparer en restant ainsi dans le vague.

Elles s'approchèrent de la table. Tora d'abord, qui pouvait plus facilement lâcher ce qu'elle avait dans les mains. Puis Ingrid, avec réticence, tout en essuyant ses mains pleines de bouillon sur un torchon.

Ingrid lut la lettre lentement sans dire un mot. Puis elle regarda les deux photos, l'une après l'autre. Retenant celle de Wilhelm plus longtemps entre ses mains. Préoccupée tout à coup par la viande qui refroidissait sur le plat, elle reposa la photo et retourna à la cuisinière. Rata le bord de la casserole au moment d'y reverser la viande. Et quand enfin le tas brun strié de rose atterrit dans la casserole, ce fut en éclaboussant sa main d'un jet de bouillon brûlant. Elle ne sourcilla pas.

Les mains tremblantes, Tora tenait la feuille de papier. Au début, les mots se mêlaient les uns aux autres et se perdaient dans une brume. Les photos semblaient irréelles, là sur le bord de la table. Peut-être était-elle en train de rêver ?

Personne ne disait rien. Pourquoi ne disaient-elles rien ?

Simon se trouva une occupation au salon.

— Ingrid. on va y aller ! dit Tora dans un souffle.

— Non ! Chez cet étranger et sa famille, à quoi ça servirait ? J'comprends même pas leur langue.

Tora se sentit toute petite. Debout au milieu du plancher elle retenait le plafond au-dessus de leurs têtes. Les murs se rapprochaient, pour ensuite s'écarter loin sur les champs, laissant entrer le gel.

— On va leur écrire, Ingrid !

— Non !

Simon sortait du salon et ne pouvait pas cacheı qu'il avait entendu ce qui avait été dit.

— Tora peut bien écrire, si elle en a envie, dit-il avec autorité.

Il effleura Tora de la main. Mais c'était comme si elle n'y accordait pas d'attention.

Il perdait contenance et sentait la colère monter. Elles ne comprenaient pas quel fantastique cadeau de Noël Rakel leur avait offert. Elles ne l'acceptaient même pas !

— Rakel a cru bien faire, marmonna-t-il, la voix enrouée.

— Oui, dit Ingrid, en touillant énergiquement la purée de chou-rave.

— Tora peut bien écrire, si elle veut, reprit-il en regardant Tora.

Mais personne ne lui répondait.

Tora rassembla les cartes de Noël en une pile. Puis elle replia la lettre de l'Armée du Salut et la remit dans l'enveloppe avec les photos. Puisque l'enveloppe portait le nom de Rakel, elle la rangea dans le secrétaire de Rakel.

Utilisant le beau service rangé dans le buffet, elle mit joliment le couvert.

Elle évoluait dans un univers qu'elle avait souvent souhaité. Le chandelier à cinq branches sur la nappe brodée au point de Hardanger. Les serviettes brodées que personne n'avait le cœur d'utiliser, et qui du coup restaient intouchées dans leurs ronds de serviette en argent. Le petit arbre devant la fenêtre. Le parfum de la viande salée dans la cuisine. La purée de chou-rave à la surface inégale dans le légumier bordé d'un filet d'or. L'argenterie et les verres qui ramassaient la buée et semblaient un peu mats. Les pommes de terre, jaunes et épluchées, comme d'énormes amandes émondées dans le plat creux. Le lourd et irréel parfum de l'encens sur le poêle à étage.

C'était bien cela dont elle avait rêvé, depuis toujours. La veillée de Noël à Bekkejordet.

Alors, elle n'était donc que Tora.

Ingrid allait et venait. Et Simon estimait qu'elle devait s'asseoir. Ils ne pouvaient pas commencer à manger avant qu'Ingrid se mette à table. Ingrid se glissa, obéissante, sur une chaise ancienne rembourrée. Qui laissa échapper comme un petit soupir, bien qu'Ingrid se soit assise avec la légèreté et la précaution d'une mouche.

En regardant Ingrid, Tora avait une envie méchante de rire, de péter, de chanter, de raconter des histoires cochonnes ou scabreuses ramassées sur les quais à Været. Elle avait une telle envie d'écraser le visage d'Ingrid par des mots, des gestes. Sortir du rôle qu'ils lui avaient assigné. Mais elle ne le pouvait pas. Car le peuple des biscuits au gingembre sortirait alors de tous les placards pour la dévorer. Elle se voyait gisant en tas sur le plancher. Un tas qui s'effriterait et se réduirait en poussière si on le touchait.

Par moments, elle avait aussi envie de caresser la joue d'Ingrid. Parce qu'elle avait la malchance d'être ce qu'elle était.

Mais elle avait préparé le repas et mis la main aux derniers préparatifs de Noël. Elle était la Vierge Marie de l'image au-dessus de la commode d'Elisif. Elle les tenait tous sur ses genoux, pratique et digne. Mais elle avait tout le temps le regard tourné vers l'intérieur, comme si elle voyait quelque chose qu'elle ne voulait partager avec personne. Et la main posée sur l'enfant était indifférente, paraissant ignorer qu'elle tenait quelque chose de vivant sur ses genoux.

L'Enfant Jésus d'Ingrid… qui n'apportait que problèmes et larmes au point qu'il fallait le retenir sur ses genoux et éviter de le regarder.

A quoi pensait-elle cette Ingrid ? Pensait-elle à celui qui était parti sur un cargo, ou posait sa tête lourde sur le bord de la table d'une taverne ? Il était aussi son Enfant Jésus.

Après le repas, Simon sortit la Bible et lut l'Evangile de la voix d'un jeune garçon. Une voix tremblante comme si elle muait, répondait à l'interrogation du pasteur à l'église. Il ne levait pas les yeux. Ne rencontrait pas leurs regards. Son visage était couleur de cendre. Tout s'était écroulé pour Simon.

Rakel n'était pas là.

Et si elle leur faisait la lecture de son cahier ? Et si elle les obligeait à la voir. Une seule fois. Pourquoi ne la voyaient-ils pas ? Faudrait-il qu'elle les y oblige en leur faisant peur ?

Ils en étaient au café. Ils allaient ouvrir leurs cadeaux. C'est alors qu'on frappa fort à la porte de la cuisine. Un coup. Comme si la pelle pour déblayer la neige avait dégringolé.

Simon se leva et passa à la cuisine. Ingrid semblait inquiète. Ses mains tripotaient la ceinture de sa robe. Le chat s'enroula dans sa queue et dressa les oreilles vers la porte, sur ses gardes.

Elle ne savait pas à quoi elle s'était attendue. Probablement, les mains hésitantes d'Ingrid l'avaient déjà prévenue de ce qui l'attendait

Tout s'écroula. Les bougies blanches dans le chandelier à cinq branches tremblèrent quand Simon referma la porte d'entrée derrière lui.

Ils étaient donc enfermés. Tous les quatre. Les uns avec les autres.

Il était propre et convenable. Rasé. Il portait un costume neuf. Les yeux écarquillés et le regard hésitant. Allant de l'un à l'autre. Prenant son temps. Comme si seul le temps qu'il passait à les regarder dans les yeux comptait.

— Toi ! dit Ingrid en se levant à moitié.

— Sois le bienvenu, dit Simon la voix éteinte.

— Tu es l'Enfant Jésus, murmura Tora avec un ricanement vers l'homme.

Il se fit un silence. Le chat bâilla. La pendule sonna huit coups au loin.

— Assieds-toi donc et passe le reste de la soirée avec nous, dit Simon. Il prit le caban de l'homme, neuf lui aussi.

Une occasion de venir s'était tout à coup présentée à Henrik. Un type qui avait un bateau devait aller rendre visite à sa petite amie qui travaillait à Dahl. Il n'avait pas eu l'intention de venir à Bekkejordet. Mais c'était un peu triste de se retrouver tout seul. Il s'expliqua avec calme et force détails.

Tora les entendait comme s'ils parlaient dans un seau en métal. Elle pensa d'abord que c'étaient leurs voix qui l'avaient poursuivie tout le temps. Mais c'était impossible. Elle voyait les mouvements des bouches, les muscles des visages, les mains. Elle voyait surtout les mains de Simon sortant de la chemise bien trop blanche. Son visage ravagé. A un moment, elle crut l'avoir appelé. Mais elle vit à l'expression de leurs visages qu'ils n'avaient pas entendu son cri. Et ils étaient aussi lointains que la lune au-dessus du toit de la bergerie.

De temps en temps, entre le tintement fragile des tasses de Rakel au bord doré, la crème de mûres jaunes, la pendule qui sonnait les heures, elle se croyait en été, assise sur un rocher du

Veiten, contemplant les cueilleurs de baies montant péniblement la côte sans la voir. Elle était bien cachée et entendait des bribes de conversation sans être vue. Elle était presque en sûreté.

Il n'y avait pas de cadeau pour Henrik. Simon alla chercher un bon cigare qu'il lui proposa comme compensation. Il lui offrit de la viande aussi. Mais le café et les gâteaux suffisaient à Henrik.

Simon voulait que Tora distribue les cadeaux. Mais elle ne leva pas les yeux quand il le lui demanda. Ne répondit même pas. Il distribua lui-même les paquets. Comprenant qu'il fallait y mettre du sien s'il voulait créer une atmosphère de Noël.

Tora reçut de Simon une radio portative rouge. Ingrid était contrariée – et dit que c'était beaucoup trop. Tora l'alluma sans remercier. Il en sortit des voix nasillardes, si bien qu'elle l'éteignit aussitôt.

— Tu ne dis pas merci ? dit Ingrid au bord de la colère.

— Merci !

Tora avait tellement honte. Elle cherchait la main de Simon, ne sachant plus où se mettre.

— De rien, dit Simon. Mais il s'était attendu au moins à un baiser et à un visage souriant.

Quand Ingrid sortit la photo de Wilhelm de son papier décoré de rinceaux de houx, elle fut surprise. Elle pensait probablement qu'ils avaient reçu suffisamment de photos pour la journée. Elle essaya de la cacher, mais les hommes avançaient la tête pour voir son cadeau.

— C'est qui ? demanda Henrik en allumant son cigare.

L'arbre de Noël étincelait de toutes ses bougies en vrille, et Ingrid rougit violemment.

Tora avait enfin repris ses esprits. Elle se pencha vers Ingrid, prit la photo et la montra aux autres.

— C'est le père de Tora ! dit-elle triomphante.

Simon aurait aimé que cette soirée se termine.

— D'où qu'elle vient ? demanda Henrik, la voix altérée.

— Du ciel, ricana Tora.

— Ne dis pas de bêtises, Tora, dit Ingrid avec sévérité en empaquetant la photo.

Tora sentait qu'elle aurait pu renverser la table. Elle aurait pu casser les vitres. Elle aurait pu envoyer son poing dans le visage de n'importe qui.

— C'est une photo que j'avais et que j'ai donnée à Tora, expliqua Ingrid en regardant droit devant elle. Et maintenant elle a voulu m'en offrir un agrandissement, pas vrai ?

Le courage d'Ingrid était sans reproche. Epuisée, elle s'appuyait au dossier de sa chaise, dans l'attente.

Simon attendait aussi.

Mais Henrik restait muet. Simon se demandait si c'était parce qu'il était à Bekkejordet. Ou s'il y avait une pointe de vérité dans ce que disaient les gens : que Henrik était presque devenu croyant depuis que Rakel lui avait échappé des mains.

Simon pensait que le pire avait été évité, quand tout à coup Tora regarda Ingrid et dit avec rancune :

— Tu ne dis pas merci ?

Cette riposte du tac au tac de la part de la gamine lui donna envie de rire. Mais on ne riait plus vraiment à Bekkejordet.

Ingrid fixa Tora, qui la fixa en retour. La guerre était en quelque sorte déclarée.

— Merci beaucoup ! dit finalement Ingrid.

Alors Tora se mit à rire fort et méchamment.

La conversation languissait et les bougies étaient presque consumées. Très vite, Ingrid insista pour faire la vaisselle. Ensuite ils partiraient. Il se faisait tard, disait-elle.

Simon trouvait qu'il était absurde de rentrer dans les chambres glaciales de la maison des Mille quand Bekkejordet pouvait loger toute une armée.

Tora perdit tout à coup la respiration. Mais elle resta tranquille sur sa chaise. Ça allait bien passer.

Sauf que Simon et Ingrid montaient à l'étage pour allumer les radiateurs électriques et sortir des couvertures et des draps.

Elle planta ses yeux dans leurs dos au moment où ils disparaissaient dans le couloir. Se faisant lourde comme du plomb pour les obliger à changer d'avis. Mais ils refermèrent la porte.

Alors elle comprit qu'elle ne pouvait compter que sur elle-même. Rakel était ailleurs. Elle l'avait lâchée. Les voix n'étaient pas là non plus.

Mais Lui, il était là !

Elle quitta sa chaise, alla dans le couloir et cria dans l'escalier à tel point que cela s'entendit dans toute la vieille maison tiède :

— Faut pas qu'ils couchent ici ! Faut qu'ils rentrent chez eux ! Tu entends, Simon !

Au premier abord, Simon fit semblant de croire à une plaisanterie de mauvais goût. Mais Ingrid, debout comme un arbre mort dans le couloir, déclara qu'elle allait rentrer. Plus Ingrid insistait, plus Simon se fâchait.

— J'comprends pas pourquoi t'es si insupportable, Tora, dit-il les lèvres blêmes.

Mais Tora continuait à hurler jusqu'à ce que sa voix ne soit plus qu'un sifflement dans sa gorge :

— Faut qu'ils partent ! J'veux pas qu'ils dorment ici !

Elle était comme un supporter passionné de football qui exhortait son équipe à la victoire, les yeux flamboyants et la bave aux lèvres.

C'est alors que Simon leva la main et lui donna une gifle.

Les bougies brûlaient toujours dans le candélabre. Mais elles n'en avaient plus pour longtemps.

Ingrid avait l'air de quelqu'un que l'on battait depuis longtemps. Elle n'avait plus l'air de la Vierge Marie.

Henrik était visiblement vexé. Il s'était bien conduit toute la soirée, et n'avait aucune responsabilité dans ce remue-ménage.

Pour finir, Simon enfila sa veste en peau de mouton et son bonnet en fourrure pour les reconduire chez eux.

41

Ils arrivaient, tant bien que mal, à la fin des fêtes de Noël. Rakel n'était pas revenue, et les voix ne lui parvenaient que quand elle était seule. Elle avait emporté sa couette dans la mansarde pour éviter à Simon une proximité gênante. Elle s'évertuait par ailleurs à être aussi neutre que possible. Elle écrivait dans son cahier.

Un jour Simon la regarda comme autrefois et lui demanda pourquoi elle avait fait tant d'histoires le soir de Noël.

— Ce sont de vrais fléaux dans une maison.

Il la regardait, bouche bée. Mais il insista.

— Qu'est-ce qu'ils t'ont fait ? Qu'est-ce que tu as ?

— Rien. Rien du tout.

— Il doit bien y avoir quelque chose. C'est Henrik que tu ne peux pas supporter ?

— Ils sont pareils, dit-elle en se sauvant pour éviter d'autres questions.

— J'te reconnais plus, lui cria-t-il.

— J'sais bien, répondit-elle, à peine audible.

Soleil était arrivée. Elle portait un tailleur rouge et un manteau neuf.

Tora et elle se promenaient. Soleil avait pris l'habitude de se promener, disait-elle. C'était comme ça quand on habitait la ville.

Pour Tora, la présence de Soleil était comme un répit qu'on lui aurait accordé. Ecouter les histoires de Soleil, la description des gens qu'elle avait rencontrés, les fêtes auxquelles elle avait assisté.

La voix de Soleil l'enveloppait, douce et rassurante. Elle était allée voir *Autant en emporte le vent* à Oslo. Tora aurait dû voir Clark Gable ! Il était merveilleux ! Et Vivien Leigh ! Qui jouait la jolie fille qui obtenait tout ce qu'elle voulait de tout le monde ! Soleil pensait qu'elle était méchante. Vraiment *méchante* ! Elle était cependant l'héroïne du film. C'était bizarre, pensait-elle, car d'habitude les héros des films sont toujours bons.

Tora trouvait une grande consolation dans ces promenades avec Soleil et dans ses histoires.

Quant à elle, les mots qu'elle pensait dire s'effritaient dans sa bouche.

Ni les voix, ni le peuple des biscuits au gingembre n'osaient se manifester en présence de Soleil.

Elisif avait décoré un maigre sapin en l'honneur de Soleil. C'était quelque chose de nouveau. Car depuis de nombreuses années Elisif considérait l'arbre de Noël comme un rite païen et l'œuvre de Satan. Néanmoins, il était installé sur une table bancale dans un coin. Un morceau de journal replié plusieurs fois était glissé sous l'un des pieds de la table.

Les guirlandes étaient miteuses. Et l'étoile avait disparu depuis le jour de Noël. Mais c'était joli. A l'image de la famille, il se fondait dans le décor. Indifférent à son rôle d'intermédiaire avec un rite païen. Ce rôle avait même l'air de lui plaire.

Soleil décida d'aller avec Tora fêter le Nouvel An à Breiland. Elle repoussa les protestations, les larmes et les menaces d'Elisif, prétendant que Breiland était sur la route d'Oslo et qu'il était plus facile de repartir de là. Du reste, on était à l'étroit maintenant qu'on avait un arbre de Noël, et tout. Elle leur tapota la joue à tous et leur dit en riant de ne pas pleurer, car elle les aimait tous. Tora ne cessait pas de s'étonner de la faculté qu'avait Soleil de tout modifier en sa faveur.

Ingrid fit semblant de ne pas se souvenir du soir de Noël quand Tora passa en toute hâte lui annoncer son départ.

Elle avait presque l'air content quand elle lui prit la main et lui souhaita bon voyage.

Henrik était sorti, mais elle le saluerait de sa part.

Tora arriva à retenir ses paroles. Elle se contenta de serrer la main tendue. Il fallait la serrer fort, puisque c'était tout ce qu'elle pouvait faire.

— Tu peux écrire à Berlin, si tu veux, dit Ingrid d'un ton conciliant, sans préambule et sans conclusion.

Tora serra la main qui pendait entre elles.

Simon les conduisit au quai en camion. Il avait l'air soulagé. Il était gris et courbé.

Rakel restait invisible. Malgré ses vêtements. Tora les remplissait tant bien que mal.

— Bon, voilà une bonne chose de faite, dit Soleil quand le bateau quitta le fjord. Maintenant tu peux aller danser. Personne à Breiland ne se souvient que Rakel est morte ! On n'y suit pas à la lettre les coutumes de deuil comme dans les petits trous.

Elle dit cela avec un soupir de soulagement, comme lorsqu'elle avait refermé le couvercle de sa valise.

Tora restait bouche bée. Des paroles incroyables, mais vraies.

Le roulis était fort ce jour-là. L'hiver avait pris possession de la mer et la lumière du jour avait presque disparu.

Elle avait oublié Jon. Jusqu'à ce que Soleil lui rappelle de téléphoner pour qu'il participe à la fête. Il avait peut-être un copain agréable ?

Elle emprunta le téléphone des Berg dans l'entrée et composa le numéro. La mère de Jon répondit au téléphone avec la froideur d'un linge que l'on vient de décrocher et qui a pris toute la rosée nocturne.

Jon était très content qu'elle soit revenue. Il le fut moins quand il apprit qu'elle avait une amie avec elle. Mais ils iraient danser.

Il vint les retrouver au *Café de la Communauté*, le pli du pantalon irréprochable et les cheveux brillantinés. Tora le reconnaissait jusqu'à un certain point, mais il restait distant. Elle ne pouvait pas parler avec lui. Le toucher. Elle le fit cependant.

Ils dansaient. Mais elle était fatiguée et avait le mal de mer. Finalement elle but une gorgée d'un verre dont elle ignorait le contenu. Elle se sentit chaude et lourde entre ses bras, et cela lui évita de le voir trop clairement. Tout allait beaucoup mieux. On lui en servit un verre entier pendant la pause.

Soleil avait trouvé quelqu'un avec qui danser. C'est-à-dire : elle s'arrangea pour qu'il la trouve. S'arrangea pour être là au moment où l'élu passait. Quelques règles simples et flexibles que seule Soleil savait manier.

Les fusées du feu d'artifice s'étaient perdues dans le ciel, tout le monde s'était embrassé et s'était souhaité la bonne année, et les heures s'étaient écoulées comme un sirop, gluant et trop sucré. C'est alors que Soleil alla retrouver Tora et lui murmura qu'elle allait chez quelqu'un qu'elle avait rencontré, et que Tora ne devait pas l'attendre.

Tora en ressentit du chagrin, comme lorsqu'elle était petite et que Soleil était devenue trop grande pour jouer avec elle. Elle allait protester, mais se dit que ça ne servait à rien quand Soleil avait décidé quelque chose.

S'était-elle réjouie de revenir dans sa chambre avec Soleil ? Ricanant dans l'escalier, encore toutes chaudes après la danse ? Se glissant comme autrefois quand elles avaient des secrets qu'elles allaient partager aux cabinets de la maison des Mille et chuchotaient quand quelqu'un venait tambouriner à la porte ? Mais Soleil avait autre chose à faire. Juste comme Rakel. Complètement absente.

— Viens sur le quai au départ du bateau, que je t'embrasse, murmura Soleil.

Et Tora approuva d'un signe. Elle avait la tête qui tournait. Les portes étaient ouvertes devant un monde blanc et scintillant. Une ou deux fusées retardataires transperçaient le ciel, jetant sur elles leurs fausses étoiles qui ne les atteignaient pas.

Elle vida son verre et crut dire quelque chose.

Elle était couchée sous la lampe de chevet : la lumière était crue comme chez le dentiste. Il se dépêchait de la déshabiller. Finalement, elle se retrouva nue sur le lit, avec au-dessus d'elle une énorme aurore boréale. Il arracha ses propres vêtements et entra dans la lumière de l'aurore boréale. Mais elle ne le reconnaissait pas. Tout tanguait dangereusement, et le froid de la pièce la pénétrait par tous les pores.

Il avait de grands yeux sombres qui essayaient de la réveiller. Mais elle se contentait de le regarder sans bouger. Tout entier. Comme si elle voulait se souvenir de chacun de ses mouvements.

Quand il voulut la dégeler avec ses mains, elle se transforma en pierre aux angles pointus.

Il essaya de la pénétrer plusieurs fois. Mais elle était impénétrable. Car elle était Tora. Il ne trouvait pas son chemin. Il s'assit au bord du lit et alluma une cigarette, et essaya de lui parler. Mais elle ne répondait pas à ses questions, parce qu'elle ne comprenait pas ce qu'il disait. Finalement il constata durement :

— Tu es ivre !

C'est alors qu'elle se rendit compte qu'elle était Henrik. Et que Henrik était assis sur le plancher au milieu des éclats de verre dans la maison des Mille, pleurant parce qu'il s'était coupé. Henrik et elle ne faisaient qu'un.

42

Dès qu'elle se réveilla, elle comprit que quelqu'un lui avait arraché la peau pendant son sommeil. Elle avait mal quand elle tournait la tête. Son corps suppurait. Elle avait terriblement soif.

Elle ne se souvenait pas que Jon fût parti. Par contre elle se souvenait qu'elle avait oublié la radio sur l'Ile. Une radio portative rouge lie-de-vin, avec quatre boutons ivoire et l'image du globe terrestre sur lequel se fixait l'aiguille. Elle avait un son merveilleux qu'elle n'avait pas pu entendre parce qu'*il* était arrivé à Bekkejordet. Ensuite, elle l'avait oubliée ! Ainsi que l'adresse de Berlin. Après avoir bu un grand verre d'eau, ces deux choses se mirent à lui manquer.

Elle n'aurait pas allumé la radio. Non, cela aurait fait trop de bruit. Elle l'aurait placée sur la table et aurait posé sa main dessus.

Le Jour de l'an, le bateau quitta le quai au son de l'orphéon des écoles de Breiland en uniforme rouge et bleu. Les tons discordants et dépouillés s'étiraient sur le fjord moutonneux. Comme une plainte.

Soleil bavardait avec un jeune homme près de la passerelle et avait des difficultés à s'en séparer, si bien que Tora n'alla pas jusqu'à elle.

Elle avait dû l'oublier, comme elle-même elle avait oublié sa radio. Ce n'était pas par mauvaise volonté. De temps en temps, il arrive qu'on oublie.

Rakel aussi l'avait oubliée. On n'y pouvait pas grand-chose.

Mais Soleil cherchait Tora. Elle avait du mal à la distinguer car il y avait du monde sur le quai un jour pareil. Elle donna à son ami occasionnel un dernier baiser humide et monta à bord. Elle avait déjà bien rempli son voyage de retour. Et il lui restait encore la traversée jusqu'à Trondheim et ensuite le train jusqu'à Oslo. Chaque nuit était neuve. Comme une folle fusée de Nouvel An qui lui permettait d'oublier le quotidien triste et dégoûtant. Celui dont elle n'avait pas parlé à Tora. Qu'il valait mieux oublier au fur et à mesure. Elle était sur le pont et chercha Tora des yeux jusqu'à ce que la côte disparaisse dans la tempête de neige.

Tora pensa téléphoner à Jon, mais il lui semblait à des années-lumière d'elle. Il glissait de plus en plus vers le lointain. Suivant en quelque sorte le sillage du bateau dans le fjord. Puisqu'elle était maintenant complètement fermée. Complètement. Elle n'était personne dans les vêtements de Rakel. Elle espérait presque le retour des biscuits au gingembre, elle aurait pu au moins avoir peur et se sentir vivante. Mais ils ne venaient pas. Ils avaient poussé Simon à la gifler pour qu'elle prenne conscience du peu qu'elle valait. Simon qui ne frappait jamais personne.

— C'était pas bien de ma part de te donner cette gifle, avait-il dit.

— Tu m'as giflée ? avait-elle répondu.

Elle savait qu'il disait cela uniquement pour sauver les apparences.

Les deux hautes fenêtres la regardaient avec bonté, même sans lumière. Toute la maison l'accueillait, bien qu'elle dût sonner plusieurs fois avant que Mme Karlsen vienne ouvrir. Elle avait eu l'air effrayé, parlait vite et avait dit "bonne année" deux fois. Elle était dépeignée et portait l'usure d'une solitude déjà ancienne. Et Tora sentit comment Mme Karlsen l'aspirait dans la maison. Elle prépara du café et servit des beignets achetés à la boulangerie.

Tora fit remarquer qu'elle avait oublié une louche en bois et un dessus-de-lit tricoté dans sa chambre.

Mme Karlsen commença par la fixer, puis elle se ressaisit et continua à mastiquer. Bien sûr que Tora aurait son dessus-de-lit tricoté et sa louche en bois ! Personne n'habitait ici maintenant. Elle n'avait pas repris de locataire. Elle avait le loyer de l'autre qui n'habitait jamais là.

Elle ne fit pas remarquer qu'elle choisissait un drôle de jour pour venir chercher ce qu'elle avait oublié. Elle se contentait d'être agitée et pleine de compassion. Comme lorsqu'elle préparait l'enterrement, pensa Tora.

Mme Karlsen se souvint de l'article sur Tora qu'elle avait lu cet été. C'était formidable. Formidable. Elle l'avait découpé. Elle le donnerait à Tora, si elle ne l'avait pas. Elle courut à un tiroir pour en ressortir une vieille page de journal déjà jaunie. Elle la déplia sur la table.

Elle avait raconté à tout le monde à la banque que Tora avait eu de si bonnes notes. C'était un don miraculeux que d'avoir une tête si bien faite. Oui, elle allait sûrement devenir quelqu'un. Quelqu'un d'important…

Elle regardait Tora avec enthousiasme.

"Découverte d'un cadavre d'enfant dans un sac en plastique !… Meurtre !"

C'était toujours là, pensa Tora. Un terrible silence s'installa tout autour des meubles.

La congère n'est pas aussi haute qu'elle l'imaginait. Elle ne se donne pas le temps de regarder tout ce qui ressort de partout quand elle s'approche de la décharge. Elle grimpe sur le talus et continue son chemin.

Le cimetière est presque avenant. A un endroit aussi exposé, la neige est balayée dans la mer. L'échelle est accrochée au mur du cabanon. Mais il n'y a aucune tombe ouverte, et la route qui mène au cimetière n'est pas dégagée. C'est difficile d'avancer dans la neige molle, mais on y arrive.

Pour finir, elle saute de pierre en pierre le long de la plage avant de commencer la montée. Il lui faut desserrer le cache-nez autour de son cou et ouvrir son anorak. Elle est contente d'avoir mis son pantalon fuseau et ses socquettes de laine.

L'air est calme, avec seulement un petit courant venant de la mer. Comme une caresse.

Elle est enfin là ! Elle sort le couvre-lit tricoté et la louche en bois de son sac de toile et contemple un moment les pierres qui recouvrent la tombe.

On dirait qu'elles sont là depuis toujours. Mais elle arrivera bien à les déplacer. Elle l'a déjà fait. Hier ? Il y a longtemps ?

Pendant qu'elle se bat avec la plus grosse pierre, qui n'a rien trouvé de mieux que de geler à la base, elle sent qu'on lui apporte de l'aide. Une aide véritable.

Rakel est là !

Elle sent son souffle sur son visage.

— J'savais bien qu'il te fallait l'emmener dans ton voyage, dit Rakel avec un sourire qui tourne en grimace parce qu'elle fait un gros effort.

— Oui, dit Tora, exultant, avec un gros effort elle aussi.

— T'as emmené le stylo et le cahier ?

— Oui, et la photo de papa, pour qu'on me reconnaisse quand j'arriverai.

Rakel pousse des gloussements.

Tora ne peut pas lui reprocher d'avoir été si longtemps absente. Elle est si heureuse de la voir. Heureuse, parce que Rakel est heureuse.

— J't'ai attendue longtemps. J'croyais que tu viendrais jamais, dit Rakel quand la dernière pierre se met à rouler.

— J'savais pas que tu attendais ici.

— Où aurais-je donc bien pu être ? demande-t-elle avec bonne humeur. Elle jette un regard découragé à Tora et commence à fouiller le sol de ses mains.

— Non, ne te salis pas, j'ai la louche en bois, tu sais.

— Heureusement que tu as eu l'idée de mettre une grosse pierre par-dessus, autrement ça aurait été complètement gelé.

— Tu entends quelque chose ? demande Rakel au bout d'un moment.

— Un tout petit pépiement de joie, dit Tora en riant.

— On l'a bientôt dans la main. Les oiseaux doivent pas être enterrés. Ils doivent voler. T'as pas pensé à ça, Tora.

— Non.

— Ça fait rien. On l'emmène avec nous quand on ira à Berlin. Ici, c'est pas un endroit pour nous. Tu le sais bien.

— Comment on va y aller ?

Rakel s'arrête de gratter la terre et rit avec découragement en soufflant un peu. Puis elle repousse Tora sur le côté. Ses cheveux l'entourent comme une auréole sur le ciel fragile. Comme un soleil.

— On prend l'express côtier. Et le train. On voyage le jour et la nuit jusqu'à ce qu'on arrive.

— Comment va-t-on trouver notre chemin, tante Rakel ?

— Tu poses des questions si stupides que j'ai même pas l'intention d'y répondre. Attends, tu verras bien !

— Là-bas il y a une tour ronde. Je l'ai vue dans un livre, tu comprends. Une grande tour ronde avec des cloches et des tas de fenêtres. Sur la coupole, il y a des fenêtres rondes avec des couronnes par-dessus. Presque comme au ciel… Et au sommet il y a une belle dame nue qui est en équilibre sur un pied et tient une aile d'oiseau. Elle a l'air de vouloir s'envoler. Elle est maîtresse d'elle-même et du monde entier.

— Tu vois bien. Tu sais comment c'est. Il nous reste à emporter celui-là, et on part, dit Rakel avec satisfaction.

Elles grattent sans dire un mot. Mais Tora voit que ça ne les avance guère.

— J'crois bien qu'il est gelé quand même, tante Rakel.

— Calme-toi, ça va dégeler avant l'arrivée du bateau. J'vais m'asseoir là pour le réchauffer – ça ira plus vite.

Rakel étend le couvre-lit et s'assied dans le trou laissé par la pierre.

Tora s'assied tout contre elle.

— Il y a une porte devant la tour, tante Rakel.

— Comment est-elle ?

— Il y a beaucoup de fioritures dorées dessus. Et de chaque côté des hommes montent la garde avec des épées et des boucliers. Mais c'est juste pour la décoration. Parce que y a plus de guerre.

— Alors on va entrer et visiter. Qu'est-ce qu'on voit d'autre ?

— Des champs verdoyants et des fleurs. De grands arbres avec des oiseaux dedans.

— On va s'asseoir sur les marches et regarder tous les gens passer ?

— Tante Rakel ! Touche ce mur – ces pierres jaunes !

— Ces pierres jaunes ?

— Celles qui font partie de la construction, pardi !

— Ah oui, touche ici – le soleil les a chauffées. C'est pour ça qu'elles sont jaunes ?

— Non, ma tante, que tu es bête ! dit-elle en riant.

Lentement, doucement, la neige et l'obscurité se posent autour de Tora. Le silence est infini. Seul un petit son de cloche dans l'air.

— Comment saura-t-on que le bateau arrive, tante Rakel ?

— On verra les lumières, Tora. Plein de lumières.

BABEL

Extrait du catalogue

440. ANNE-MARIE GARAT
L'Insomniaque

441. FÉDOR DOSTOÏEVSKI
Humiliés et offensés

442. YÔKO OGAWA
L'Annulaire

443. MENYHÉRT LAKATOS
Couleur de fumée

444. ROGER PANNEQUIN
Ami si tu tombes

445. NICOLE VRAY
Monsieur Monod

446. MICHEL VINAVER
Ecritures dramatiques

447. JEAN-CLAUDE GRUMBERG
La nuit tous les chats sont gris

448. VASLAV NIJINSKI
Cahiers

449. PER OLOV ENQUIST
L'Extradition des Baltes

450. ODILE GODARD
La Cuisine d'amour

451. MARTINE BARTOLOMEI / JACQUES KERMOAL
La Mafia se met à table

452. AMADOU HAMPÂTÉ BÂ
Sur les traces d'Amkoullel l'enfant peul

453. HANS-PETER MARTIN / HARALD SCHUMANN
Le Piège de la mondialisation

454. JOSIANE BALASKO *et alii*
Le père Noël est une ordure

455. FÉDOR DOSTOÏEVSKI
Premières miniatures

456. FÉDOR DOSTOÏEVSKI
Dernières miniatures

457. CH'OE YUN
Là-bas, sans bruit, tombe un pétale

458. REINALDO ARENAS
Avant la nuit

459. W. G. SEBALD
Les Emigrants

460. PAUL AUSTER
Tombouctou

461. DON DELILLO
Libra

462. ANNE BRAGANCE
Clichy sur Pacifique

463. NAGUIB MAHFOUZ
Matin de roses

464. FÉDOR DOSTOÏEVSKI
Le Bourg de Stépantchikovo et sa population

465. RUSSELL BANKS
Pourfendeur de nuages

466. MARC de GOUVENAIN
Retour en Ethiopie

467. NICOLAS VANIER
Solitudes blanches

468. JEAN JOUBERT
L'Homme de sable

469. DANIEL DE BRUYCKER
Silex

470. NANCY HUSTON
Journal de la création

471. ALBERTO MANGUEL
Dictionnaire des lieux imaginaires

472. JOYCE CAROL OATES
Reflets en eau trouble

473. ANNIE LECLERC
Parole de femme

474. FÉDOR DOSTOÏEVSKI
Les Annales de Pétersbourg
(à paraître)

475. JEAN-PAUL JODY
Parcours santé

476. EDUARD VON KEYSERLING
Versant sud

477. BAHIYYIH NAKHJAVANI
La Sacoche

478. THÉODORE MONOD
Maxence au désert

479. ÉRIC LEGASTELOIS
Adieu gadjo
(à paraître)

480. PAUL LAFARGUE
La Légende de Victor Hugo
(à paraître)

481. MACHIAVEL
Le Prince

482. EDUARD VON KEYSERLING
Eté brûlant

483. ANTON TCHEKHOV
Drame de chasse

484. GÖRAN TUNSTRÖM
Le Voleur de Bible

COÉDITION ACTES SUD – LEMÉAC

Ouvrage réalisé
par les Ateliers graphiques Actes Sud.
Achevé d'imprimer
en septembre 2001
par Bussière Camedan Imprimeries
à Saint-Amand-Montrond (Cher)
sur papier des
Papeteries de La Gorge de Domène
pour le compte
d'ACTES SUD
Le Méjan
Place Nina-Berberova
13200 Arles.

N° d'éditeur : 4137
Dépôt légal
1re édition : mai 2001
N° impr. : 014165/1